T0166191

CLASSIQUES JAUNES

Littératures francophones

Dom Juan,
ou Le Festin de Pierre

Molière

Dom Juan,
ou Le Festin de Pierre

Édition critique par Charles Mazouer

PARIS
CLASSIQUES GARNIER
2022

Charles Mazouer, professeur honoraire à l'université de Bordeaux Montaigne, est spécialiste de l'ancien théâtre français. Outre l'édition de textes de théâtre des XVIe et XVIIe siècles, il a notamment publié *Molière et ses comédies-ballets*, les trois tomes du *Théâtre français de l'âge classique*, ainsi que *Théâtre et christianisme. Études sur l'ancien théâtre français*. Il achève actuellement le second tome de son étude consacrée à *La Transcendance dans le théâtre français*.

Visuel de couverture : Dom Juan. Artiste inconnu.
Source : www.meisterdrucke.de

ISBN 978-2-406-12447-4
ISSN 2417-6400

ABRÉVIATIONS USUELLES

Acad.	*Dictionnaire de l'Académie* (1694)
C.A.I.E.F.	*Cahiers de l'Association Internationale des Études Françaises*
FUR.	*Dictionnaire universel* de Furetière (1690)
I. L.	*L'Information littéraire*
P.F.S.C.L.	*Papers on French Seventeenth-Century Literature*
R.H.L.F.	*Revue d'Histoire Littéraire de la France*
R.H.T.	*Revue d'Histoire du Théâtre*
RIC.	*Dictionnaire français* de Richelet (1680)
S.T.F.M.	Société des Textes Français Modernes
T.L.F.	Textes Littéraires Français

AVERTISSEMENT

L'ÉTABLISSEMENT DES TEXTES

Il ne reste aucun manuscrit de Molière.

Si l'on s'en tient au XVIIe siècle[1], comme il convient – Molière est mort en 1673 et la seule édition posthume qui puisse présenter un intérêt particulier est celle des *Œuvres* de 1682 –, il faut distinguer cette édition posthume des éditions originales séparées ou collectives des comédies de Molière.

Sauf cas très spéciaux, comme celui du *Dom Juan* et du *Malade imaginaire*, Molière a pris généralement des privilèges pour l'impression de ses comédies et s'est évidemment soucié de son texte, d'autant plus qu'il fut en butte aux mauvais procédés de pirates de l'édition qui tentèrent de faire paraître le texte des comédies avant lui et sans son aveu. C'est donc le texte de ces éditions originales qui fait autorité, Molière ne s'étant soucié ensuite ni des réimpressions des pièces séparées, ni des recueils factices constitués de pièces

---

1 Le manuel de base : Albert-Jean Guibert, *Bibliographie des œuvres de Molière publiées au XVIIe siècle*, 2 vols. en 1961 et deux *Suppléments* en 1965 et 1973 ; le CNRS a réimprimé le tout en 1977. Mais les travaux continuent sur les éditions, comme ceux d'Alain Riffaud, qui seront cités en leur lieu. Voir, parfaitement à jour, la notice du t. I de l'édition dirigée par Georges Forestier avec Claude Bourqui des *Œuvres complètes* de Molière, 2010, p. cxi-cxxv, qui entre dans les détails voulus.

déjà imprimées. Ayant refusé d'endosser la paternité des *Œuvres de M. Molière* parues en deux volumes en 1666, dont il estime que les libraires avaient obtenu le privilège par surprise, Molière avait l'intention, ou aurait eu l'intention de publier une édition complète revue et corrigée de son théâtre, pour laquelle il prit un privilège ; mais il ne réalisa pas ce travail et l'édition parue en 1674 (en six volumes ; un septième en 1675), qu'il n'a pu revoir et qui reprend des états anciens, n'a pas davantage de valeur.

En revanche, l'édition collective de 1682 présente davantage d'intérêt – même si, pas plus que l'édition de 1674, elle ne représente un travail et une volonté de Molière lui-même sur son texte[2]. On sait, indirectement, qu'elle a été préparée par le fidèle comédien de sa troupe La Grange, et un ami de Molière, Jean Vivot. Si, pour les pièces déjà publiées par Molière, le texte de 1682 ne montre guère de différences, cette édition nous fait déjà connaître le texte des sept pièces que Molière n'avait pas publiées de son vivant (*Dom Garcie de Navarre, L'Impromptu de Versailles, Dom Juan, Mélicerte, Les Amants magnifiques, La Comtesse d'Escarbagnas, Le Malade imaginaire*). Ces pièces, sauf exception, seraient autrement perdues. En outre, les huit volumes de cette édition entourent de guillemets les vers ou passages omis, nous dit-on, à la représentation, et proposent un certain nombre de didascalies censées représenter la tradition de jeu de la troupe de Molière. Quand on compare les deux états du texte, pour les pièces déjà publiées du vivant de Molière, on s'aperçoit que 1682 corrige (comme le prétend la Préface)... ou ajoute des fautes et propose des variantes

---

2   Voir Edric Caldicott, « Les stemmas et le privilège de l'édition des *Œuvres complètes de Molière* (1682) », [in] *Le Parnasse au théâtre...*, 2007, p. 277-295, qui montre que Molière n'a jamais entrepris ni contrôlé une édition complète de son œuvre, ni pour 1674 ni pour 1682.

(ponctuation, graphie, style, texte) passablement discutables. Bref, cette édition de 1682, malgré un certain intérêt, n'autorise pas un texte sur lequel on doute fort que Molière ait pu intervenir avant sa mort.

Voici la description de cette édition :

– Pour les tomes I à VI : LES / ŒUVRES / DE / MONSIEUR / DE MOLIERE. Reveuës, corrigées & augmentées. / *Enrichies de Figures en Taille-douce.* / A PARIS, / Chez DENYS THIERRY, ruë saint Jacques, à / l'enseigne de la Ville de Paris. / CLAUDE BARBIN, au Palais, sur le second / Perron de la sainte Chapelle. / ET / Chez PIERRE TRABOUILLET, au Palais, dans la / Gallerie des Prisonniers, à l'image S. Hubert ; & à la / Fortune, proche le Greffe des Eaux & Forests. / M. DC. LXXXII. / *AVEC PRIVILEGE DV ROY.*

– Pour les tomes VII et VIII, seul le titre diffère : LES / ŒUVRES / POSTHUMES / DE / MONSIEUR / DE MOLIERE. / Imprimées pour la première fois en 1682.

Je signale pour finir l'édition en 6 volumes des *Œuvres de Molière* (Paris, Pierre Prault pour la Compagnie des Libraires, 1734), qui se permet de distribuer les scènes autrement et même de modifier le texte, mais propose des jeux de scène plus précis dans ses didascalies ajoutées.

La conclusion s'impose et s'est imposée à toute la communauté des éditeurs de Molière. Quand Molière a pu éditer ses œuvres, il faut suivre le texte des éditions originales. Mais force est de suivre le texte de 1682 quand il est en fait le seul à nous faire connaître le texte des œuvres non éditées par Molière de son vivant. *Dom Juan*

et *Le Malade imaginaire* posent des problèmes particuliers
qui seront examinés en temps voulu.

Au texte des éditions originales, ou pourra adjoindre
quelques didascalies ou quelques indications intéressantes
de 1682, voire, exceptionnellement, de 1734, à titre de
variantes – en n'oubliant jamais que l'auteur n'en est certainement pas Molière.

Selon les principes de la collection, la graphie sera modernisée. En particulier en ce qui concerne l'usage ancien de la
majuscule pour les noms communs. La fréquentation assidue
des éditions du XVIIe siècle montre vite que l'emploi de la
majuscule ne répond à aucune rationalité, dans un même
texte, ni à aucune intention de l'auteur. La fantaisie des
ateliers typographiques, que les écrivains ne contrôlaient
guère, ne peut faire loi.

La ponctuation des textes anciens, en particulier des
textes de théâtre, est toujours l'objet de querelles et de
polémiques. Personne ne peut contester ce fait : la ponctuation ancienne, avec sa codification particulière qui n'est
plus tout à fait la nôtre, guidait le souffle et le rythme d'une
lecture orale, alors que notre ponctuation moderne organise
et découpe dans le discours écrit des ensembles logiques et
syntaxiques. On imagine aussitôt l'intérêt de respecter la
ponctuation ancienne pour les textes de théâtre – comme
si, en suivant la ponctuation d'une édition originale de
Molière[3], on pouvait en quelque sorte restituer la diction
qu'il désirait pour son théâtre !

3   À cet égard, Michael Hawcroft (« La ponctuation de Molière : mise au
point », *Le Nouveau Moliériste*, n° IV-V, 1998-1999, p. 345-374) tient pour
les originales, alors que Gabriel Conesa (« Remarques sur la ponctuation
de l'édition de 1682 », *Le Nouveau Moliériste*, n° III, 1996-1997, p. 73-86)
signale l'intérêt de 1682.

Il suffirait donc de transcrire la ponctuation originale. Las ! D'abord, certains signes de ponctuation, identiques dans leur forme, ont changé de signification depuis le XVIIᵉ siècle : trouble fâcheux pour le lecteur contemporain. Surtout, comme l'a amplement démontré, avec science et sagesse, Alain Riffaud[4], là non plus on ne trouve pas de cohérence entre les pratiques des différents ateliers, que les dramaturges ne contrôlaient pas – si tant est que, dans leurs manuscrits, ils se soient souciés d'une ponctuation précise ! La ponctuation divergente de différents états d'une même œuvre de théâtre le prouve. On me pardonnera donc de ne pas partager le fétichisme à la mode pour la ponctuation originale.

J'aboutis donc au compromis suivant : respect autant que possible de la ponctuation originale, qui sera toutefois modernisée quand les signes ont changé de sens ou quand cette ponctuation rend difficilement compréhensible tel ou tel passage.

PRÉSENTATION
ET ANNOTATION DES COMÉDIES

Comme l'écrivait très justement Georges Couton dans l'Avant-propos de son édition de Molière[5], tout commentaire d'une œuvre est toujours un peu un travail collectif, qui tient compte déjà des éditions antécédentes – et les éditions de Molière, souvent excellentes, ne manquent pas, à

---

4   *La Ponctuation du théâtre imprimé au XVIIᵉ siècle*, Genève, Droz, 2007.
5   *Œuvres complètes*, t. I, 1971, p. xi-xii.

commencer par celle de Despois-Mesnard[6], fondamentale et remarquable, et dont on continue de se servir… sans toujours le dire. À partir d'elles, on complète, on rectifie, on abandonne dans son annotation, car on reste toujours tributaire des précédentes annotations. On doit tenir compte aussi de son lectorat. Une longue carrière dans l'enseignement supérieur m'a appris que mes lecteurs habituels – nos étudiants (et nos jeunes chercheurs) sont de bons représentants de ce public d'honnêtes gens qui auront le désir de lire les classiques – ont besoin de davantage d'explications et d'éléments sur les textes anciens, qui ne sont plus maîtrisés dans l'enseignement secondaire. Le texte de Molière sera donc copieusement annoté.

Mille fois plus que l'annotation, la présentation de chaque pièce engage une interprétation des textes. Je n'y propose pas une herméneutique complète et définitive, et je n'ai pas de thèse à imposer à des textes si riches et si polyphoniques, dont, dans sa seule vie, un chercheur reprend inlassablement (et avec autant de bonheur !) le déchiffrement. Les indications et suggestions proposées au lecteur sont le fruit d'une méditation personnelle, mais toujours nourrie des recherches d'autrui qui, approuvées ou discutées, sont évidemment mentionnées.

En sus de l'apparat critique, le lecteur trouvera, en annexes ou en appendice, divers documents ou instruments (comme une chronologie) qui lui permettront de mieux contextualiser et de mieux comprendre les comédies de Molière.

Mais, malgré tous les efforts de l'éditeur scientifique, chaque lecteur de goût sera renvoyé à son déchiffrement, à sa rencontre personnelle avec le texte de Molière !

---

6   Œuvres complètes de Molière, pour les « Grands écrivains de la France », 13 volumes de 1873 à 1900.

Nota bene :

1/ Les grandes éditions complètes modernes de Molière, que tout éditeur (et tout lecteur scrupuleux) est amené à consulter, sont les suivantes :

MOLIÈRE (Jean-Baptiste Poquelin, dit), *Œuvres*, éd. Eugène Despois et Paul Mesnard, Paris, Hachette et Cie, 13 volumes de 1873 à 1900 (Les Grands Écrivains de la France).

MOLIÈRE (Jean-Baptiste Poquelin, dit), *Œuvres complètes*, éd. Georges Couton, Paris, Gallimard, 1971, 2 vol. (La Pléiade).

MOLIÈRE (Jean-Baptiste Poquelin, dit), *Œuvres complètes*, édition dirigée par Georges Forestier avec Claude Bourqui, Paris, Gallimard, 2010, 2 vol. (La Pléiade).

2/ Signalons quelques études générales, classiques ou récentes, utiles pour la connaissance de Molière et pour la compréhension de son théâtre – étant entendu que chaque comédie sera dotée de sa bibliographie particulière :

BRAY, René, *Molière homme de théâtre*, Paris, Mercure de France, 1954.

CONESA, Gabriel, *Le Dialogue moliéresque. Étude stylistique et dramaturgique*, Paris, PUF, s. d. [1983] ; rééd. Paris, SEDES, 1992.

DANDREY, Patrick, *Molière ou l'esthétique du ridicule*, Paris, Klincksieck, 1992 ; seconde édition revue, corrigée et augmentée, en 2002.

DEFAUX, Gérard, *Molière ou les métamorphoses du comique : de la comédie morale au triomphe de la folie*, 2ᵉ éd., Paris, Klincksieck, 1992 (Bibliothèque d'Histoire du Théâtre) (1980).

DUCHÊNE, Roger, *Molière*, Paris, Fayard, 1998.

FORESTIER (Georges), *Molière*, Paris, Gallimard, 2018.

GUARDIA, Jean de, *Poétique de Molière. Comédie et répétition*, Genève, Droz, 2007 (Histoire des idées et critique littéraire, 431).

JURGENS, Madeleine et MAXFIELD-MILLER, Élisabeth, *Cent ans de recherches sur Molière, sur sa famille et sur les comédiens de sa troupe*, Paris, Imprimerie nationale, 1963. – Complément pour les années 1963-1973 dans *R.H.T.*, 1972-4, p. 331-440.

MCKENNA, Anthony, *Molière, dramaturge libertin*, Paris, Champion, 2005 (Essais).

MONGRÉDIEN, Georges, *Recueil des textes et des documents du XVIIe siècle relatifs à Molière*, Paris, CNRS, 1965, 2 volumes.

PINEAU, Joseph, *Le Théâtre de Molière. Une dynamique de la liberté*, Paris-Caen, Les Lettres Modernes-Minard, 2000 (Situation, 54).

3/ Sites en ligne

Tout Molière.net donne déjà une édition complète de Molière.

Molière 21, conçu comme complément à l'édition 2010 des *Œuvres complètes* dans la Pléiade, donne une base de données intertextuelles considérable et offre un outil de visualisation des variantes textuelles.

CHRONOLOGIE

(Du 29 novembre 1664
au 14 septembre 1665)

1664	29 novembre. Sur ordre de Condé, la troupe de Molière se rend au Raincy, chez la princesse Palatine, pour y jouer *Tartuffe* en cinq actes – comédie toujours interdite au public. 3 décembre. Signature d'un marché de décors pour *Dom Juan* – comédie qui n'est connue et désignée alors que sous le nom du *Festin de Pierre* – avec deux peintres. En 1663 et en 1664, paraissent deux volumes des *Œuvres* de Molière, qui sont des éditions collectives factices composées d'éditions séparées.
1665	31 janvier. L'imprimeur Robert Ballard publie *Les Plaisirs de l'île enchantée*, qui contiennent *La Princesse d'Élide*. 15 février. Création du *Dom Juan*, ou *Festin de Pierre*. La scène du Pauvre est coupée dès la seconde représentation. La pièce est exploitée jusqu'au relâche de Pâques ; elle disparaît de l'affiche après ces quinze représentations. Avril et mai. *Observations sur une comédie de Molière intitulée Le Festin de Pierre*, par le Sieur de Rochemont.

24 mai. Le libraire Louis Billaine fait enregistrer un privilège pour l'impression du *Festin de Pierre*; en vain, car Molière ne lui donnera jamais son texte.

12 juin. Lors d'un séjour de la troupe à Versailles, le roi fait connaître son désir que la troupe de Molière, toujours troupe de Monsieur jusqu'ici, devienne *troupe du roi*. La Grange recule cette date au *14 août*, parce que c'est alors que le roi versa une première pension de 6 000 livres à sa nouvelle troupe.

Fin juillet. *Réponse aux Observations touchant le Festin de Pierre de Monsieur de Molière.*

Début août. *Lettre sur les Observations sur une comédie du sieur Molière intitulée Le Festin de Pierre.*

14 septembre. Création à Versailles de *L'Amour médecin*, avec musique et ballet.

DOM JUAN,
OU LE FESTIN DE PIERRE

INTRODUCTION

Dans l'impossibilité de représenter son *Tartuffe* de 1664, aussitôt interdit après sa création devant le roi et la cour le 12 mai, Molière s'attache au combat de longue haleine qu'il va obstinément mener pendant cinq ans, comme nous l'avons vu précédemment : obtenir que la comédie litigieuse paraisse sur la scène. Mais la vie du théâtre doit continuer, grâce aux œuvres du chef de troupe et au répertoire, ancien ou nouveau, fourni par d'autres dramaturges ; parmi ces dernières créations : *La Thébaïde* de Racine, sa première tragédie (à partir du 20 juin) et *Othon* de Pierre Corneille (à partir du 9 novembre). De son propre cru, Molière redonne, pour un petit nombre de séances, outre diverses farces, *L'École des maris*, *L'Étourdi*, *Les Fâcheux*, *Sganarelle*, *Le Dépit amoureux*, *L'École des femmes* ; et le public du Palais-Royal peut voir enfin *La Princesse d'Élide*, qui a été créée à Versailles. À cela s'ajoutent les visites dans la famille royale et chez les grands. Il n'empêche que les recettes restent insuffisantes : il faut songer à un nouveau spectacle ; et Molière y songeait si bien qu'il avait signé un marché de décors pour une nouvelle comédie au début de décembre 1664. Enfin, après une interruption de huit jours, le 15 février 1665, Molière offrit à ses spectateurs une nouvelle comédie scandaleuse, connue alors seulement sous le titre du *Festin de Pierre*, et que nous appelons communément *Dom Juan*, à partir de l'édition posthume qui donne le titre *Dom Juan, ou Le Festin de Pierre*.

Étrange titre que ce *Festin de Pierre*, qu'on serait tenté d'écrire aussi *Festin de pierre* – ce qui serait aussi absurde ! C'est que la comédie de Molière prend place dans la postérité du drame espagnol de Tirso de Molina, intitulé *El Burlador de Sevilla y Combidado de piedra* – c'est-à-dire « le convié de pierre », par allusion à la statue du Commandeur tué par Dom Juan et qui accepte son invitation. Les versions théâtrales italiennes tirées de la pièce espagnole s'intitulent toujours correctement *Il convitato di pietra*. Mais les avatars français traduisirent le titre en *Le Festin de Pierre*, ce qui devint absurde ; et l'on tenta de masquer cette absurdité en appelant le Gouverneur ou Commandeur assassiné…Dom Pierre. Molière en tout cas reprit le titre français sans souci.

La comédie elle-même reste des plus singulières, la plus étrange assurément de toutes les comédies de Molière. C'est un chef-d'œuvre d'une originalité et d'une audace inouïes en son temps, mais dont les résonances n'ont cessé de se propager et ne cessent de se propager dans la modernité. Chaque grand metteur en scène[1] – comme il se doit – tente de renouveler l'interprétation, dans les deux sens du mot. Si bien que la multiplicité des interprétations de cette comédie déjà problématique, stimulante en soi, risque de rendre la pièce quelque peu énigmatique et pourrait paralyser la tâche herméneutique. Il faut s'y résigner, cependant, et bien distinguer, selon les recommandations de Jauss, l'interprétation de la pièce dans son contexte de création, et les réceptions ultérieures.

---

1   En ce cas, comme dans celui de *Tartuffe*, le dossier des mises en scène et des interprétations des grands comédiens est considérable : impossible de l'ouvrir pour ces deux chefs-d'œuvre, encore moins que pour les autres comédies de Molière. Mais le lecteur trouvera des indications dans les bibliographies des différents volumes.

UN MYTHE

On a trop dit que, bousculé par les circonstances
– l'interdiction du *Tartuffe*, le désarroi de la troupe, la nécessité de proposer quelque nouveauté –, Molière avait saisi la
popularité du thème de Dom Juan pour écrire (improviser
en prose, disent même certains) à la hâte les cinq actes de
ce *Festin de Pierre*, dans la représentation duquel, d'ailleurs,
il se donna le grand rôle comique du valet Sganarelle. Si
le poids des circonstances fut réel, Molière ne s'est pas
emparé de son sujet à l'aveugle, et c'est avec réflexion et
préméditation qu'il conçut et réalisa son projet idéologique.
Reste que la légende s'imposait à lui et qu'il accueillit ce
mythe devenu pérenne[2] à la source de sa création géniale.

Si on laisse de côté la préhistoire du mythe, son vrai
point de départ est espagnol et l'auteur de la pièce originelle,
El Burlador de Sevilla, est réputé être Tirso de Molina ; la
critique incline à dater l'œuvre de 1619[3]. C'est cette *comedia*
qui cristallisa les éléments épars en un ensemble de haute
portée. Les aventures amoureuses d'un libertin s'y déploient
en un drame religieux. Le problème du *Burlador* est théologique et concerne le péché, le repentir et le pardon de Dieu.
La leçon est morale et salutaire : il ne faut pas attendre le

---

2   On s'appuie toujours sur le travail ancien de Georges Gendarme de
     Bévotte, *La Légende de Dom Juan...*, 1906 puis 1911 (Slatkine Reprints,
     1970). Analyse générale du mythe, avec ses variantes et ses invariants,
     dans Jean Rousset, *Le Mythe de Don Juan*, 1978. Nombreux textes publiés
     et présentés par Jean Massin dans *Dom Juan. Mythe littéraire et musical*,
     1993.
3   Édition et traduction par Pierre Guenoun, Paris, Aubier-Flammarion,
     1968 et 1991. Voir, dans la collection « Parcours critique », Didier Souiller,
     Tirso de Molina. El Burlador de Sevilla, Paris, Klincksieck, 1993.

dernier moment pour se repentir et se convertir. Les trois
journées du *Trompeur* (*Burlador*) *de Séville* ne sont donc pas
une pièce de mœurs ou une comédie de caractère, mais un
avertissement à une jeunesse insouciante de son salut. Il
est à noter que le jeune Espagnol Don Juan, qui a les traits
agréables d'un cavalier d'Espagne, qui séduit les femmes
comme un forcené, qui se révolte contre les contraintes et
les lois, n'est pas un athée ; il est impie par insouciance,
dit Gendarme de Bévotte, parce que la satisfaction de son
libertinage passe avant tout. La foi a persisté, bien étouf-
fée, en lui ; mais quand il tente de se repentir au dernier
moment, il est rattrapé par le châtiment divin et voué aux
flammes. Dans cette intrigue de tragi-comédie, le *burlador*
est flanqué de son valet comique, mais sans former, comme
ce sera le cas chez Molière, un véritable couple avec lui.

La légende passa d'abord en Italie, avec le *Convitato di pietra*
du pseudo-Cicognini et avec une série de *scenarii* – *Il Convitato
di Pietra, L'Ateista fulminato* – dont l'un (*Le Festin de Pierre*, vers
1660) a été joué par le grand Dominique Biancolelli avec la
troupe italienne installée à Paris et qui partageait avec Molière
le théâtre du Palais-Royal. Pour autant qu'on en puisse juger,
des inflexions majeures se dessinèrent par rapport à l'original
espagnol, en particulier l'abandon de la dimension religieuse
et le développement des éléments comiques. Tous ces textes
italiens sont à dater du milieu du XVIIᵉ siècle.

Mais ce sont les deux comédies françaises de ses confrères
Dorimond et Villiers, au même titre : *Le Festin de Pierre, ou
Le Fils criminel*, publiées respectivement en 1659 et en 1660,
qui mirent en branle l'imagination de Molière[4]. Pour Enea
Balmas, Dorimond est le vrai créateur du personnage de

---

4   Textes dans *Le Festin de Pierre avant Molière…*, éd. Georges Gendarme
     de Bévotte, mise à jour par Roger Guichemerre, 1988. Enea Balmas a
     édité et analysé ces textes : *Il mito di Don Giovanni nel seicento francese,*

Dom Juan ; dans la mesure où il donne de son héros des images successives et lui confère une dimension nouvelle. Tour à tour courageux ou cruel, changeant et séducteur impénitent, il devient un rebelle qui revendique sa liberté, veut se soucier de sa raison (donnée par Dieu), et commence par refuser le père qui lui interdit ses plaisirs. Pour la satisfaction de ses désirs, il viole et tue, sachant qu'un Dieu punira (il n'est pas athée), mais il reste ferme, sans crainte, jusque devant les menaces finales de l'Ombre, bravant toujours ce qu'il appelle ses « destins ».

C'est à cette comédie, qui pose des questions métaphysiques, que doit Molière, beaucoup plus qu'à celle de Villiers, chez qui le personnage de Don Juan devient un vulgaire épicurien, brutal et odieux.

Par cette série de filiations, Molière récupéra l'héritage du mythe et de ses invariants – avec l'apparition du mort punisseur, le groupe des victimes féminines du séducteur, un Dom Juan abandonné à l'instant, pécheur et réprouvé. Mais pour transformer le mythe, en créer un autre avatar en quelque sorte, et le hausser à un niveau inédit.

UNE ESTHÉTIQUE
RADICALEMENT ORIGINALE

Rien ne ressemble à *Dom Juan* dans tout le théâtre de Molière. On ne sait trop comment qualifier cette pièce, à quel genre la rattacher, tant elle semble déborder les cadres habituellement répertoriés dans sa dramaturgie.

2 vol. en 1977 et 1978 ; voir aussi son article « Don Giovanni nel seicento francese », [in] *Studi di letteratura francese*, VI (1980), p. 5-43.

Registres et tons, mêlés, laissent dans la même indécision. Avant même la tâche herméneutique, la considération de la forme et de la structure de cette comédie quelque peu énigmatique s'impose.

LE GENRE ET LES TONS

Comédie ? Disons d'abord, avant de discuter cette appellation générique, que *Dom Juan* est à considérer comme une pièce à machines et à spectacle, comme l'a montré il n'y a guère Christian Delmas[5]. Des documents d'archives éclairent sur les décors, la scénographie et la machinerie, qui nécessitaient un début d'aménagement de son théâtre et prouvent que Molière voulait produire une de ces pièces qui florissaient dans la décennie 1661-1671. Cette nouvelle pièce de Molière devait combler et éblouir les yeux des spectateurs, déjà par le nombre et la variété des décors ; mais s'ajoutaient le prestige des machines et leur merveilleux : un tombeau qui s'ouvre et laisse apparaître une statue qui commence de s'animer et baisse la tête, puis qui se déplace à la table de Dom Juan, qui enfin saisit sa main pour le perdre ; un spectre en femme voilée qui se métamorphose sous les yeux du public en allégorie du Temps, avant de s'envoler ; la disparition du libertin dans les flammes. On sent une progression dans l'utilisation des machines aux deux derniers actes, qui triomphe avec cette apothéose de l'engloutissement final, véritable bouquet du feu d'artifice machinique. C'était la logique de la pièce à machines. La question sera de savoir si Molière prenait tout à fait au sérieux la machinerie finale.

---

5   *Mythologie et mythe dans le théâtre français...*, 1985, p. 105-138 (repris dans le volume « Parcours critique » consacré *Dom Juan*, articles réunis par Pierre Ronzeaud, 1993, p. 138-148).

« Pièce à machines » ne renvoie qu'à une scénographie et caractérise insuffisamment *Dom Juan*. Une étude récente de poétique, due à Jean de Guardia[6], montre qu'aux yeux des classiques, *Dom Juan* était bel et bien considéré comme une comédie de caractère, proposant la peinture d'un athée – personnage d'ailleurs fort difficile à caractériser sur la scène, car, dans le contexte de la société classique, l'athéiste ne pouvait pas s'expliquer, ni s'exhiber. Et la logique de la comédie de caractère rejoindrait celle de la pièce à machines : persistant dans la cruauté (avec le Pauvre) et dans le mal (les séductions successives ; le mépris du père ; l'hypocrisie), sourd aux remontrances et aux appels à la conversion, le héros est châtié et damné, frappé visiblement par « le foudre » final et voué aux flammes. Cette fin, où tendent à la fois la pièce à machines et la comédie de caractère, pourrait être considérée comme une fin de tragédie ; la fin heureuse n'aurait pu être que la conversion du libertin. Fin tragique, à condition, toujours, que son dénouement soit pris tout à fait au sérieux par Molière.

En tout cas, outre le châtiment du libertin frappé par le Ciel, enjeu proprement religieux, d'autres éléments relèvent du sérieux. À commencer par le personnage d'Elvire, amoureuse arrachée à son couvent, mariée au séducteur et vite abandonnée par lui, outragée, mais qui pardonne et qui, au lieu de se soucier de vengeance, ne pense qu'au salut – au sien et à celui de son mari. Radicale conversion ! De ce personnage au rôle très court – deux apparitions seulement, en I, 3 et en IV, 6, aux extrémités de la pièce –, Molière a fait une sainte assez émouvante. Auparavant, son abandon avait entraîné la vengeance de l'honneur familial par ses frères, Dom Carlos et Dom Alonse, qui font accéder aux

---

6   « Pour une poétique classique de *Dom Juan*. Nouvelles observations sur la comédie du *Festin de Pierre* », XVIIe siècle, n° 232, 2006-3, p. 468-497.

valeurs nobles et à leur casuistique. Dom Louis, le père de
Dom Juan, est apparemment un père noble. Ces thématiques
héroïques et religieuses relèvent carrément du ton tragique.

Et pourtant, de l'éloge paradoxal[7] du tabac débité par
Sganarelle à l'ouverture de la comédie à ses grotesques
lamentations sur ses gages perdus qui fermaient la pièce
originelle, *Dom Juan* ne cesse de donner à rire. Une scène,
un acte, un personnage viennent imposer le rire, en parfaite
contradiction avec le sérieux pourtant extrêmement présent.

L'éviction du créancier M. Dimanche (IV, 3) est un passage de haute fantaisie avec le jeu souverain de Dom Juan,
qui enferme littéralement dans le dialogue le malheureux
marchand, avant de l'expulser en l'accablant de civilités.
Tout l'acte II chez les paysans, qui est loin d'être dépourvu
de signification pour le personnage de Dom Juan, affirme le
comique. Invraisemblablement, ces paysans de Sicile parlent
(surtout les garçons et moins systématiquement les filles, ce
qui est intéressant) un patois stylisé de l'Île-de-France, qui
réjouit avec ses continuelles incorrections et déformations.
Le langage n'est pas le seul comique. Le paysan Pierrot, avec
son récit maladroit et sans gloire, avec son insatisfaction
d'amoureux de village, la naïveté de Charlotte, d'emblée
attirée par le grand seigneur, donnent à rire[8].

---

7   Depuis 1991 (« Le *Dom Juan* de Molière et la tradition de l'éloge para-
     doxal », XVIIe *siècle*, n° 172, 1991, p. 211-227 ; repris dans le volume
     « Parcours critique », *op. cit.*, p. 175-191), et dans son travail sur *Dom
     Juan* (*Dom Juan et la critique de la raison comique*, 1993 et 2011), et dans
     son travail sur l'éloge paradoxal (*L'Éloge paradoxal de Gorgias à Molière*,
     1997), Patrick Dandrey a insisté sur ce procédé, sur ce véritable genre
     comique, où Molière se fait un peu l'héritier du farceur de début du
     siècle Bruscambille. À côté de l'éloge du tabac, il y a aussi – mais faits
     sur un autre ton, où la surprise deviendrait scandale, par le maître de
     Sganarelle : l'éloge de l'infidélité (I, 2) ou l'éloge de l'hypocrisie (V, 2).
8   Voir Charles Mazouer, *Le Personnage du naïf dans le théâtre comique du
     Moyen Âge à Marivaux*, 1979, p. 206-210.

Contrairement à ce qu'on a essayé parfois de prouver[9], même s'il échoue avec les deux paysannes, pris à son jeu et mis dans une situation bien embarrassante, même si, infiniment plus gravement, son athéisme et son libertinage ne sont qu'illusion et finissent par être rattrapés par la punition céleste, Dom Juan n'est en rien un personne comique.

En revanche oui, dans ce couple étrange, toute la charge du comique, de faire rire de ses bouffonneries de sot, pèse sur les épaules du valet Sganarelle – Molière s'étant réservé le rôle et devant y exceller. Le *gracioso* fait rire de ses traits rustiques. Il est tenaillé par toutes sortes de peurs : il craint la mort (II, 5), les dangers (III, 3) ; la statue animée du Commandeur le laisse sans voix (III, 5), et son apparition chez Dom Juan met le comble à la panique du valet (III, 7). Sa gloutonnerie fournit l'occasion de plusieurs *lazzi* dans le goût italien (IV, 7). De son aventure avec Dom Juan, Sganarelle ne retiendra, ou retiendra surtout la perte de ses gages. Ses idées sont aussi médiocres que sa personne : il suit la morale commune et de ridicules superstitions lui tiennent lieu de religion. S'il a la pitié facile (avec les paysannes qu'il met en garde contre Dom Juan, en II, 4 ; avec Elvire dont l'intervention le fait pleurer, en IV, 6), il reste un sot qui entrevoit son incapacité profonde à la formulation d'idées et d'arguments. Voilà le personnage comique, qui prend encore plus de relief dans son extraordinaire compagnonnage avec son maître, comme nous le verrons.

Réservons aussi pour la suite les effets d'ironie, qui sont infiniment plus subtils, et qui engagent parfois plus fondamentalement la signification de la pièce. Tout le débat casuistique sur l'honneur et la vengeance entre les deux

---

9   Voir Odette de Mourgues, « Dom Juan est-il comique ? », [in] *La Cohérence intérieure…*, 1977, p. 33-45 (repris dans le volume « Parcours critique », *op. cit.*, p. 149-160).

frères d'Elvire (III, 3 et 4) ne révèle-t-il pas une légère critique de l'aristocratie ? Faut-il prendre tout à fait au sérieux la longue tirade noble de Dom Louis qui paraît, dans sa grandiloquence, un peu creuse (IV, 4) ? Et la machinerie du dénouement...

Bref, où sommes-nous ? Dans une comédie ? Dans une tragi-comédie ? Ni l'une ni l'autre vraiment. Une porte de sortie est possible du côté de la dramaturgie baroque – peut-être un peu facile, la notion finissant par couvrir toutes sortes de marchandises ! Pourtant, les thèmes de l'inconstance, de l'hypocrisie, de la fuite, la mobilité générale, la variété, le spectacle et les machines, le jeu de la séduction et le libertinisme peuvent fournir des arguments solides dans cette direction[10]. Il me semble préférable, sans le qualifier autrement que ne l'a fait Molière, qui écrivit une *comédie*, de garder à ce chef-d'œuvre son ambigüité de genre et son indécision de ton.

LA DRAMATURGIE

Et cette « comédie » avait de quoi faire frémir les doctes avec leurs règles[11]. Pour commencer, elle est en prose. Ce n'était point là une hérésie ; mais pour une comédie engageant de tels enjeux, une grande comédie en somme, comme on disait alors, le vers paraissait plus approprié – voir *Tartuffe*, avant, et *Le Misanthrope*, après. Certes, les vers blancs sont nombreux dans le texte de *Dom Juan*, mais sans lui donner un rythme. Pourquoi ce choix ? La hâte à écrire la comédie n'explique pas tout. Ici, pour Molière, la prose constitue un outil d'une grande souplesse et qui s'ajuste parfaitement à la diversité des situations, des tons et

---

10   Voir Giovanni Dotoli, *Le Jeu de Dom Juan*, 2004.
11   Voir toujours Jacques Scherer, *Sur le « Dom Juan » de Molière*, 1967.

des styles : tour à tour, elle peut être sentencieuse, lyrique, grandiloquente, suppliante, menaçante, enjouée, ironique ou cynique.

L'unité de lieu ? Dans la Sicile de fantaisie annoncée, on suit les errances de Dom Juan et de son valet en cinq lieux successifs. *Le Devis des ouvrages de peintures qu'il convient faire pour messieurs les comédiens de Monseigneur le duc d'Orléans, frère unique du Roi*[12] décrit même six décors – deux en fait, pour l'acte III. Acte I : un palais ; acte II : « un hameau de verdure » ; acte III : une forêt dans laquelle prend place ce que le devis appelle un « temple », c'est-à-dire le tombeau du Commandeur qui s'ouvre et dévoile la Statue ; acte IV : une chambre de l'appartement de Dom Juan ; acte V : une ville – un extérieur, proche sans doute de la forêt d'où viendra la Statue. Faute contre la règle de l'unité ? Non pas, mais nécessité qui s'imposait au dramaturge. Son héros se prendrait pour une force qui va, la force du désir, mais il est surtout une force qui fuit – un « pèlerin » par nécessité (Sganarelle ne croit pas si bien dire), qui va de femme en femme et de lieu en lieu, bientôt poursuivi, pour être finalement pris au piège, très exactement aboli de tout lieu, consumé. Seule une scénographie multiple pouvait rendre cela.

L'unité de temps n'est pas mieux respectée, parce que le dramaturge avait besoin d'une certaine durée pour son action dramatique. On peut suivre les intéressantes suggestions de Jean-Michel Pelous[13] et imaginer que l'action de *Dom Juan* dure deux journées, avec l'interruption de la nuit qui forme césure à la fin de l'acte IV. D'abord le temps

---

12 Publié p. 1209-1210 du t. II des *Œuvres complètes* dans la nouvelle Pléiade, 2010.

13 « Les problèmes du temps dans le *Dom Juan* de Molière », *R.S.H.*, 1973, p. 555-563 (repris dans le volume « Parcours critique », *op. cit.*, p. 131-137).

du libertinage : Dom Juan s'abandonne à son libertinage, au hasard des péripéties, faisant face avec calme et brio, souvent, aux événements contraires. Ensuite, à l'acte V, vient le temps des échéances, des dettes à acquitter. Les événements se bousculent, en un rythme rigoureux, implacable, dirait-on. Les échappatoires ne sont plus de saison, même pas l'hypocrisie, qui permettrait un libertinage à petit bruit. La société veut la punition, et le Ciel, faute de repentir, frappe. On se demande bien comment tout cela aurait pu se dérouler et se montrer en 12 ou en 24 heures !

Et l'action ? En fait, on ne peut pas parler d'une action, mais *des actions* qui constituent la comédie. Impossible de repérer une intrigue qui irait de son exposition (à vrai dire, il n'y a pas d'exposition ici) à son dénouement à travers un conflit strict et ses péripéties. La comédie nous intéresse à un couple – le maître et le valet – qui va son chemin au hasard des événements, mu par le dynamisme de Dom Juan. Pas d'unité d'action, mais éventuellement une unité d'intérêt et de péril, dont le libertin est l'objet. L'action dramatique est fragmentée en une série de tableaux qui tous concourent au portrait de Dom Juan, qui en sont en quelque sorte, comme dit joliment Jacques Scherer, la chronique. Si l'on y réfléchit bien, au fond *Dom Juan* exhibe une structure qui est universelle dans la dramaturgie moliéresque, même si elle est d'ordinaire masquée : Molière place son héros comique dans divers situations, afin d'en donner la peinture par une série d'éclairages.

Si donc l'action, au sens d'une intrigue classique, est abolie ici, les actions produites sur la scène ne le sont pas dans le désordre. Comme le lieu et le temps, l'action dramatique est régie et unifiée par le personnage principal et son destin. Les conquêtes, les dérobades, les fuites et les refus de Dom Juan, qui ne tient aucun compte des remontrances et des avertissements, entraînent une structure à tiroir avec des scènes ou des groupes de scènes qui sont autant d'étapes diverses sur le chemin de la damnation, laquelle constitue en quelque sorte le dénouement de cette aventure du libertin. De même, des rapprochements peuvent être faits entre les épisodes, des ensembles se constituer, par exemple par acte (après un acte dominé par Elvire, l'acte paysan, l'acte des fragiles et derniers succès de Dom Juan, l'acte des importuns, avant l'acte de l'échec définitif), des fils tendus d'un épisode à l'autre, ne serait-ce qu'avec la réapparition des personnages (Elvire ; Dom Louis). En un mot, la multiplication n'est ni l'arbitraire, ni le désordre.

Le libertin est celui qui prend des libertés à l'égard des règles sociales, morales et religieuses, qui se veut libre. Le libertin Dom Juan se veut libre. Un tel héros demandait automatiquement une dramaturgie libre, docile au personnage, une esthétique libérée. Cette adéquation nécessaire entre la forme, la structure et la pensée signale encore le chef-d'œuvre de génie.

QUI EST DOM JUAN ?

Arrêtons-nous un peu sur le personnage de Dom Juan, que Molière a évidemment renouvelé, ne serait-ce qu'en l'inscrivant dans la société de son temps. Et cela doit nous être une mise en garde : il faut éviter de faire porter au personnage de Molière le poids de tous les avatars, en particulier ultérieurs, qu'a pu charrier le mythe. De fait, le personnage mythique s'est accru d'une dimension et d'une gravité métaphysiques que le XVIIᵉ siècle ne connaissait pas, qui s'en tenait souvent à la seule transgression de la loi morale et religieuse.

Le Dom Juan de Molière est déjà le représentant d'une certaine aristocratie, qui compense son déclin politique par un amoralisme affiché, mais que son libertinage rejette encore davantage de toute position sociale[14]. « Un grand seigneur méchant homme », résume Sganarelle, qui donne décidément des éléments fort importants sur son maître en le désignant d'entrée à Gusman.

Grand seigneur, oui, et de race, même s'il dégénère. Il n'en a pas seulement l'habit, qui éblouit les paysans naïfs ; il en montre les qualités de courage, avec un certain panache, quand il vole au secours de Dom Carlos et affronte les frères qui le poursuivent, en étant fidèle à l'honneur aristocratique. Il en a aussi le mépris pour les petites gens : le valet qui est à son service, les paysans qu'il dupe et rudoie, son créancier le marchand M. Dimanche qu'il ne remboursera jamais. Méchant homme aussi, nous allons le voir plus amplement. Mais il y a dans ce libertin une légèreté, une jeunesse, une part de jeu et d'insouciance qui masqueraient presque l'absence de scrupules, le cynisme et même la cruauté. Qualifier Dom Juan de blondin ou de petit marquis est sans doute excessif, mais cela évite de dresser sur un socle un athée prométhéen, qu'il n'est pas.

Présentons un peu ce libertin de mœurs, ce libertin de pensée qu'aucune échappatoire – même pas l'hypocrisie – ne pouvait soustraire au châtiment de l'enfer. Dès la première scène aussi, Sganarelle souhaitait pour son maître « qu'il fût déjà je ne sais où »…

---

14   Voir Paul Bénichou, *Morales du Grand Siècle*, 1948.

LE SÉDUCTEUR

Le spectateur est d'abord mis en face de l'« épouseur à toutes mains » défini par Sganarelle, du séducteur : il vient d'abandonner Elvire, après l'avoir arrachée de son couvent et secrètement épousée. « Un autre objet a chassé Elvire de ma pensée », déclare-t-il tranquillement à son valet (I, 2). Une jeune fiancée, sur le point de se marier, a émoustillé son désir et il s'apprête à l'enlever ; la fâcheuse venue d'Elvire retarde seulement un peu la réalisation de ce projet. Il lui suffit d'« *une petite réflexion* » (c'est la didascalie) pour éliminer les menaces de vengeance que vient de proférer Elvire, et il repart vers sa nouvelle conquête : « Allons songer à l'exécution de notre entreprise amoureuse » (I, 3). On en sait le piteux échec, et que ce malheur est bientôt réparé par le charme de deux paysannes.

Dom Juan laisse aller son désir et se laisse aller à son désir, à l'expansion libérée de son désir et de son plaisir, à sa nature, à la jouissance égoïste qui se prend dans l'instant et n'a d'autre règle que la mobilité et l'inconstance. Dans une très belle tirade provoquée par le moralisme de Sganarelle, en I, 2, Dom Juan chante littéralement ce qu'est la beauté (selon lui) et la morale particulière du donjuanisme : soumission aux lois de la nature, aux injonctions du désir, à l'appel du charme de toutes les belles, disponibilité, contre toute limitation, contre toute claustration, du désir et du cœur – la force du désir. La plaisir est d'abord et en grande partie plaisir de la conquête amoureuse, de la chasse amoureuse, de la traque jusqu'à la prise. Expansion infinie :

> Il n'est rien qui puisse arrêter l'impétuosité de mes désirs : je me sens un cœur à aimer toute la terre ; et comme Alexandre, je souhaiterais qu'il y eût d'autres mondes, pour y pouvoir étendre mes conquêtes amoureuses.

Le plaisir du mouvement oratoire, agrémenté de feinte indignation ou d'ironie, le bonheur du ton, le lyrisme même de
la tirade, qui façonne l'apologie satisfaite et complaisante
– triomphante, dirait-on – du libertinage amoureux, ne
masque pas l'envers de la doctrine.

Cette expansion du moi amoureux, sans limite et sans
frein, montre vite sa face sombre et ses dangers. L'absolu du
désir nie le droit des autres. Les proies féminines de Dom
Juan sont traitées avec mépris ou avec cruauté. À leur égard,
le prédateur fausse le langage : séduire, pour Dom Juan qui
refuse la durée et l'engagement, c'est toujours à la fois dire
vrai (la vérité instinctive du désir) et mentir, car la parole
d'un inconstant est sans poids. Et apparaît la transgression.
Dom Juan refuse les bornes que la société met à l'anarchie
du désir et fait fi du mariage dont l'Église a fait un sacrement. Dom Juan tourne en dérision le mariage ; « épouseur
à toutes mains », il se met à dos et la société et l'Église. Telle
est la licence, tel est le libertinage de mœurs. La comédie
en montrera l'échec, après en avoir dressé le défi ; elle n'en
dévoile pas le vice profond, la vanité morale : à multiplier
et à varier à l'infini ses prises, que tient finalement Dom
Juan ? Au fait, après quoi court-il ?

L'ESPRIT FORT

Dom Juan n'est pas seulement un libertin de mœurs,
mais aussi un libertin de pensée, ce qu'on appelait aussi
un *esprit fort* – celui qui résiste au dogme et à la morale de
l'Église, qui prend sa liberté à leur égard, qui s'en affranchit.
Pas seulement, pour parler le langage fort approximatif
de Sganarelle, un « pourceau d'Épicure », mais aussi un
« hérétique » – comprenons : un homme qui ne croit à
rien. Et pour apprécier justement ce libertinage de pensée,

méfions-nous des jugements dudit Sganarelle, dont la foi est surtout une simple superstition.

Le refus des « saints nœuds du mariage » (comme dit Gusman) pose déjà la volonté de braver le christianisme. Mais à quoi croit Dom Juan ? Son âme est aussi « mécréante » en matière de médecine qu'en matière de foi religieuse ; il est aussi impie en religion qu'en médecine – selon un glissement qu'on retrouvera dans l'ultime comédie de Molière, *Le Malade imaginaire*, où l'impiété de Béralde en fait de médecine n'est probablement que l'image de son libertinage religieux.

Il faut prendre garde au contexte des déclarations de Dom Juan, quand il laisse son valet raisonner et disputer avec lui, en III, 1. Dom Juan est en bonne humeur et il s'amuse avec et de son valet ; il le laisse même l'interroger sur ses croyances. Mais il semble assez vite excédé. Aux questions directes sur la foi au Ciel, à l'enfer et à l'autre vie, Dom Juan se garde de répondre formellement par la négative et se débarrasse des questions. Sganarelle interprète correctement : Dom Juan n'y croit pas. Entretiendrait-il une croyance positive ? On connaît la célèbre réponse, qui est une profession de foi en l'arithmétique : « deux et deux sont quatre » affirme la réalité du calcul, de la science et de la raison[15], et nie du même coup tout le domaine de la foi. Deux aspects sont à tenir ensemble, qui sont vrais tous les deux. D'une certaine manière, dans ces déclarations, il y a la volonté de se débarrasser par une pirouette, par une bravade, de questions embarrassantes. Comme un

---

15 La rébellion de Dom Juan contre un phénomène merveilleux, miraculeux, et la volonté de l'expliquer rationnellement (IV, 1) ne signalent pas l'athéisme ; la foi n'invite pas à croire aux statues qui s'animent ! Cette rébellion fait cependant nombre avec les autres refus du surnaturel, en ce sens que Dom Juan refuse d'y voir un signe, un message supplémentaire du divin.

petit marquis spirituel et superficiel; et l'on peut accepter la jolie formule des récents éditeurs de la Pléiade[16] : « esprit fort à l'esprit court » – même si l'on voit mal, pour défendre le personnage de Molière, et cela a été remarqué, comment Molière aurait pu faire développer et argumenter son athéisme à Dom Juan sur une scène du XVIIe siècle. Mais d'un autre côté, l'athéisme est bien là. Dom Juan est peut-être libertin sans savoir pourquoi, mais il l'est bel et bien[17]. Molière a bien fait le portrait d'un athée; et d'un athée qui tient assurément tête au christianisme.

Juste après la scène ici évoquée, Dom Juan et Sganarelle rencontrent un Pauvre. La scène, on le sait, fut très vite censurée, et par Molière le premier, car jugée trop sulfureuse. Dom Juan, après avoir tourné en dérision l'efficacité de la prière, s'apprête à donner un louis d'or au miséreux, mais à condition qu'il jure, c'est-à-dire qu'il blasphème. Ce petit jeu de la tentation est diabolique et le Pauvre résiste, ce qui amène Dom Juan à donner le louis « pour l'amour de l'humanité » – ce qui est une version retournée de la formule « pour l'amour de Dieu » et ce qui signale encore un refus de la divinité, un refus, une dérision de la charité chrétienne.

Et Dom Juan accumule des fautes. Contre le quatrième commandement, par exemple, quand il bafoue son père. Ou quand il décide de singer la dévotion pour masquer son libertinage. Mais plus grave, au fond de tout cela, plus grave

---

16   Georges Forestier et Claude Bourqui, t. II, 2010, p. 1638.
17   Contrairement à ce que pense Anthony McKenna, qui ne voit en lui qu'un faux libertin dont le libertinage sert surtout de masque à la satisfaction de ses passions (*Molière dramaturge libertin*, 2005, chap. IV). – Sur la figure du libertin au XVIIe siècle et en particulier sur notre Dom Juan, voir les travaux de Louise Godard de Donville, et surtout « Dom Juan un ou multiple ? L'unité d'un personnage et ses enjeux », *Le Nouveau Moliériste*, I, 1997, p. 146-162.

car il ne s'agit pas de pirouettes verbales ou de bravades pour masquer l'embarras ou l'échec (le Pauvre a résisté : il faut sauver la face) : l'athée se moque du Ciel et de son salut. Avec une constance obstinée, Dom Juan le pécheur fait fi de tous les avertissements qui lui sont prodigués, et par tous, à changer sa conduite qui fâche le Ciel. « Sganarelle, le Ciel ! », raille-t-il lors de la première entrevue avec une Elvire furieuse (I, 3). Comme dit Jacques Truchet[18], Dom Juan est bon théologien : il n'ignore rien du thème de l'endurcissement dans le péché, de la conversion nécessaire. Mais pécheur il est, pécheur il restera : il est théologien sacrilège. Son athéisme aura sa réponse nécessaire avec le jugement final de la Statue, au moment où elle précipite l'athée à l'abîme :

> Dom Juan, l'endurcissement au péché traîne une mort funeste, et les grâces du Ciel que l'on renvoie ouvrent un chemin à sa foudre[19].

LA FUITE ET L'ÉCHEC

Très vite dans la comédie, Dom Juan est en nécessité de fuir ; le chasseur est pourchassé et progressivement pris au piège. Elvire et ses frères sont à ses trousses ; son projet d'enlèvement échoue piteusement ; deux paysannes courtisées simultanément le somment de choisir entre elles, le faisant comiquement victime de ses promesses à deux filles à la fois. Et le voilà obligé de fuir devant ses poursuivants et de se déguiser – premier déguisement, concret. Autant de menaces et d'échecs, à quoi l'on peut ajouter la résistance du Pauvre. Dès lors, il lui est nécessaire de fuir, d'errer,

---

18 « Molière théologien dans *Dom Juan* », *R.H.L.F.*, 1972, 5-6, p. 928-938 (repris dans le volume « Parcours critique », *op. cit.*, p. 83-92).
19 V, 6.

égaré dans la forêt tandis que le pressent ses poursuivants,
humains et de l'autre monde. Sans doute se débat-il avec
habileté, panache, noblesse ou arrogance. Il montre un beau
souci de l'honneur, et du courage, quand il rencontre les
deux frères qui réclament vengeance ; il brave la Statue du
Commandeur qu'il a tué et ne bronche pas devant les manifestations de ce surnaturel. La plus réjouissante dérobade
est celle qu'il réalise devant M. Dimanche (IV, 3), qui est
éconduit avec une maestria de grand seigneur méprisant.
Mais c'est toujours une manière de fuite.

C'est que tous voudraient acculer Dom Juan à payer ses
dettes[20]. Dom Juan a toujours payé de mots sans valeur,
corrompant ainsi l'échange. Vis-à-vis de ses créanciers ;
mais aussi vis-à-vis des femmes séduites à qui il promettait
ou accordait le mariage, de la société dans son ensemble
dont il a refusé les règles. Ayant fait fi du mariage et de
l'honneur de son épouse, ayant choisi l'aventure du désir
au détriment de l'ordre stable, il a refusé de payer sa dette
à la société, qui le rattrape. Depuis le début de la comédie,
il tente d'esquiver, d'échapper.

La dernière échappatoire n'est pas la moins intéressante
– outre sa signification dans la polémique du *Tartuffe*. Bon
analyste de la société de son temps, et de l'hypocrisie qui y
triomphe, Dom Juan compte éviter de payer en se déguisant,
en payant encore avec de la fausse monnaie : la grimace
du faux dévot le mettrait à l'abri de la réprobation sociale

---

20 Un article de Michel Serres (« Le don du *Dom Juan* de Molière ou la naissance de la comédie », 1968), repris dans le volume « Parcours critique »
(*op. cit.*, p. 31-40), a inspiré plusieurs études (de Claude Reichler, « Dom
Juan jouant », *ibid.*, p. 49-76 ; de Michel Pruner, « La notion de dette
dans le *Dom Juan* de Molière », *R.H.T.*, 1974, p. 254-272) qui s'appuient
sur les notions d'*échange* et de *dette* pour analyser le cas de Dom Juan.
De fait, la métaphore économique est éclairante pour l'analyse morale
du personnage.

et lui permettrait de poursuivre sa vie libertine « à petit bruit », en continuant de transgresser les règles :

> C'est sous cet abri favorable que je veux me sauver, et mettre en sûreté mes affaires. Je ne quitterai point mes douces habitudes ; mais j'aurai soin de me cacher et me divertirai à petit bruit[21].

Ce choix est-il tout à fait cohérent avec ce qu'on sait du personnage de Dom Juan, plus flamboyant que scélérat ? Quoi qu'il en soit, il pourrait sans doute réussir et se mettre à couvert du châtiment social, – et faire ainsi de lui un autre Tartuffe. Mais Dom Juan ne peut se moquer de la transcendance.

Si l'on admet le plein sérieux du dénouement, les dettes de Dom Juan lui sont protestées alors une fois pour toutes. Le libertin, sensuel et athée, qui n'a cessé d'aggraver son cas moralement, socialement et religieusement, est précipité dans le châtiment ; le Temps arrive avec sa faux (V, 5) – c'est le temps de la punition pour celui qui a obstinément refusé de se soumettre à l'ordre et qui refuse encore de se repentir de ses fautes. Il doit payer, et sa mort restaure l'ordre qu'il avait contesté et ébranlé. C'est le (presque) dernier mot de Sganarelle :

> Voilà par sa mort un chacun satisfait : Ciel offensé, lois violées, filles séduites, familles déshonorées, parents outragés, femmes mises à mal, maris poussés à bout, tout le monde est content[22].

Reste à savoir si Molière veut absolument nous faire admettre cette version bien édifiante du destin de son personnage.

---

21 V, 2.
22 V, 6.

LE MAÎTRE ET LE VALET

Ce libertin, cet athée est-il bien le personnage central de la comédie ? C'est douteux, car *le* personnage central de *Dom Juan*, c'est plutôt le couple étonnant que le maître forme avec son valet Sganarelle, son double grotesque et son contraire. Les deux personnages sont presque toujours ensemble sur la scène ; il est bien rare que Sganarelle ne flanque pas son maître et lui échappe – le précédant parfois, le suivant aussi, jusqu'à la mort du maître, qui seule pouvait briser le couple. À ce compagnonnage entre un maître et son valet, traditionnel en comédie, Molière donne une portée singulière.

L'OPPOSITION

Tout oppose les deux personnages, à commencer par l'âge : à la création La Grange, qui jouait Dom Juan, avait 26 ans, et Molière, créateur du rôle comique de Sganarelle, en avait 43. Et pour les deux l'âge est à prendre en compte : Dom Juan a l'audace, la désinvolture et l'arrogance de sa jeunesse ; Sganarelle montre, à sa manière, une sagesse plus rassise et volontiers prêcheuse ou moralisatrice[23].

L'opposition est fondamentalement celle des rôles sociaux ; elle est hiérarchique entre un maître et son valet, entre un grand seigneur et son serviteur. Il serait vraiment excessif, en pensant à *Maître Puntila et son valet Matti* de Brecht (qui avait certainement Molière à son horizon !), de mettre en relief un rapport entre l'oppresseur et l'opprimé,

---

23   Cela rappelle lointainement le rôle du *gracioso* espagnol, plus âgé que son maître, à la fois serviteur et un peu précepteur.

Molière n'étant pas au fait de la lutte des classes ; mais la domination et la soumission sont bien là : l'un ordonne et tutoie, l'autre vouvoie et obéit.

La dureté de Dom Juan est constante à l'égard du valet, dont la vie ne compte pour rien : Sganarelle ne doit-il pas être honoré de prendre les habits de son maître et de risquer de mourir à sa place (II, 5) ? Sganarelle n'est pour Dom Juan qu'un objet qu'il déplace, manipule, et dont il s'amuse. Son autorité lui permet d'embarrasser Sganarelle, de l'humilier même. Sganarelle ne doit-il pas expliquer à Elvire la trahison de son maître (I, 3), ou aller inviter la Statue à souper (III, 5) ? Autorisé ou invité à dire ce qu'il pense à son maître, quand il est tenté de s'émanciper, le valet est rudement ramené au silence par quelque « Paix ! » (I, 2), ou menacé d'être battu (IV, 1). Face à cette autorité, Sganarelle montre sa soumission et sa servilité. Il est obligé de dire et de faire ce qu'il réprouve, quitte à compenser cette servilité par une supériorité affichée à l'égard d'autrui, généralement en l'absence de Dom Juan (avec Gusman en I, 1) ou en écho, comme intermédiaire (avec Pierrot en II, 3 ; avec les paysannes en II, 4 ; avec le Pauvre en III, 2). C'est qu'il connaît son Dom Juan, lui ! Ce mélange de vanité et de servilité est particulièrement comique car il amène Sganarelle à être mal payé de ses services et, surtout, à heurter de plein fouet ses convictions profondes.

Personnage du bas – nous l'avons dit –, le valet est glouton (voyez les *lazzi* de IV, 7, quand Sganarelle dérobe un morceau et l'enfourne dans son gosier) ; et il a peur, peur des dangers, peur au point de lâcher son ventre (c'est l'habit purgatif de III, 5 !). Il a peur évidemment de son maître ; il faut le voir multiplier les réticences, restrictions de formulation et autres manières indirectes quand il oserait lui dire sa réprobation, en I, 2. Son impuissance dialectique

et verbale est réjouissante quand il se mêle de raisonner ;
il admet d'ailleurs son incapacité à la formulation d'idées
et d'arguments. Son raisonnement se casse le nez (III, 1),
ou sombre dans le coq-à-l'âne absurde (V, 2). En face de ce
médiocre imbécile, larmoyant et plein de bons sentiments,
Dom Juan affiche l'élégance, le brio, la séduction en un mot
de son rang et de sa jeunesse, l'audace et le courage du grand
seigneur ; il en a aussi la dureté de cœur, la méchanceté, la
volonté de tromper et d'humilier. Uniquement préoccupé
de son moi, des plaisirs de l'instinct, aux autres il prend
sans jamais rien donner.

Il faut dire enfin que Dom Juan nie et détruit toutes les
convictions de Sganarelle : opposition idéologique et non
plus personnelle ou sociale. Force qui va selon la poussée
de l'instinct et au gré de sa liberté nue, transgressant les
lois humaines et divines, négateur de Dieu, Dom Juan le
révolté méprise et terrifie son valet. Sganarelle voudrait
rester dans l'ordre, ne rien changer à l'état des choses,
à l'habitude de ses bons sentiments et de ses médiocres
superstitions. Le valet formule le scandale des braves gens
devant le négateur de toute loi ; il vit dans l'indignation
face au donjuanisme, à l'athéisme, à l'hypocrisie finalement
choisie par son maître – indignation comique, car elle est vite
réprimée (et se réprime aussi elle-même) et s'écroule dans
le grotesque quand elle veut s'exprimer. Le personnage de
Sganarelle introduit un comique du bas, de farce souvent,
et son face-à-face avec Dom Juan peut bien faire de la pièce
une comédie, quels qu'en soient les enjeux.

LE LIEN

Le plus neuf, dans la création de ce couple, est sans doute que Molière le montre inséparable, chacun étant lié à l'autre, dépendant de l'autre.

« Il faut que je lui sois fidèle en dépit que j'en aie », avoue d'emblée (I, 1) Sganarelle. On voit vite à quel point Sganarelle dépend de Dom Juan – et pas seulement parce qu'il est son maître – avec le double sentiment de fascination et de répulsion qu'il nourrit à son égard. Sganarelle est fasciné par tout ce qu'il n'est pas, ce qu'il est incapable d'être ou qu'il n'ose pas être. Pour ce brave homme, son maître a toute l'attirance du mal. D'où sa fierté de servir un tel maître, étalée devant les autres qu'il méduse. Et cette fierté l'amène à imiter, à contrefaire plutôt, son maître, à l'occasion, contre sa conscience même et ses idées – de manière inquiétante avec le Pauvre (III, 2) ou de manière plus plaisante, car maladroite, avec M. Dimanche (IV, 3). Il est rivé à son maître qui détruit pourtant tout son pauvre bagage de convictions et de croyances populaires. Mais s'il est ébloui par son maître, Sganarelle éprouve aussi de la répulsion et de l'horreur – une répulsion presque viscérale, que sa soumission et sa crainte l'empêchent justement de formuler autant qu'il le voudrait. Ce conflit entre son indignation spontanée et sa crainte occasionne des situations amusantes où s'exerce l'autocensure. Il faut attendre la déclaration d'hypocrisie finale de Dom Juan pour que Sganarelle éclate : « Ah ! quel homme ! quel homme ! »

Admirant ce maître qu'il ne peut s'empêcher de réprouver, ou réprouvant un maître qu'il ne peut s'empêcher d'admirer, Sganarelle se lance dans une entreprise des plus amusantes et développe une forme originale de naïveté[24] : morigénant

---

24 Voir Charles Mazouer, *Le Personnage du naïf...*, *op. cit.*, p. 199-202.

volontiers son maître, le bon benêt tente de le ramener sur
le chemin du bien et entretient l'espoir que Dom Juan chan-
gera, qu'il se convertira, éprouvera du remords et évitera la
damnation en se repentant. Il aura toujours espéré le salut
de Dom Juan. Espoir vain comme est vaine son ambition
d'ébranler et de convaincre le libertin ; Sganarelle se fait
illusion sur ses capacités à raisonner. D'ailleurs, pour cela,
il a besoin d'un partenaire sur lequel prendre appui, avec
lequel entrer en dialogue – Dom Juan toujours indispensable,
mais qui le laisse tomber dans le vide en III, 1 !

Mais de l'autre côté, à sa manière, Dom Juan reste dans
une certaine dépendance de son valet, et pas seulement
pour son service de valet. Sganarelle lui est une sorte de
miroir, mieux : de témoin. Dom Juan développe devant
lui ses théories, avec quelque provocation, annonce, teste et
commente ses décisions ; il a un spectateur – et le meilleur,
puisqu'il représente l'ordre social et religieux honni par
lui, et parce qu'il s'amuse de son indignation. Où l'on voit
nettement l'autre aspect, moins glorieux : en Sganarelle,
Dom Juan a sous la main un souffre-douleur commode qu'il
peut choquer, scandaliser, mais aussi humilier et forcer à
agir contre sa conscience.

Bref, le couple est nécessaire, de multiples manières,
chacun ayant besoin de l'autre. Se connaissant, se jugeant et
se jaugeant réciproquement, ils sont comme attachés l'un à
l'autre. Au fond, la fascination est réciproque et agréable aux
deux la cohabitation ; ils se donnent un peu la comédie l'un
à l'autre. Faut-il pousser jusqu'aux terres de la psychanalyse
et adopter les analyses qu'Otto Rank produisit à propos
du *Don Giovanni* de Mozart[25] – Leporello lui paraissant le

---

25 *Dom Juan et le double*, volume traduit de l'allemand à partir de 1932 et
    repris chez Payot jusqu'en 2001.

double contraire de Don Giovanni, les deux personnages étant liés et complémentaires, et représentant en quelque sorte la division en un moi individuel et en un moi social d'une unique personnalité ? Peut-être pas.

Mais, théâtralement, la création de ce couple que seule la mort du maître libertin peut désunir était géniale : Molière éclaire ses deux personnages l'un par l'autre au cours de ce compagnonnage, au fil d'un dialogue presque ininterrompu, dans des situations souvent étranges, cocasses, extravagantes ou parfois graves.

UNE COMÉDIE PROBLÉMATIQUE

Finalement, quelle signification Molière voulait-il donner aux aventures du libertin et de son valet ? En ce qui concerne la question centrale qui est celle de la religion, quelle est sa pensée et quelles sont ses intentions ? Elles ne sont pas claires à déchiffrer et l'herméneutique du *Dom Juan* a toujours posé problème.

Quant à eux, les adversaires dévots de Molière n'hésitèrent pas. Pour l'auteur des *Observations sur une comédie de Molière intitulée le Festin de Pierre*, Molière fait œuvre d'impiété et de libertinage, avec les deux personnages du couple, son valet infâme ne rachetant pas un maître libertin et hypocrite. Relisons au moins ce passage :

> Le maître et le valet jouent la Divinité différemment : le maître attaque avec audace, et le valet défend avec faiblesse ; le maître se moque du Ciel, et le valet se rit du foudre qui le rend redoutable ; le maître porte son insolence jusqu'au trône de Dieu, et le valet *donne du nez en terre* et devient camus avec

son raisonnement ; le maître ne croit rien, et le valet ne croit
que le Moine bourru[26].

De ce joli balancement, il faut d'abord vérifier la justesse.
Molière s'acharne-t-il à discréditer la religion ?

LE MAÎTRE IMPIE ET LIBERTIN

Molière éprouvait certainement de la sympathie pour
son Dom Juan, et devait vouloir que nous en éprouvions.
Il lui a donné suffisamment d'aspects séduisants : le courage, l'élégance, la faconde. C'est encore un personnage
esthétiquement dans son droit, même s'il est moralement
dans son tort[27]. Plus profondément, Molière est séduit
secrètement ou ouvertement par l'audace de la révolte de
Dom Juan contre l'ordre social et l'ordre chrétien ; et l'on
peut presque dire que Molière fait de Dom Juan, d'une
certaine manière, son porte-parole dans un combat ancien.
Ce n'est pas de 1665 ni du *Dom Juan* que datent les
idées libertines de Molière. Elles apparurent clairement
avec *L'École des femmes* et prirent un tour dangereux avec le
Tartuffe, précisément interdit, où la critique de l'hypocrisie
religieuse et de la fausse dévotion frisait par trop la critique
de la piété. Notre *Dom Juan*, créé alors que la représentation de *Tartuffe* n'est toujours pas autorisée, s'inscrit dans
ces années de polémique qu'on appelle justement celles de
L'affaire Tartuffe[28]. Dans la nouvelle comédie, Molière pousse
la provocation, comme s'il tenait à scandaliser les dévots

---

26 *Infra*, p. 212.
27 Comme le dit Jules Brody (« *Dom Juan* et *Le Misanthrope* ou l'esthétique
    de l'individualisme », article de 1969, repris dans *L'Humanité de Molière*,
    essais choisis ou écrits pas John Cairncross, Paris, Nizet, 1988, p. 109-
    140, et dans ses *Lectures classiques*, 1996, p. 86-117).
28 Voir toujours François Rey et Jean Lacouture, *Molière et le roi. L'affaire
    Tartuffe*, 2007.

absolument en mettant systématiquement en cause leurs croyances[29]. Sa pensée libertine est ici comme exacerbée. Dom Juan nie Dieu, se moque du Ciel, tourne en dérision le souci du salut, se rue dans le plaisir en défiant toutes les règles morales, ne croit ni à l'amour ni à la fidélité, se satisfait de cueillir les jouissances au vent de ses désirs. Parler de l'athéisme de Molière serait trop (qu'en saura-t-on jamais, Dieu seul sondant les reins et les cœurs ?) ; mais le dramaturge, toujours nourri de pensée libertine, se laisse aller, grâce à Dom Juan, au-delà de toute borne, contre la société chrétienne. On trouve assurément quelque démesure[30] dans ce refus des normes, qui n'est certainement pas le fond de la pensée de Molière. Mais oui, à travers son personnage, Molière est bien subversif[31] vis-à-vis de la morale et de la religion chrétiennes.

Il faut bien remarquer qu'à travers lui, Molière s'en prend aussi, *mezzo voce* ou à coups de trompette, à l'ordre social. La scène du Pauvre est évidemment toujours interprétée en fonction du chantage au blasphème, c'est-à-dire sous son aspect religieux ; mais elle dit aussi quelque chose sur la distance entre les riches et les pauvres, dans cette société qui se veut si chrétienne[32]. Nous avons vu que les comportements et valeurs aristocratiques étaient pour le moins mis à distance. Avec la casuistique de l'honneur chez les frères d'Elvire ; avec surtout la tirade grandiloquente de Dom Louis qu'une certaine ironie semble bien ronger. Quant au recours final de Dom Juan à l'hypocrisie, il est

---

29   Voir Claude Bourqui, *Polémique et stratégie dans le « Dom Juan » de Molière*, 1992.

30   Voir François-Marie Mourad, « Mesure et démesure dans *Dom Juan* de Molière », *I.L.*, 2007-1, p. 27-29.

31   John Cairncross, « Molière subversif » (XVIIᵉ *siècle*, nº 157, 1987, p. 403-413).

32   Voir Jacques Morel, « La scène du Pauvre », article de 1972, repris dans ses *Agréables Mensonges* de 1991, p. 297-303.

expliqué, argumenté et justifié, en une sorte de parabase moliéresque, et il constitue une critique cinglante à l'égard d'une société qui triche avec ses croyances religieuses. En somme, Molière juge bien la société[33] et la met assez radicalement en cause[34].

Et quel destin théâtral réserve-t-il à son personnage de Dom Juan ? La dernière fuite du libertin est dans l'hypocrisie – c'est-à-dire, comme le fait justement remarquer Anne Ubersfeld, dans le conformisme social. Quelle fin amère après la révolte plutôt clinquante contre la société ! Cette sorte de premier dénouement signifie-t-il que Molière condamne son personnage ? Il montre seulement l'échec d'une tentative démesurée, seulement. Le vrai dénouement, avec la machinerie et la punition du Ciel serait une authentique condamnation : l'athée, le libertin a été trop loin, a perdu son combat et doit disparaître pour laisser triompher les valeurs morales, sociales et religieuses. Oui. À condition de prendre vraiment ce dénouement au sérieux. Or, à mon avis avec beaucoup de lucidité, les adversaires de Molière ont mis aussitôt en cause la sincérité de ce dénouement. Parce que les propos moralisants de Sganarelle, après la mort de Dom Juan, étaient encadrés, à l'origine, de pleurnicheries grotesques à propos de ses gages, les *Observations* parlent d'une foudre en peinture, par quoi Molière, loin de l'approuver, ne prendrait pas au sérieux ce châtiment spectaculaire du libertin, qu'il a adorné d'apostilles niaises du valet esseulé et non payé de ses gages. On ne peut pas négliger cette interprétation, même si elle est due aux ennemis dévots de Molière.

---

33   Voir Gérard Defaux, *Molière ou les métamorphoses du comique*, 1980 (1992).
34   Anne Ubersfeld, dans un article de 1966 repris dans les *Galions engloutis* de 2011 (p. 13-20), va jusqu'à dire que Molière ébranle des valeurs vermoulues.

LE VALET IMPUDENT

Plus gravement, peut-être, le valet, censé représenter les croyances populaires des braves gens indignés par le grand seigneur libertin, dégrade aussi la religion, insidieusement. Il dégrade ce qu'il veut défendre, du début à la fin de son compagnonnage avec son maître. Nous savons les articles de la croyance de Sganarelle, qui met sur le même plan Dieu, ses saints et le loup-garou – et le Moine bourru, pour lequel il se ferait pendre (III, 1)! Ce ne sont que superstitions impures dont le rapport avec la vraie foi est lointain. Et le voilà attaché à ce maître, c'est-à-dire amené à approuver ou à faire tout ce qui l'indigne, tout le contraire de ses convictions. Tel est l'adversaire du libertin, le défenseur de la foi attaquée par l'athée!

Il faut voir comment Molière ridiculise le personnage et discrédite sa cause! En III, 1, avec son « petit sens » et son « petit jugement », il entreprend de démonter l'existence de Dieu en prouvant que tout a une cause; mais la manière de cette apologétique est grotesque. Il utilise des comparaisons incongrues, se raccroche au concret, voire au trivial, énumère sans lien et sans logique, et ne parvient pas à conclure; il en est finalement réduit à faire mouvoir cette merveille du Créateur qu'est le corps, son corps, comme un pitre, jusqu'à sa chute sur la scène. Sa dernière tentative, en V, 2, aboutit au même échec. Le bouffon croit fonder logiquement la damnation de son maître, alors qu'il se livre à une suite de propos incohérents, à une fatrasie engendrée par une simple assonance de mots. Cette fatrasie verbale ne peut porter sens. Non seulement Sganarelle n'aura jamais rien démontré en faveur de la religion, mais il l'aura naïvement tournée en dérision. Et comment serait-il possible de défendre la religion par le moyen du personnage comique, qui ridiculise automatiquement sa cause?

Les adversaires de Molière auraient donc raison : Molière
a voulu provoquer les croyants et attaquer la religion en la
discréditant de manière ouverte ou sournoise ? Vraiment ?
Ce n'est pas si simple.

AU CONTRAIRE

On peut déjà répondre que le point de vue de Molière
sur son personnage principal est plus nuancé. Il n'en a pas
gommé les aspects odieux, égoïstes et cruels, qu'il n'approuve
certainement pas. Et il a parfaitement montré comment
Dom Juan, destructeur de toutes les normes, impie déclaré
et obstiné, endurci dans le péché malgré les avertissements
du Ciel, est finalement et logiquement acculé à l'échec
et moralement rattrapé par le châtiment. *Dom Juan* reste
bien l'histoire de l'échec de la révolte du libertin. Molière
n'est certainement pas ici un moralisateur à la manière de
son Sganarelle dans la dernière réplique de la comédie, et
il ne travaille certes pas en faveur de la religion ! Il a plus
que de la sympathie pour les idées libertines – et en cela la
révolte de Dom Juan et la sottise de Sganarelle lui servent
de machine de guerre contre les dévots ses adversaires et
contre l'ordre chrétien qu'il conteste. Mais Molière pense
certainement qu'il faut un rempart contre l'égoïsme du
seigneur libertin et de ses semblables, que la société, sous
peine de mourir, doit au moins contrôler et régler l'anarchie
du désir et qu'une certaine morale sociale – certes grotesquement défendue par Sganarelle – doit être nécessaire.

Au demeurant, dans ce même *Dom Juan* qui semble
si fort s'attaquer à la religion, Molière a été capable de
créer des personnages – et qui ne sont absolument pas des
personnages de comédie – authentiquement religieux et
qu'il prend au sérieux. Le Pauvre n'est pas un saint ; c'est

un miséreux dont la foi n'est guère éclairée. Mais Molière ne le discrédite pas et le fait résister au libertin. Avec le personnage d'Elvire, surtout, nonne séduite, arrachée à son couvent et bientôt abandonnée, qui passe de la vengeance au pardon et au souci du salut de son séducteur et mari traître, Molière a su créer un personnage authentiquement chrétien qui émeut et édifie, et qu'il a voulu tel.

Alors, nous sommes au rouet ! Molière moraliste édifiant ou Molière impie ? Il faut accepter de ne pas trouver une réponse unique, admettre que Molière a bien voulu une incertitude du sens, et voir en *Dom Juan*, selon les formules de Patrick Dandrey, une comédie problématique[35]. Cette ambiguïté n'est-elle pas au fond la rançon de toute pièce de théâtre, de toute polyphonie théâtrale et la marque même d'un chef-d'œuvre ?

APRÈS 1665

Le Festin de Pierre, puisque c'est ainsi qu'on nommait alors la comédie, fut représenté avec grand succès le 15 juin 1665 ; ce beau succès dura quinze jours, après quoi la pièce vit ses recettes progressivement décliner, jusqu'à la dernière représentation, le 20 mars, date de la clôture de Pâques. Un changement dans son texte avait déjà été effectué par Molière lui-même, dès la seconde représentations, le 17 février : il supprima la partie de la scène du Pauvre qui devait paraître insoutenable, quand Dom Juan pousse le Pauvre à jurer pour avoir son louis d'or.

---

35 *Dom Juan ou la critique de la raison comique*, 1993 (2011).

Lors de la réouverture du théâtre, cette comédie ne fut pas reprise. Pourquoi ? Menées de la cabale, car les adversaires de Molière et de sa pièce ont vite repris la plume pour dénoncer une nouvelle impiété ? C'est la réponse traditionnelle. Ni l'Église ni donc l'autorité royale ne pouvaient tolérer que fussent ainsi reflétées sur la scène les positions libertines. On l'aurait fait comprendre à Molière, encore lâché par le roi, et, sans besoin d'une interdiction, la pièce disparut de l'affiche. Les récents éditeurs du théâtre de Molière, toujours guidés par la critique du soupçon, mettent en doute cette réponse et pensent que *Le Festin de Pierre* disparut pour de simples raisons de programmation théâtrale et de difficultés matérielles pour la nécessaire machinerie[36]. On peut en douter. Il faut croire quand même à des raisons plus idéologiques car, non seulement la comédie ne fut pas reprise à la réouverture du théâtre après Pâques, mais Molière ne reprit plus jamais cette pièce et ne la publiera jamais ; et les premières éditions posthumes firent toutes intervenir, à l'intention des « scrupuleux », des censures pour pouvoir être publiées. Il reste qu'effectivement aucune interdiction ne fut prononcée et que le roi, loin de lâcher complètement Molière, éleva sa troupe au rang de « Troupe du roi ». Mais Molière sentait bien que sa comédie était fort sulfureuse et touchait aux fondements mêmes de la société du temps.

Les ennemis de Molière se manifestèrent très vite, en effet, et parurent les *Observations sur une comédie de Molière intitulée Le Festin de Pierre*, attribuées à un certain sieur de Rochemont. L'attaque était perfide et dangereuse, qui en appelait au roi contre une pièce impie et un dramaturge libertin, avec des arguments qui, nous l'avons vu, ne manquent pas de solidité ni de justesse. Deux défenseurs de

---

36 Voir l'édition Georges Forestier et Claude Bourqui, t. II, 2010, p. 1642-1643.

Molière répliquèrent, sans génie particulier. Non victime des foudres d'une interdiction royale, comme le *Tartuffe*, la pièce n'eut pourtant qu'une courte carrière du vivant de Molière. Et l'on ne peut pas mesurer l'impact réel dans l'opinion du temps, ni de la comédie, ni de la réaction de ses détracteurs.

Après la mort de Molière, en 1677, sa veuve et les comédiens de l'Hôtel de Guénégaud (réunion de la troupe de Molière et de la troupe du Marais) demandèrent à Thomas Corneille, à partir du manuscrit de Molière, de versifier la comédie[37], mais aussi de la débarrasser de tout ce qui pouvait choquer – de l'expurger, en somme, et de la cen-surer. Cela donna une récriture aux normes, qui adoucit, change et trahit le libertinage provocateur du *Festin de Pierre* – une mise au pas, dont l'analyse est d'ailleurs des plus intéressantes[38]. Lisons l'avertissement du libraire au lecteur, à propos de cette nouvelle version du *Festin de Pierre* :

> Celui qui l'a mise en vers a pris soin d'adoucir certaines expres-sions qui avaient blessé les scrupuleux, et il a suivi la prose dans tout le reste…

Et cette version sera jouée sur les scènes jusqu'au XIXe siècle, jusqu'en 1841 !

Diverses copies du manuscrit de Molière semblent bien avoir circulé pour des représentations en province ou à l'étranger. Toujours est-il qu'en 1682, les éditeurs de Molière, La Grange et Vivot, reprirent le manuscrit de Molière et préparèrent à leur tour une édition infiniment plus fidèle,

---

37 Ce *Festin de Pierre* a été édité par Alain Niderst, en 2000.
38 Voir Patrick Dandrey, *Dom Juan ou la critique de la raison comique, op. cit.*, et Christopher Gossip, « Du Molière revu et corrigé : *Le Festin de Pierre* de Thomas Corneille » *(Le Nouveau Moliériste*, n° IV-V, 1998-1999, p. 113-134).

bien que quelque peu adoucie en certains passages. Mais ils furent encore censurés et leur texte diversement cartonné[39] ; il nous reste heureusement quelques exemplaires non cartonnés. C'est la fameuse édition d'Amsterdam qui compte ensuite. En 1683, Henri Wetstein imprima un *Festin de Pierre* dont il s'était procuré le texte par un ami, dit-il, et qui passe pour le texte originel et intégral de Molière, celui-là même de la création du 15 février 1665 – y compris la scène du Pauvre. Établi en Hollande, cet éditeur ne craignait ni autocensure ni censure ; d'où l'immense intérêt de son édition. C'est malheureusement une édition assez fautive. Reprise ailleurs à la fin du siècle, elle a été ensuite oubliée.

Si donc Molière n'a jamais publié son texte, nous disposons de suffisamment de ressources textuelles, et pour restituer à ce chef-d'œuvre sa violence originelle, et pour apprécier les réticences et le travail de la censure.

Le personnage de Dom Juan et son mythe ne cessèrent d'être repris et transformés après Molière. Mais si, au théâtre, la comédie de Molière brille seule, depuis le XVIIe siècle, d'un éclat incomparable, l'opéra de Mozart, *Don Giovanni*, en 1787, à la veille de la Révolution, prend seul le relais jusqu'à notre modernité, et surpasse encore la comédie – au goût de certains amateurs, parmi lesquels on se rangerait volontiers. Quelle fascinante paire de chefs-d'œuvre ! On ne peut cesser d'aller de l'un à l'autre.

---

39 Sur les censures, voir aussi Olivier Bloch, « Le Festin de Pierre et les contresens : retours sur *Dom Juan* », [in] *Censure, autocensure et art d'écrire...*, 2005, p. 61-71.

LE TEXTE

LES ÉDITIONS

Deux éditions principales seulement sont à considérer, Molière n'ayant jamais publié lui-même son *Festin de Pierre* ; le libraire Billaine avait pourtant obtenu et fait enregistré (le 24 mai 1665) un privilège pour l'impression de la pièce.

1. En 1682, La Grange et Vivot, dans un septième volume de leur édition des Œuvres de Molière (*Œuvres de M. de Molière, revues, corrigées et augmentées, Enrichies de Figures en Taille-douce.* Paris, chez Denys Thierry et chez Pierre Trabouillet 1682, avec privilège du roi) publient pour la première fois la comédie de Molière (avec *Dom Garcie de Navarre, L'Impromptu de Versailles* et *Mélicerte*) :

LES / ŒUVRES / POSTHUMES / DE / MONSIEUR / DE MOLIERE. / *TOME VII.* / Imprimées pour la premiere fois en 1682. / *Enrichies de Figures en Taille-douce.* / A PARIS. / Chez / DENYS THIERRY, ruë Saint Jacques, à / l'enseigne de la Ville de Paris. / CLAUDE BARBIN, au Palais sur le se-/cond Perron de la Sainte Chapelle. / ET / PIERRE TRABOUILLET, au Palais, dans la / Gallerie des Prisonniers, à l'image S. Hubert, & / à la Fortune, proche le Greffe des / Eaux & Forests / M. DC. LXXXII. / *AVEC PRIVILEGE DU ROY.*

Plusieurs exemplaires à la BnF Tolbiac, Arts du spectacle et Arsenal ; l'exemplaire Rés YF 3161 (7) a été microfilmé (MICROFILM M-17487).

Dom Juan, ou Le Festin de Pierre (c'est la première fois que ce titre apparaît) se trouve aux pages 128-223.

Cette édition a été censurée et la censure a obligé l'éditeur à *cartonner* les exemplaires (à introduire des modifications sous forme de *cartons*, après le tirage). Trois exemplaires seulement nous restent qui ont échappé, totalement ou partiellement, à cette opération voulue par la censure.

2. L'année suivante, paraît à Amsterdam, cher l'imprimeur Henri Wetstein, l'édition suivante :

LE / FESTIN / DE / PIERRE, / COMEDIE. / Par J. B. P. DE MOLIERE. / *Edition nouvelle et toute différente de celle qui a paru jusqu'à present.* / A AMSTERDAM. / M. DC. LXXXIII. In-12 : [6] 1-72.

Exemplaires à la BnF : à Tolbiac : RES-YF-4172 ; NUMM-70362 (texte numérisé) et IFN-8610791 (images numérisées) ; aux Arts du Spectacle : 8-RF-3088 (RES). Exemplaire à la Bibliothèque de la Sorbonne : VC 6 = 10998.

Il existe deux éditions critiques modernes de ce texte :

— *Le Festin de Pierre (Dom Juan), édition critique du texte d'Amsterdam (1683)* par Joan DeJean, Genève, Droz, 1999 (T. L. F., 500) ;
— dans les *Œuvres complètes*, édition dirigée par Georges Forestier avec Claude Bourqui, Paris, Gallimard, t. 2, 2010, c'est l'édition d'Amsterdam qui est donnée (p. 845-907).

QUEL TEXTE DE BASE ?

Aucun de ces deux textes n'a été contrôlé par Molière. À qui faire confiance ?

La Grange et Vivot avaient le manuscrit de Molière et savaient les modifications apportées par Molière lui-même, après la première représentation ; leur version donne déjà très probablement le texte tel qu'il a été joué lors des dernières représentations du vivant de Molière. Mais, comme pour tous les volumes de leur édition de Molière, ils ont dû aussi intervenir ici sur le texte du manuscrit, pour des questions de forme et de détail sans doute, comme ils l'ont fait partout ; et, surtout, sachant combien ce texte était délicat dès l'origine, ils l'ont transformé et adouci dans les passages qui pouvaient paraître délicat à la censure. On en a la certitude, puisque, grâce à l'édition hollandaise de 1683, nous avons un texte beaucoup plus proche du texte originel, comme le confirme le pamphlet des *Observations sur une comédie de Molière*, qui s'en prend à des passages présents dans 1683, mais absents de 1682. Le texte de 1682 est soigné et on sait qui est intervenu sur le manuscrit de Molière.

L'édition d'Amsterdam a l'inestimable mérite de donner le texte le plus proche de celui qu'a créé Molière, c'est-à-dire de fournir les passages audacieux que l'édition de 1682 avait elle-même censurés. À l'inverse, on ne sait pas quel manuscrit exactement est parvenu en Hollande, ni par quelles voies, ni par qui ni comment il a été lu ; dans une avertissement liminaire au lecteur, l'imprimeur dit seulement qu'il a fait ce qu'il a pu pour avoir « une bonne copie » de la pièce de Molière et qu'un ami lui a enfin procuré celle qu'il publie. D'autre part, le moins qu'on puisse dire est que l'édition n'est pas soignée : coquilles, fautes et incorrections manifestes sont nombreuses. De surcroît, le texte de 1683 est parfois écourté par rapport au texte de 1682. Alors ?

Les éditeurs modernes ont oscillé entre trois solutions : en rester au texte de 1682, évidemment le texte non cartonné,

comme Eugène Despois et Paul Mesnard pour les Grands
Écrivains de la France ; en revenir au texte de 1683, plus
originel et plus percutant, comme le font Joan DeJean et les
éditeurs de la nouvelle Pléiade, Georges Forestier et Claude
Bourqui ; garder 1682 non cartonné, mais en y insérant les
variantes importantes procurées par 1683, afin que le lecteur
ait d'emblée sous les yeux les audaces censurées, comme
le font la plupart des éditions scolaires et universitaires à
l'instar de Gustave Michaut ou de Georges Couton (pour
l'ancienne Pléiade). En général, toutes ces éditions annoncent
qu'elles donnent les variantes des textes disponibles (1682
non cartonné, 1682 diversement cartonné, 1683) ; la réalité
est quelque peu différente et seuls les Grands Écrivains de la
France peuvent être dits exhaustifs (avec, certes, de petites
erreurs ; mais on sait la minutie que requiert l'établissement
des variantes !)

En fait, aucune de ces solutions n'est vraiment satisfai-
sante ; elles ont chacune leur intérêt et leurs inconvénients.
Malgré la présence des passages censurés ailleurs, 1683
reste un mauvais texte que Molière n'aurait sans doute pas
publié tel quel. Insérer des passages de 1683 dans le texte
de 1682 est commode pour le lecteur ; mais c'est pratiquer
l'amalgame – hérésie majeure de l'édition critique ! – et
donner un texte qui n'a jamais existé ainsi. Nous nous
sommes donc résigné à donner un texte homogène, 1682
non cartonné ; pour la commodité du lecteur, les passages
censurés fournis par 1683, avant d'être donnés dans les
variantes, seront immédiatement lisibles dans les notes
infrapaginales. Nous donnerons un large choix de variantes
de 1682 cartonné et de 1683. En effet, toutes les variantes ne
sont pas intéressantes ; qu'on pense seulement à la graphie
du jargon paysan, parfois fantaisiste et pas toujours logique
avec elle-même dans le même état du texte !

BIBLIOGRAPHIE COMPLÉMENTAIRE

ÉDITIONS DU *DOM JUAN*

MOLIÈRE, Jean-Baptiste Poquelin, dit, *Dom Juan, ou Le Festin de pierre*, éd. Gérard Ferreyrolles, Paris, Larousse, 1991 (Classiques Larousse).

MOLIÈRE, Jean-Baptiste Poquelin, dit, *Dom Juan*, éd. Boris Donné, Paris, GF Flammarion, 1998 ; mise à jour en 2013.

MOLIÈRE, Jean-Baptiste Poquelin, dit, *Dom Juan*, éd. Jean-Pierre Collinet, Paris, Le Livre de poche, 2000 (Théâtre de poche).

MOLIÈRE, Jean-Baptiste Poquelin, dit, *Dom Juan*, éd. Gabriel Conesa, Paris, Bordas, 2003 (Classiques Bordas) ; repris en 2015.

MOLIÈRE, Jean-Baptiste Poquelin, dit, *Le Festin de pierre (Dom Juan)*, éd. du texte d'Amsterdam (1683), Genève, Droz, 1999 (T.L.F., 500).

CORNEILLE, Thomas, *Le Festin de Pierre*, éd. Alain Niderst, Paris, Champion, 2000 (Sources classiques, 25).

CRITIQUE

GENDARME DE BÉVOTTE, Georges, *La Légende de Don Juan. Son évolution dans la littérature des origines au romantisme*, Genève, Slatkine, 1970 (1906, puis 1911).

BÉNICHOU, Paul, *Morales du Grand Siècle*, Paris, Gallimard, 1948 (Bibliothèque des idées) (Collection Idées, 143, en 1985).

CALVET, Jean, *Essai sur la séparation de la religion et de la vie. I. Molière est-il chrétien ?*, Paris, Lanore, s. d. [1950].

CAIRNCROSS, John, *Molière bourgeois et libertin*, Paris, Nizet, 1963.

GUICHARNAUD, Jacques, *Molière, une aventure théâtrale*, Paris, Gallimard, 1963 (Bibliothèque des Idées).

SCHERER, Jacques, *Sur le « Dom Juan » de Molière*, Paris, SEDES, 1967.

TRUCHET, Jacques, « Molière théologien dans *Dom Juan* », *R.H.L.F.*, 1972, n° 5-6, p. 928-938.

MOREL, Jacques, « À propos de la "Scène du Pauvre" dans *Dom Juan* », *R.H.L.F.*, 1972, n° 5-6, p. 939-944.

HORVILLE, Robert, *« Dom Juan » de Molière. Une dramaturgie de rupture*, Paris, Larousse, 1972 (Thèmes et Textes).

PELOUS, Jean-Michel, « Les problèmes du temps dans le *Dom Juan* de Molière. Le temps du libertinage et le temps des échéances », *R.S.H.*, 1973, p. 555-533.

PINEAU, Joseph, « Dom Juan "mauvais élève" », *R.S.H.*, 1973, p. 565-586.

JAFFRÉ, Jean, « Théâtre et idéologie. Note sur la dramaturgie de Molière », *Littérature* (chez Larousse), n° 13, février 1974, p. 58-74.

PRUNER, Michel, « La notion de dette dans le *Dom Juan* de Molière », *R.S.H.*, 1974, p. 254-272.

REICHLER, Claude, « Dom Juan jouant », *Obliques*, n° 4, 1974, p. 51-73.

ROUSSET, Jean, *Le Mythe de Don Juan*, Paris, A. Colin, 1976 (Prisme).

MOURGUES (Odette de), « Dom Juan est-il comique ? », [in] *La Cohérence intérieure. Études sur la littérature française du XVIIᵉ siècle présentées à Judd D. Hubert*, Paris, J.-M. Place, 1977, p. 33-45.

KRAUSS, Janine, *Le « Dom Juan » de Molière : une libération*, Paris, Nizet, 1978.

BALMAS, Enea, *Il mito di Don Giovanni nel seicento francese*, t. II : *Nascita e evoluzione del mito, dagli scenari a Rosimond*, Milano, Cisalpino Goliardica, 1978.

MAZOUER, Charles, *Le Personnage du naïf dans le théâtre comique du Moyen Age à Marivaux*, Paris, Klincksieck, 1979.

BALMAS, Enea, « Don Giovanni nel seicento francese », *Studi di letteratura francese*, V (1980), p. 5-43.

DEFAUX, Gérard, *Molière ou les métamorphoses du comique : de la comédie morale au triomphe de la folie*, 2ᵉ éd, Paris, Klincksieck, 1992 (Bibliothèque d'Histoire du Théâtre) (1980).

DELMAS, Christian, *Mythologie et mythe dans le théâtre français (1650-1676)*, Genève, Droz, 1985.

CAIRNCROSS, John, « Molière subversif », XVIIe *siècle*, n° 157, 1987, p. 403-413.

Le Festin de pierre avant Molière. Dorimond, De Villiers, Scénario des Italiens, éd. Gendarme de Bévotte, mise à jour par Roger Guichemerre, Paris, S.T.F.M., 1988 (1906).

DANDREY, Patrick, « Le Dom Juan de Molière et la tradition de l'éloge paradoxal », XVIIe *siècle*, n° 172, 1991, p. 211-227.

BOURQUI, Claude, *Polémique et stratégie dans le « Dom Juan »* de Molière, Paris-Seattle-Tübingen, *Papers on French seventeenth century literature*, 1992 (*Biblio 17*, 69).

DANDREY, Patrick, « *Dom Juan* » *ou la critique de la raison comique*, Paris, Champion, 1993 (Bibliothèque de Littérature moderne, 18) ; nouvelle édition corrigée et mise à jour en 2011.

Molière / Dom Juan, p. p. Pierre Ronzeaud, Paris, Klincksieck, 1993 (Parcours critique).

Don Juan. Mythe littéraire et musical, présentation de Jean Massin, Paris, Complexe, 1993.

GODARD DE DONVILLE, Louise, « Dom Juan un ou multiple ? L'unité d'un personnage et ses enjeux », *Le Nouveau Moliériste*, I, 1994, p. 146-162.

BRODY, Jules, *Lectures classiques*, Charlottesville, Rookwood Press, 1996.

HILGARD, Marie-France, *Onze mises en scène parisiennes du théâtre de Molière (1989-1994)*, Tübingen, Gunter Narr, 1997 (*Biblio 17*, 107).

GOSSIP (Christopher J.), « Du Molière revu et corrigé : *Le Festin de pierre* de Thomas Corneille », *Le Nouveau Moliériste*, IV-V, 1998-1999, p. 113-134.

JACQUES, Brigitte, « Dom Juan, un destin singulier », *Ariane*, Revue d'études littéraires françaises, Lisboa, 1999-2000, p. 157-167.

HILGARD, Marie-France, « Molière en l'an 2000 à la Comédie-Française », [in] *Theatrum mundi. Studies in honour of Ronald W. Tobin*, Charlottesville, Rookwood, 2003, p. 258-265.

DOTOLI, Giovanni, *Le Jeu de Dom Juan*, Fasano (Bari), Schena, et Paris, Presses de l'Université de Paris-Sorbonne, 2004 (Biblioteca della ricerca. Cultura straniera, 132).

BLOCH, Olivier, « Le Festin de Pierre et les contresens : retours sur *Dom Juan* », [in] *Censure, autocensure et art d'écrire. De l'Antiquité à nos jours*, Paris, Éditions Complexe, 2005, p. 61-71.

McKENNA, Anthony, *Molière, dramaturge libertin*, Paris, Champion, 2005 (Essais).

DEJEAN, Joan, « Le travail de l'oubli : commerce, sexualité et censure dans *Le Festin de Pierre* de Molière », *Littérature*, 144, 2006, p. 6-24.

GUARDIA, Jean de, « Pour une poétique classique de *Dom Juan*. Nouvelles observations sur la comédie du *Festin de Pierre* », *XVIIe siècle*, n° 232, 2006-3, p. 468-497.

MOURAD, François-Marie, « Mesure et démesure dans *Dom Juan* de Molière », *I.L.*, 2007-1, p. 27-29.

REY, François, et LACOUTURE, Jean, *Molière et le roi. L'affaire « Tartuffe »*, Paris, Seuil, 2007.

POMMIER, René, *Études sur « Dom Juan » de Molière*, Paris, Eurédit, 2008 (Théâtre du monde entier).

GAMBELLI, Delia, « *Inter nos* : Molière e la messa in scena della contestazione », [in] *Tradizione e contestazione. I, La letteratura di trasgressione nell' Ancien Régime*, Firenze, Alinea, 2009, p. 57-74.

UBERSFELD, Anne, *Galions engloutis*, Presses universitaires de Rennes, 2011.

LOSADA GOYA, José Manuel, « Molière et la *comedia* espagnole : le linceul de Pénélope. L'exemple de Dom Juan », [in] *Le Théâtre espagnol du Siècle d'Or en France, XVIe-XXe siècle : de la traduction au transfert culturel*, dir. Christophe Couderc, Nanterre, Presses Universitaires de Paris Ouest, 2012, p. 17-25.

PEACOCK, Noël, *Molière sous les feux de la rampe*, Paris, Hermann, 2012.

CORNUAILLE, Philippe, *Les Décors de Molière. 1658-1674*, Paris, PUPS, 2015.

MAZOUER, Charles, *Théâtre et christianisme. Études sur l'ancien théâtre français*, Paris, Champion, 2015 (Convergences [Antiquité – XXIe siècle], 2).

TURCAT, Éric, « Dom Juan et la flèche du temps en fuite », *P. F. S. C. L.*, 82, 2015, p. 165-185.

WINK, Joachim, *Die Himmel sind Leer : der Dom Juan von Molière im Kontext frühnenzeitlicher Religions – und Herrschaftskritik*, Frankfurt am Main, PL Academic Research, 2015.

BIONDA, Romain, « La vérité du drame : lire le texte dramatique (*Dom Juan*) », *Poétique*, 181 (1), 2017, p. 67-82.

ALBANESE, Ralph, « Crises de subsistance en France au XVIIe siècle et insécurité alimentaire dans *Dom Juan* et *L'Avare* », [in] *Renouveau et renouvellement moliéresques : reprises contemporaines / Molière Re-Envisioned : Twenty-First Century Retakes*, Paris, Hermann, 2018 (Vertige de la langue), p. 337-351.

BROUSSE, Margaux, « La mise en scène romantique comme inversion de la tradition : du *Festin de Pierre* de Thomas Corneille au *Dom Juan* de Molière », [in] *Molière et les romantiques*, Paris, Hermann, 2018, p. 109-121.

BRUNEL, Pierre, « La scène du pauvre », [in] *Renouveau et renouvellement moliéresques : reprises contemporaines / Molière Re-Envisioned : Twenty-First Century Retakes*, Paris, Hermann, 2018 (Vertige de la langue), p. 377-389.

DONNÉ, Boris, « Tabac de contrebande : réflexions sur le prologue de *Dom Juan* », [in] *'Jusqu'au sombre plaisir d'un cœur mélancolique'. Études de littérature française du XVIIe siècle offertes à Patrick Dandrey*, sous la direction de Delphine Amstutz, Boris Donné, Guillaume Peureux et Bernard Teyssandier, Paris, Hermann, 2018, p. 86-97.

DOTOLI, Giovanni, « Un autre *Dom Juan* ou le défi du burlesque », [in] *Renouveau et renouvellement moliéresques : reprises contemporaines / Molière Re-Envisioned : Twenty-First Century Retakes*, Paris, Hermann, 2018 (Vertige de la langue), p. 267-291.

CHARTIER, Roger, « Les gages de Sganarelle », [in] *Littéraire : pour Alain Viala*, t. II, Arras, Artois presses universités, 2018, p. 31-37.

DUFOUR-MAÎTRE, Myriam, « Dom Juan (anti)galant », [in] *'Jusqu'au sombre plaisir d'un cœur mélancolique'. Études de littérature française du XVIIᵉ siècle offertes à Patrick Dandrey*, sous la direction de Delphine Amstutz, Boris Donné, Guillaume Peureux et Bernard Teyssandier, Paris, Hermann, 2018, p. 71-85.

LEOPIZZI, Marcella, « La figure féminine dans le *Dom Juan* de Molière : faiblesse et force d'âme », [in] *Renouveau et renouvellement moliéresques : reprises contemporaines / Molière Re-Envisioned : Twenty-First Century Retakes*, Paris, Hermann, 2018 (Vertige de la langue), p. 391-416.

MAZOUER, Charles, « Déviations et perversions religieuses dans la comédie moliéresque », [in] *'Jusqu'au sombre plaisir d'un cœur mélancolique'. Études de littérature française du XVIIᵉ siècle offertes à Patrick Dandrey*, sous la direction de Delphine Amstutz, Boris Donné, Guillaume Peureux et Bernard Teyssandier, Paris, Hermann, 2018, p. 37-43.

MAZOUER, Charles, « La religion des personnages de Molière », [in] *Renouveau et renouvellement moliéresques : reprises contemporaines / Molière Re-Envisioned : Twenty-First Century Retakes*, Paris, Hermann, 2018 (Vertige de la langue), p. 295-322.

SANDERS Hans, « Molières Doppelväter (*Le Tartuffe, Dom Juan, L'Avare*) », *Romanistische Zeitschrift für Literaturgeschichte*, 43 (3-4), 2019, p. 255-270.

DOM JUAN,
OU
LE FESTIN DE PIERRE

COMÉDIE.

PAR J. B. P. DE MOLIÈRE.

Représentée pour la première fois, le quin-
zième Févier 1665. Sur le Théâtre
de la Salle du Palais-Royal

Par la troupe de MONSIEUR
Frère Unique du Roi[a].

PERSONNAGES[a]

DOM[1] JUAN, fils de Dom Louis.

SGANARELLE[2], valet de Dom Juan.

ELVIRE, femme de Dom Juan[b].

GUSMAN, écuyer[3] d'Elvire[c].

DOM CARLOS,
DOM ALONSE, } frères d'Elvire[d].

DOM LOUIS, père de Dom Juan.

FRANCISQUE, pauvre[e].

CHARLOTTE,
MATHURINE, } paysannes.

PIERROT, paysan[f].

LA STATUE du Commandeur.

LA VIOLETTE,
RAGOTIN, } laquais de Dom Juan.

M. DIMANCHE, marchand[g].

LA RAMÉE, spadassin[h].

SUITE de Dom Juan.

SUITE de Dom Carlos et de Dom Alonse, frères[i].

UN SPECTRE.

---

1   *Dom*, avec un *m*, s'emploie au XVII[e] siècle aussi bien comme titre
    d'honneur espagnol que pour certains religieux. Traditionnellement,
    on garde d'orthographe *dom* de Molière pour ses nobles espagnols. – Le
    rôle de Dom Juan était vraisemblablement tenu à la création par La
    Grange.

2   Rôle joué par Molière, dont le costume, assez riche, est connu par
    l'*Inventaire après décès*.

3   Selon Richelet, *l'écuyer* est un domestique «qui donne la main à un
    dame de qualité, et qui a soin de l'accompagner dans toutes les visites
    qu'elle fait». C'est l'écuyer de main.

La scène est en Sicile[4].

---

4   Selon le marché passé entre la troupe et les peintres, la pièce se repré-
     sentait dans six décors (deux, probablement, pour le troisième acte).
     Pour l'acte premier, la scène représentait « un palais au travers duquel
     on voit un jardin ».

DOM JUAN,
OU LE FESTIN DE PIERRE[5]

Comédie

ACTE PREMIER

Scène PREMIÈRE
SGANARELLE, GUSMAN

SGANARELLE,
tenant une tabatière[a6]

Quoi que puisse dire Aristote et toute la philosophie, il n'est rien d'égal au tabac : c'est la passion des honnêtes gens, et qui vit sans tabac n'est pas digne de vivre. Non seulement il réjouit et purge les cerveaux humains[7], mais encore il

---

5   À l'origine et jusqu'en 1682, la comédie était simplement intitulée *Le Festin de Pierre*, Molière suivant la tradition sans se poser de question. Mais Tirso de Molina avait dans son titre un *convié*, un *convive de pierre* (*Combibado di pietra*), dont les Italiens firent naturellement *Il convitato di pietra* – un convive, non un festin ! Dorimond et de Villiers gardèrent une traduction française erronée, *Le Festin de pierre*, dont ils masquèrent l'absurdité en donnant au gouverneur de Séville, le Commandeur, le nom de …Dom Pierre.

6   Cette tabatière contenait du tabac à priser. L'éloge du tabac par Sganarelle fait figure d'éloge paradoxal dans la mesure où l'usage du tabac était discuté alors. L'éloge paradoxal est renforcé par la fin de la première phrase (« et qui vit sans tabac n'est pas digne de vivre »), laquelle est un alexandrin, qui imite ou parodie les vers maximes à la Corneille.

7   La poudre du tabac fait éternuer et décrasse ainsi les humeurs du cerveau !

instruit les âmes à la vertu, et l'on apprend avec lui à devenir honnête homme[b8]. Ne voyez-vous pas bien, dès qu'on en prend, de quelle manière obligeante on en use avec tout le monde, et comme on est ravi d'en donner à droit[9] et à gauche, partout où l'on se trouve ? On n'attend pas même qu'on en demande, et l'on court au-devant du souhait des gens ; tant il est vrai que le tabac inspire des sentiments d'honneur et de vertu à tous ceux qui en prennent. Mais c'est assez de cette matière. Reprenons un peu notre discours. Si bien donc, cher Gusman, que Doné[10] Elvire, ta maîtresse, surprise de notre départ, s'est mise en campagne après nous[11], et son cœur, que mon maître a su toucher trop fortement, n'a pu vivre, dis-tu, sans le venir chercher ici. Veux-tu qu'entre nous je te dise ma pensée ? J'ai peur qu'elle ne soit mal payée de son amour, que son voyage en cette ville produise peu de fruit, et que vous eussiez autant gagné à ne bouger de là.

GUSMAN

Et la raison encore[12] ? Dis-moi, je te prie, Sganarelle, qui[13] peut t'inspirer une peur d'un si mauvais augure ? Ton maître t'a-t-il ouvert son cœur[c] là-dessus, et t'a-t-il dit qu'il eût pour nous quelque froideur qui l'ait obligé à partir ?

SGANARELLE

Non pas. Mais, à vue de pays[14], je connais à peu près le train des choses ; et sans qu'il m'ait encore rien dit, je

---

8   Un homme de bonne compagnie. Sganarelle ne pense probablement pas à l'image complète de l'honnête homme du XVIIe siècle, avec ses toutes ses qualités de noblesse, de culture, de probité et de goût.

9   À droite.

10   C'est *doña* espagnol, titre d'honneur féminin correspondant à *don/dom*.

11   S'est mise à notre poursuite.

12   Et pour quelle raison ?

13   Ce qui.

14   Au jugé, de manière approximative.

gagerais presque que l'affaire va là. Je pourrais peut-être me tromper ; mais enfin, sur de tels sujets, l'expérience m'a pu donner quelques lumières.

GUSMAN

Quoi ? Ce départ si peu prévu serait une infidélité de Dom Juan ? Il pourrait faire cette injure aux chastes feux[15] de Done Elvire ?

SGANARELLE

Non, c'est qu'il est jeune[d] encore, et qu'il n'a pas le courage…

GUSMAN

Un homme de sa qualité[16] faire une action si lâche ?

SGANARELLE

Eh oui, sa qualité ! La raison en est belle, et c'est par là qu'il s'empêcherait des choses[17].

GUSMAN

Mais les saints nœuds du mariage le tiennent engagé.

SGANARELLE

Eh ! mon pauvre Gusman, mon ami, tu ne sais pas encore, crois-moi, quel homme est Dom Juan[e].

GUSMAN

Je ne sais pas, de vrai, quel homme il peut être, s'il faut qu'il nous ait fait cette perfidie ; et je ne comprends point

---

15 L'amour d'Elvire pour Dom Juan est *chaste*, car honnête et sanctifié par le mariage.

16 *Un homme de qualité* est un noble de naissance.

17 Qu'il s'interdirait des choses.

comme[18] après tant d'amour et tant d'impatience témoignée, tant d'hommages pressants, de vœux, de soupirs et de larmes, tant de lettres passionnées, de protestations[19] ardentes et de serments réitérés, tant de transports[20] enfin et tant d'emportements qu'il a fait paraître, jusques à forcer, dans sa passion, l'obstacle sacré d'un couvent[21], pour mettre Done Elvire en sa puissance, je ne comprends pas, dis-je, comme, après tout cela, il aurait le cœur de pouvoir manquer à sa parole.

SGANARELLE

Je n'ai pas grande peine à le comprendre, moi ; et si tu connaissais le pèlerin[22], tu trouverais la chose assez facile pour lui. Je ne dis pas qu'il ait changé de sentiments pour Done Elvire, je n'en ai point de certitude encore : tu sais que, par son ordre, je partis avant lui, et depuis son arrivée il ne m'a point entretenu ; mais, par précaution, je t'apprends, *inter nos*[23], que tu vois en Dom Juan, mon maître, le plus grand scélérat que la terre ait jamais porté, un enragé, un chien, un diable, un Turc[24], un hérétique, qui ne croit ni Ciel, ni enfer, ni loup-garou[25], qui passe cette vie en véritable

---

18 Comment.
19 *Protestations* : déclarations.
20 Les *transports* sont les manifestations de la passion.
21 Dom Juan a enlevé Elvire, qui était religieuse, de son couvent (donc sans le consentement des parents), et l'a épousée secrètement, mais de manière valide aux yeux de l'Église.
22 *Connaître le pèlerin*, c'est savoir à qui on a affaire.
23 Entre nous.
24 On emploie ce mot, dit FUR., pour « injurier un homme, le taxer de barbarie, de cruauté, d'irréligion, d'homme inexorable ».
25 « *Loup garou* est dans l'esprit du peuple un esprit dangereux et malin qui court les champs et les rues la nuit. Mais c'est en effet un fou mélancolique et furieux qui court les nuits sur les routes et qui bat et outrage ceux qu'il rencontre » (FUR.).

bête brute, en pourceau d'Épicure[26], en vrai Sardanapale[27], ferme l'oreille à toutes les remontrances qu'on lui peut faire, et traite de billevesées[a][28] tout ce que nous croyons[f]. Tu me dis qu'il a épousé ta maîtresse ; crois qu'il aurait plus fait pour sa passion[g], et qu'avec elle il aurait encore épousé toi, son chien et son chat. Un mariage ne lui coûte rien à contracter ; il ne se sert point d'autres pièges pour attraper les belles, et c'est un épouseur à toutes mains[29]. Dame, demoiselle[30], bourgeoise, paysanne, il ne trouve rien de trop chaud ni de trop froid pour lui ; et si je te disais le nom de toutes celles qu'il a épousées en divers lieux, ce serait un chapitre à durer jusques au soir. Tu demeures surpris et changes de couleur à ce discours ; ce n'est là qu'une ébauche du personnage, et pour en achever le portrait, il faudrait bien d'autres coups de pinceau. Suffit qu'[31] il faut que le courroux du Ciel l'accable quelque jour ; qu'il me vaudrait[32] bien mieux d'être au diable que d'être à lui, et qu'il me fait voir tant d'horreurs que je souhaiterais qu'il fût déjà je ne sais où[33]. Mais un grand seigneur méchant homme est une terrible chose ; il faut[h] que je lui sois fidèle,

---

26 Contrairement à ce qu'on croit, la stricte morale d'Épicure, pour qui le souverain bien était le plaisir, c'est-à-dire l'absence de douleur, ne prônait pas du tout la débauche ; ce sont les disciples dévoyés du philosophe grec qui se livrent à ces débordements et eux seuls méritent le nom de « pourceaux d'Épicure » – nom qu'en plaisantant s'était donné le poète latin Horace, dans une de ses épîtres (*Épîtres* I, 4, v. 16 : « *Epicuri de grege porcum* »).

27 Sardanapale est un roi fabuleux des Assyriens, efféminé et adonné aux débauches.

28 *Billevesées* : « imaginations en l'air » (RIC.).

29 « Prendre *à toutes mains*, c'est prendre de toutes les manières » (RIC.).

30 La *dame* est la femme d'un seigneur ; la *demoiselle* est la fille ou la femme d'un gentilhomme de moyenne noblesse.

31 *Suffit que* : je n'en dirai pas davantage, je dirai seulement qu'il faut...

32 Nous corrigeons la faute évidente de l'orignal, qui donne *faudrait*.

33 En enfer, peut-être.

en dépit que j'en aie[34] : la crainte en moi fait l'office[35] du zèle, bride mes sentiments, et me réduit d'applaudir[i] bien souvent à ce que mon âme déteste. Le voilà qui vient se promener dans ce palais ; séparons-nous. Écoute, au moins je t'ai fait cette confidence avec franchise[j], et cela m'est sorti un peu bien vite de la bouche ; mais s'il fallait qu'il en vînt quelque chose à ses oreilles, je dirais hautement que tu aurais menti.

Scène 2
DOM JUAN, SGANARELLE

DOM JUAN
Quel homme te parlait là ? Il a bien de l'air, ce me semble, du bon Gusman de Done Elvire.

SGANARELLE
C'est quelque chose aussi à peu près de cela[a36].

DOM JUAN
Quoi ? C'est lui ?

SGANARELLE
Lui-même.

DOM JUAN
Et depuis quand est-il en cette ville ?

SGANARELLE
D'hier au soir.

---

34 Malgré moi.
35 *Fait l'office* : joue le rôle.
36 Approchant de cela.

DOM JUAN

Et quel sujet l'amène ?

SGANARELLE

Je crois que vous jugez assez ce qui le peut inquiéter.

DOM JUAN

Notre départ sans doute[37].

SGANARELLE

Le bonhomme en est tout mortifié, et m'en demandait le sujet[38].

DOM JUAN

Et quelle réponse as-tu faite ?

SGANARELLE

Que vous ne m'en aviez rien dit.

DOM JUAN

Mais encore, quelle est ta pensée là-dessus ? Que t'imagines-tu de cette affaire ?

SGANARELLE

Moi, je crois, sans vous faire tort, que vous avez quelque nouvel amour en tête.

DOM JUAN

Tu le crois ?

SGANARELLE

Oui.

---

37 Assurément.
38 La raison.

DOM JUAN

Ma foi ! tu ne te trompes pas, et je dois t'avouer qu'un autre objet[39] a chassé Elvire de ma pensée

SGANARELLE

Eh mon Dieu ! je sais mon Dom Juan sur le bout du doigt, et connais votre cœur pour le plus grand coureur du monde : il se plaît à se promener de liens en liens, et n'aime guère[b] à demeurer en place.

DOM JUAN

Et ne trouves-tu pas, dis-moi, que j'ai raison d'en user de la sorte ?

SGANARELLE

Eh ! Monsieur.

DOM JUAN

Quoi ? Parle.

SGANARELLE

Assurément que vous avez raison, si vous le voulez ; on ne peut pas aller là contre. Mais si vous ne le vouliez pas, ce serait peut-être une autre affaire.

DOM JUAN

Eh bien ! je te donne la liberté de parler et de me dire tes sentiments.

SGANARELLE

En ce cas, Monsieur, je vous dirai franchement que je n'approuve point votre méthode, et que je trouve fort vilain[40] d'aller de tous côtés comme vous faites.

---

39 *L'objet* est la femme aimée.
40 Bas, indigne d'un gentilhomme.

DOM JUAN

Quoi ? tu veux qu'on se lie[41] à demeurer au premier objet qui nous prend, qu'on renonce au monde pour lui, et qu'on n'ait plus d'yeux pour personne ? La belle chose de vouloir se piquer d'un faux honneur d'être fidèle, de s'ensevelir pour toujours dans une passion, et d'être mort dès sa jeunesse à toutes les autres beautés qui nous peuvent frapper les yeux. Non, non : la constance n'est bonne que pour des ridicules ; toutes les belles ont droit de nous charmer, et l'avantage d'être rencontrée la première ne doit point dérober aux autres les justes prétentions qu'elles ont toutes sur nos cœurs. Pour moi, la beauté me ravit partout où je la trouve, et je cède facilement à cette douce violence dont[c] elle nous entraîne. J'ai beau être engagé, l'amour que j'ai pour une belle n'engage point mon âme à faire injustice aux autres ; je conserve des yeux pour voir le mérite de toutes, et rends à chacune les hommages et les tributs où[42] la nature nous oblige. Quoi qu'il en soit, je ne puis refuser mon cœur à tout ce que je vois d'aimable[43] ; et dès qu'un beau visage me le demande, si j'en avais dix mille, je les donnerais tous. Les inclinations naissantes, après tout, ont des charmes inexplicables, et tout le plaisir de l'amour est dans le changement. On goûte une douceur extrême à réduire[44], par cent hommages, le cœur d'une jeune beauté, à voir de jour en jour les petits progrès qu'on y fait, à combattre par des transports, par des larmes et des soupirs, l'innocente pudeur d'une âme qui a peine à rendre les armes, à forcer pied à pied toutes les petites résistances qu'elle nous oppose, à vaincre les scrupules dont elle se fait

---

41 Qu'on s'engage.
42 Les témoignages de passion auxquels.
43 *Aimable* : digne d'être aimé.
44 *Réduire* : « dompter, vaincre, subjuguer » (FUR.).

un honneur et la mener doucement où nous avons envie de la faire venir. Mais lorsqu'on en est maître une fois, il n'y a plus rien à dire[45] ni rien à souhaiter ; tout le beau de la passion est fini, et nous nous endormons dans la tranquillité d'un tel amour, si quelque objet nouveau ne vient réveiller nos désirs, et présenter à notre cœur les charmes attrayants d'une conquête à faire[46]. Enfin, il n'est rien de si doux que de triompher de la résistance d'une belle personne, et j'ai sur ce sujet l'ambition des conquérants, qui volent perpétuellement de victoire en victoire, et ne peuvent se résoudre à borner leurs souhaits. Il n'est rien qui puisse arrêter l'impétuosité de mes désirs : je me sens un cœur à aimer[d] toute la terre ; et comme Alexandre, je souhaiterais qu'il y eût d'autres mondes, pour y pouvoir étendre mes conquêtes amoureuses[47].

SGANARELLE

Vertu de ma vie[48], comme vous débitez[49] ! Il semble que vous ayez appris cela par cœur, et vous parlez tout comme un livre[e].

DOM JUAN

Qu'as-tu à dire là-dessus ?

---

45 Il ne manque plus rien.
46 Autre vers blanc qui couronne le mouvement, qui est élan vers l'avenir : « les charmes attrayants d'une conquête à faire » est un alexandrin.
47 Alexandre le Grand, roi de Macédoine (356-323 *ante Christum*) étendit ses conquêtes jusqu'à l'Indus ; il est devenu le modèle des conquérants. C'est le poète latin Juvénal qui dit qu'un seul univers ne suffisait pas au héros : « Il étouffe, le malheureux, dans les limites étroites de l'univers » (« *aestuat infelix angusto limite mundi* » (Satire X, vers 168-169).
48 Juron populaire.
49 *Débiter* : exposer, raconter en détaillant ; « un homme *débite* bien, il dit bien ce qu'il dit, il récite agréablement » (FUR.).

SGANARELLE

Ma foi, j'ai à dire…, je ne sais ; car vous tournez les choses d'une manière qu'il semble que vous avez raison ; et cependant il est vrai que vous ne l'avez pas. J'avais les plus belles pensées du monde, et vos discours m'ont brouillé tout cela. Laissez faire ; une autre fois je mettrai mes raisonnements par écrit, pour disputer[50] avec vous.

DOM JUAN

Tu feras bien.

SGANARELLE

Mais, Monsieur, cela serait-il de la permission que vous m'avez donnée, si je vous disais que je suis tant soit peu scandalisé de la vie que vous menez ?

DOM JUAN

Comment ? quelle vie est-ce que je mène ?

SGANARELLE

Fort bonne. Mais, par exemple, de vous voir tous les mois vous marier comme vous faites…

DOM JUAN

Y a-t-il rien de plus agréable ?

SGANARELLE

Il est vrai, je conçois que cela est fort agréable et fort divertissant, et je m'en accommoderais assez, moi, s'il n'y avait point de mal ; mais, Monsieur, se jouer ainsi d'un mystère sacré[51], et…

---

50 *Disputer* : débattre.
51 Le mariage est un sacrement.

DOM JUAN

Va, va, c'est une affaire entre le Ciel et moi, et nous la démêlerons bien ensemble, sans que tu t'en mettes en peine.

SGANARELLE

Ma foi ! Monsieur, j'ai toujours ouï dire que c'est une méchante[52] raillerie que de se railler du Ciel, et que les libertins ne font jamais une bonne fin[53].

DOM JUAN

Holà ! maître sot[f], vous savez que je vous ai dit que je n'aime pas les faiseurs de remontrances.

SGANARELLE

Je ne parle pas aussi à vous[54], Dieu m'en garde. Vous savez ce que vous faites, vous ; et si vous ne croyez rien, vous avez vos raisons[g]. Mais il y a de certains petits impertinents dans le monde, qui sont libertins sans savoir pourquoi, qui font les esprits forts[55] parce qu'ils croient que cela leur sied bien ; et si j'avais un maître comme cela, je lui dirais nettement, le regardant en face : « Osez-vous bien ainsi vous jouer au Ciel[56], et ne tremblez-vous point de vous moquer comme vous faites des choses les plus saintes ? C'est bien à vous, petit ver de terre, petit mirmidon[57] que vous êtes (je parle au maître que j'ai dit), c'est bien à vous

---

52 *Méchante* : mauvaise.
53 S'étant endurcis dans le péché, les libertins, qui se rebellent contre la foi et la morale de l'Église, sont promis à la damnation.
54 Ce n'est pas non plus à vous que je parle.
55 Selon FUR., *les esprits forts* sont « ces libertins incrédules qui se mettent au-dessus des croyances et des opinions populaires ». *Esprits forts* et *libertins* sont synonymes.
56 *Se jouer à* : s'attaquer à.
57 Les *Myrmidons* étaient un peuple de Thessalie que la mythologie disait issus de la métamorphose de fourmis – donc de petite taille. La langue

à vouloir vous mêler de tourner en raillerie ce que tous les hommes révèrent. Pensez-vous que pour être de qualité[58], pour avoir une perruque blonde et bien frisée, des plumes à votre chapeau, un habit bien doré et des rubans couleur de feu (ce n'est pas à vous que je parle, c'est à l'autre), pensez-vous, dis-je, que vous en soyez plus habile[59] homme, que tout vous soit permis, et qu'on n'ose vous dire vos vérités ? Apprenez de moi, qui suis votre valet, que le Ciel punit tôt ou tard les impies, qu'une méchante vie amène une méchante mort[60], et que[h]... »

DOM JUAN

Paix !

SGANARELLE

De quoi est-il question ?

DOM JUAN

Il est question de te dire qu'une beauté me tient[i] au cœur, et qu'entraîné par ses appas, je l'ai suivie jusques en cette ville.

SGANARELLE

Et n'y craignez-vous rien, Monsieur, de la mort de ce commandeur[61] que vous tuâtes il y a six mois ?

---

se sert du mot « pour signifier un homme fort petit, ou qui n'est capable d'aucune résistance » (FUR.).

58   De naissance noble.

59   *Habile* : compétent ; intelligent.

60   La *méchante* vie, la vie mauvaise contraire à la morale, mène à une *méchante* mort, une mort qui se sera suivie de la damnation.

61   Un *commandeur* est un chevalier pourvu d'une commanderie (qui était dignité et bénéfice, c'est-à-dire bien ecclésiastique) dans un ordre religieux et militaire.

DOM JUAN

Et pourquoi craindre ? Ne l'ai-je pas bien tué[62] ?

SGANARELLE

Fort bien, le mieux du monde, et il aurait tort de se plaindre.

DOM JUAN

J'ai eu ma grâce[63] de cette affaire.

SGANARELLE

Oui, mais cette grâce n'éteint pas peut-être le ressentiment[64] des parents et des amis, et…

DOM JUAN

Ah ! n'allons point songer au mal qui nous peut arriver, et songeons seulement à ce qui nous peut donner du plaisir. La personne dont je te parle est une jeune fiancée, la plus agréable du monde, qui a été conduite ici par celui même qu'elle y vient épouser ; et le hasard me fit voir ce couple d'amants trois ou quatre jours avant leur voyage. Jamais je n'ai vu deux personnes être si contents[65] l'un de l'autre, et faire éclater plus d'amour. La tendresse visible de leurs mutuelles ardeurs me donna de l'émotion ; j'en fus frappé au cœur et mon amour commença par la jalousie. Oui, je ne pus souffrir d'abord[66] de les voir si bien ensemble ;

---

62   « Tué selon les règles du duel », veut dire Dom Juan (qui pense peut-être aussi qu'il n'y a rien au-delà de la mort…) ; Sganarelle, à la réplique suivante, comprendra simplement « bel et bien tué ».

63   Une grâce royale pouvait éteindre toute action judiciaire contre l'assassin.

64   *Le ressentiment* est le sentiment en retour : la haine des proches de la victime qui voudront se venger.

65   Archaïsme : *personnes* étaient encore souvent employé au masculin.

66   D'emblée.

le dépit alarma[67] mes désirs, et je me figurai un plaisir extrême à pouvoir troubler leur intelligence[68], et rompre cet attachement, dont la délicatesse[69] de mon cœur se tenait offensée ; mais jusques ici tous mes efforts ont été inutiles, et j'ai recours au dernier remède. Cet époux prétendu[70] doit aujourd'hui régaler[71] sa maîtresse d'une promenade sur mer. Sans t'en avoir rien dit, toutes choses sont préparées pour satisfaire mon amour, et j'ai une petite barque et des gens, avec quoi fort facilement je prétends enlever la belle.

SGANARELLE

Ah ! Monsieur...

DOM JUAN

Hen[k] ?

SGANARELLE

C'est fort bien fait à vous, et vous le prenez comme il faut. Il n'est rien tel en ce monde que de se contenter.

DOM JUAN

Prépare-toi donc à venir avec moi, et prends soin toi-même d'apporter toutes mes armes, afin que... Ah[l] ! rencontre fâcheuse. Traître, tu ne m'avais pas dit qu'elle était ici elle-même.

SGANARELLE

Monsieur, vous ne me l'avez pas demandé.

---

67 Donna l'alarme à mes désirs, les éveilla, les excita. *Alarmer*, au sens propre, c'est appeler aux armes.
68 *Intelligence* : entente, bon accord.
69 Susceptibilité.
70 *Cet époux prétendu* est le futur marié.
71 *Régaler*, c'est offrir quelque divertissement ou quelque fête.

DOM JUAN

Est-elle folle de n'avoir pas changé d'habit, et de venir en ce lieu ci avec son équipage de campagne[72].

Scène 3

DONE ELVIRE, DOM JUAN, SGANARELLE

DONE ELVIRE

Me ferez-vous la grâce, Dom Juan, de vouloir bien me reconnaître ? et puis-je au moins espérer que vous daigniez tourner le visage de ce côté ?

DOM JUAN

Madame, je vous avoue que je suis surpris, et que je ne vous attendais pas ici.

DONE ELVIRE

Oui, je vois bien que vous ne m'y attendiez pas ; et vous êtes surpris, à la vérité, mais tout autrement que je ne l'espérais ; et la manière dont vous le paraissez me per-suade pleinement ce que je refusais de croire. J'admire[73] ma simplicité et la faiblesse de mon cœur à douter d'une trahison que tant d'apparences me confirmaient. J'ai été assez bonne, je le confesse, ou plutôt assez sotte pour me vouloir tromper moi-même, et travailler à démentir mes yeux et mon jugement. J'ai cherché des raisons pour excuser à ma tendresse le relâchement d'amitié[74] qu'elle voyait en vous ;

---

72 Avec le costume porté à la campagne et pendant son voyage. Dom Juan remarque qu'elle ne s'est pas changée pour entrer au palais qui est le lieu du premier acte.

73 *Admirer* : considérer arec surprise, avec stupeur.

74 J'ai cherché des raisons pour que ma tendresse pardonne au relâchement de votre amour (*amitié* désigne toutes les sortes d'amour et d'affections).

et je me suis forgé exprès cent sujets légitimes[75] d'un départ si précipité, pour vous justifier du crime[76] dont ma raison vous accusait. Mes justes soupçons chaque jour avaient beau me parler, j'en rejetais la voix qui vous rendait criminel à mes yeux, et j'écoutais avec plaisir mille chimères ridicules qui vous peignaient innocent à mon cœur. Mais enfin cet abord[77] ne me permet plus de douter, et le coup d'œil qui m'a reçue m'apprend bien plus de choses que je ne voudrais en savoir. Je serai bien aise pourtant d'ouïr de votre bouche les raisons de votre départ. Parlez, Dom Juan, je vous prie, et voyons de quel air[78] vous saurez vous justifier[a] !

DOM JUAN

Madame, voilà Sganarelle qui sait pourquoi je suis parti.

SGANARELLE

Moi, Monsieur ? Je n'en sais rien, s'il vous plaît.

DONE ELVIRE

Eh bien ! Sganarelle, parlez. Il n'importe de quelle bouche j'entende ces[b] raisons.

DOM JUAN,
faisant signe d'approcher à Sganarelle[c].

Allons, parle donc à Madame.

SGANARELLE

Que voulez-vous que je dise ?

---

75   J'ai imaginé, inventé cent raisons légitimes pour expliquer votre départ.
76   *Crime* : faute grave.
77   *Abord* : accueil.
78   *Air* : manière d'agir.

DONE ELVIRE

Approchez, puisqu'on le veut ainsi, et me dites un peu les causes d'un départ si prompt.

DOM JUAN

Tu ne répondras pas ?

SGANARELLE

Je n'ai rien à répondre. Vous vous moquez de votre serviteur.

DOM JUAN

Veux-tu répondre, te dis-je ?

SGANARELLE

Madame…

DONE ELVIRE

Quoi ?

SGANARELLE, *se retournant vers son maître.*

Monsieur…

DOM JUAN[d]

Si…

SGANARELLE

Madame, les conquérants, Alexandre et les autres mondes sont causes de notre départ. Voilà, Monsieur, tout ce que je puis dire.

DONE ELVIRE

Vous plaît-il, Dom Juan, nous éclaircir ces beaux mystères ?

DOM JUAN
Madame, à vous dire la vérité…

DONE ELVIRE
Ah! que vous savez mal vous défendre pour un homme de cour, et qui doit être accoutumé à ces sortes de choses! J'ai pitié de vous voir la confusion que vous avez. Que[79] ne vous armez-vous le front d'une noble effronterie? Que ne me jurez-vous que vous êtes toujours dans les mêmes sentiments pour moi, que vous m'aimez toujours avec une ardeur sans égale, et que rien n'est capable de vous détacher de moi que la mort? Que ne me dites-vous que des affaires de la dernière conséquence[80] vous ont obligé à partir sans m'en donner avis; qu'il faut que, malgré vous, vous demeuriez ici quelque temps, et que je n'ai qu'à m'en retourner d'où je viens, assurée que vous suivrez mes pas le plus tôt qu'il vous sera possible; qu'il est certain que vous brûlez de me rejoindre, et qu'éloigné de moi, vous souffrez ce que souffre un corps qui s'est séparé de son âme? Voilà comme il faut vous défendre, et non pas être interdit comme vous êtes.

DOM JUAN
Je vous avoue, Madame, que je n'ai point le talent de dissimuler, et que je porte un cœur sincère. Je ne vous dirai point que je suis toujours dans les mêmes sentiments pour vous, et que je brûle de vous rejoindre, puisque enfin il est assuré que je ne suis parti que pour vous fuir; non point par les raisons que vous pouvez vous figurer, mais pour un pur motif de conscience[81], et pour ne croire pas[82] qu'avec

---

79 *Que* à valeur causale : pourquoi ne vous armez-vous pas ?
80 De la plus grande importance.
81 Langage de Tartuffe !
82 Parce que je ne crois pas.

vous davantage je puisse vivre sans péché. Il m'est venu des scrupules, Madame, et j'ai ouvert les yeux de l'âme sur ce que je faisais. J'ai fait réflexion que, pour vous épouser, je vous ai dérobée à la clôture d'un couvent, que vous avez rompu des vœux qui vous engageaient autre part, et que le Ciel est fort jaloux de ces sortes de choses. Le repentir m'a pris, et j'ai craint le courroux céleste ; j'ai cru que notre mariage n'était qu'un adultère déguisé[83], qu'il nous atti-rerait quelque disgrâce[84] d'en haut, et qu'enfin je devais tâcher de vous oublier, et vous donner moyen de retourner à vos premières chaînes[85]. Voudriez-vous, Madame, vous opposer à une si sainte pensée, et que j'allasse, en vous retenant, me mettre le Ciel sur les bras, que par[e]… ?

DONE ELVIRE

Ah ! scélérat, c'est maintenant que je te connais tout entier ; et pour mon malheur, je te connais lorsqu'il n'en est plus temps, et qu'une telle connaissance ne peut plus me servir qu'à me désespérer. Mais sache que ton crime ne demeurera pas impuni, et que le même Ciel dont tu te joues me saura venger de ta perfidie.

DOM JUAN

Sganarelle, le Ciel !

SGANARELLE

Vraiment oui, nous nous moquons bien de cela, nous autres.

---

83   Religieuse ayant prononcé des vœux, dans un ordre cloîtré, Elvire était sur le point de devenir l'épouse du Christ ; et, arrachée à son couvent, elle a épousé Dom Juan, en une sorte d'adultère. On a fait remarquer que si Elvire avait prononcé ses vœux définitifs, elle n'aurait pas pu se marier devant l'Église. Mais Dom Juan n'y regarde pas de si près !

84   *Disgrâce* : malheur, infortune.

85   À votre premier engagement, à vos vœux de religieuse.

DOM JUAN

Madame…

DONE ELVIRE

Il suffit. Je n'en veux pas ouïr davantage, et je m'accuse même[f] d'en avoir trop entendu. C'est une lâcheté que de se faire expliquer[86] trop sa honte ; et, sur de tels sujets, un noble cœur, au premier mot, doit prendre son parti. N'attends pas que j'éclate ici en reproches et en injures ; non, non, je n'ai point un courroux à exhaler en paroles vaines, et toute sa chaleur se réserve pour sa vengeance. Je te le dis encore, le Ciel te punira, perfide, de l'outrage que tu me fais ; et si le Ciel n'a rien que tu puisses appréhender, appréhende du moins[g] la colère d'une femme offensée.

SGANARELLE

Si le remords le pouvait prendre !

DOM JUAN, *après une petite réflexion.*

Allons songer à l'exécution de notre entreprise amoureuse.

SGANARELLE

Ah ! quel abominable maître me vois-je obligé de servir !

---

86 *Expliquer* : détailler, développer.

ACTE II

Scène 1
CHARLOTTE, PIERROT

CHARLOTTE
Nostre-dinse[87], Piarrot[88], tu t'es[a] trouvé là bien à point.

PIERROT
Parquienne[b][89] , il ne s'en est pas fallu l'époisseur d'une épinque[c], qu'ils ne se sayant nayez tous deux[d].

CHARLOTTE
C'est donc le coup de vent da matin qui les avoit ranvarsés dans la mar[e].

PIERROT
Aga, guien[90], Charlotte, je m'en vas te conter tout fin drait comme cela est venu ; car, comme dit l'autre, je les ai le premier avisés, avisés le premier je les ai. Enfin donc, j'estions[f] sur le bord de la mar, moi[g] et le gros Lucas, et je nous amusions à batifoler avec des mottes de tarre que je nous jesquions[91] à la tête ; car, comme tu sais bian, le gros Lucas aime à batifoler, et moi par fouas je batifole itou. En batifolant donc, pisque batifoler y a, j'ai aparceu de tout loin queuque chose qui grouilloit

---

87 Notre-Dame.
88 Le lecteur rétablira aisément, derrière les déformations comiques du patois savoureux des paysans des environs de Paris, les formes correctes. Voir *supra* l'introduction pour les caractéristiques essentielles de ce langage paysan.
89 Comme *parquenne* : pardieu.
90 Regarde, tiens.
91 Jetions.

dans gliau[92], et qui venoit comme envars[93] nous par
secousse. Je voyois cela fixiblement[i94] , et pis tout d'un
coup je voyois que je ne voyois plus rien. « Eh ! Lucas,
ç'ai-je fait, je pense que vlà des hommes qui nageant
là-bas. – Voire, ce m'a-t-il fait, t'as esté au trépassement
d'un chat, t'as la vue trouble[95]. – Palsanquienne[i96] , ç'ai
je fait, je n'ai point la vue trouble : ce sont des hommes.
– Point du tout, ce m'a-t-il fait, t'as la barlue. – Veux tu
gager, ç'ai-je fait, que je n'ai point la barlue, ç'ai-je fait,
et que ce sont deux[k] hommes, ç'ai-je fait, qui nageant
droit ici ? ç'ai-je fait. – Morquenne[97], ce m'a-t-il fait, je
gage que non. – O ! çà, ç'ai-je fait, veux tu gager dix
sols que si ? – Je le veux bain[s], ce m'a-t-il fait ; et pour
te montrer, vlà argent su jeu[98] », ce m'a-t-il fait. Moi, je
n'ai point été ni fou[m], ni étourdi ; j'ai bravement bouté
à tarre quatre[n] pieces tapées, et cinq sols en doubles[99],
jergniguenne[100], aussi hardiment que si j'avois avalé un
varre de vin ; car je ses[101] hasardeux[o102] , moi, et je vas à
la débandade[103]. Je savois bian ce que je faisois pourtant,

---

92 L'eau.

93 Envers, vers.

94 Nettement.

95 Ancien proverbe populaire.

96 Comme *palsanqué* et *palsanguenne* : palsambleu (par le sang de Dieu).

97 Comme *morqué* : mordieu (mort de Dieu).

98 Voilà de l'argent que je mets en jeu.

99 Les *pièces tapées* sont « des sols marqués d'une fleur de lys au milieu »
    (FUR.), ce qui augmentait leur valeur d'un quart. Quatre pièces tapées
    font 5 sols, soit la moitié de l'enjeu. Les 5 autres sols du pari sont réglés
    en *doubles* ; le double valant 1/6 de sol, cela fait… 30 pièces !

100 Comme *jarni, jerni, jernigué, jernigenne, jerniqué, jerniquenne* : je renie
    Dieu.

101 Je suis.

102 *Hasardeux* : qui s'expose au danger, téméraire.

103 *À la débandade* : « à la manière des soldats qui se débandent, qui vivent
    en libertinage, sans discipline » (FUR.).

queuque gniais[104] ! Enfin donc, je n'avons pas putôt[p] eu
gagé que j'avons vu les deux hommes tout à plein[105] qui
nous faisiant signe de les aller quérir ; et moi de tirer
auparavant les enjeux. « Allons, Lucas, ç'ai-je dit, tu vois
bian qu'ils nous appellont : allons vite à leu secours. –
Non, ce m'a-t-il dit, ils m'ont fait pardre. » O ! donc,
tanquia, qu'à la parfin[106], pour le faire court, je l'ai tant
sarmonné, que je nous sommes boutés dans une barque,
et pis j'avons tant fait cahin, caha, que je les avons tirés
de gliau, et pis je les avons menés cheux nous auprès du
feu, et pis ils se sant dépouillés tous nus pour se sécher,
et pis il y en est venu encore deux de la mesme bande
qui s'equiant[q] sauvés[107] tout seuls, et pis Mathurine est
arrivée là, à qui l'en[r] a fait les doux yeux. Vlà justement,
Charlotte, comme tout ça s'est fait.

CHARLOTTE

Ne m'as-tu pas dit, Piarrot, qu'il y en a un qu'est bien
pu mieux fait que les autres ?

PIERROT

Oui, c'est le maître. Il faut que ce soit queuque gros,
gros Monsieur, car il a du dor[108] à son habit tout depis le
haut jusqu'en bas, et ceux qui le servont sont des Monsieux
eux-mesmes ; et stapandant[109], tout gros Monsieur qu'il
est, il seroit, par ma fique[110], nayé, si je n'aviomes esté là[s].

---

104 Je savais bien ce que je faisais, je ne suis pas sot ; seul quelque niais s'y
       serait laisser prendre.
105 Nettement.
106 Si bien que, pour finir.
107 Qui s'étaient sauvés.
108 *Du dor* : de l'or.
109 Cependant.
110 Par ma foi.

CHARLOTTE

Ardez[111] un peu.

PIERROT

O ! parquenne, sans nous, il en avoit pour sa maine de fèves[112].

CHARLOTTE

Est-il encore cheux toi tout nu, Piarrot ?

PIERROT

Nannain[113], ils l'avont rhabillé tout devant nous. Mon quieu[114], je n'en avois jamais vu s'habiller. Que d'histoires et d'angigorniaux[115] boutont[116] ces Messieus-là les courtisans[e] ! Je me pardrois là dedans, pour moi, et j'estois tout ebobi[117] de voir ça. Quien, Charlotte, ils avont des cheveux qui ne tenont point à leu tête[118], et ils boutont ça après tout, comme un gros bonnet de filace. Ils ant des chemises qui ant des manches où j'entrerions[u] tout brandis[119] toi et moi. En glieu d'haut-de-chausse, ils portont un garde-robe aussi large que d'ici à Pâques[120] ; en glieu de pourpoint, de

---

111 Voyez.

112 *Maine* pour *mine*, « demi-setier » (mesure pour les grains, etc.). « On dit proverbialement, il en a pour sa *mine de fèves*, quand on parle de celui qui a souffert quelque perte ou dommage » (FUR.).

113 Non, non.

114 Mon Dieu.

115 On peut en effet traduire par *machins compliqués* ; il s'agit des divers ornements du costume.

116 Mettent.

117 Pour *ébaubi* : frappé de surprise au point de bégayer.

118 Une perruque.

119 « Tout d'un coup » (FUR.), ou « comme nous voilà, sans nous faire plus petits » (Littré).

120 Le haut de chausse est si ample qu'il ressemble à un *garde-robe*, à un tablier tel qu'en mettaient les femmes de basse condition pour protéger

petites brassières, qui ne leu venont pas usqu'au brichet[v121] ;
et en glieu de rabats, un grand mouchoir de cou à reziau,
aveuc quatre grosses houpes de linge qui leu pendont sur
l'estomaque[w122]. Ils avont itou d'autres petits rabats au
bout des bras, et de grands entonnois[x] de passements aux
jambes, et parmi tout ça tant de rubans, que[y] c'est une vraie
piquié[123]. Ignia pas jusqu'aux souliers qui n'en soiont farcis
tout depis un bout jusqu'à l'autre, et ils sont faits d'eune
façon que je me romprois le cou aveuc[z124].

CHARLOTTE

Par ma fi[125], Piarrot, il faut que j'aille voir[aa] un peu ça.

PIERROT

O ! acoute un peu auparavant, Charlotte : j'ai queuque
autre chose à te dire, moi[ab].

CHARLOTTE

Et bian ! dis, qu'est-ce que c'est ?

PIERROT

Vois-tu, Charlotte, il faut, comme dit l'autre, que je
débonde mon cœur. Je t'aime, tu le sais bian, et je sommes

---

leur habit.
121 Le pourpoint est si court qu'il ressemble à une *brassière*, à une chemi-
    sette de femme, qui ne descend que jusqu'au bréchet, jusqu'au sternum
    (*usqu'au brichet*).
122 En guise de rabats, les naufragés portent un grand collet de dentelles (le
    réseau est un ouvrage de fil ou de soie tissu et entrelacé) qui leur pend
    sur la poitrine.
123 Pierrot, dans sa description maladroite et plaisante, en vient aux orne-
    ments des bras et des jambes, et compare les fameux canons, avec leur
    flot de rubans, à des entonnoirs.
124 Quant aux souliers, Pierrot s'étonne de leurs rubans et des hauts talons.
125 Par ma foi.

pour être mariés ensemble; mais, marquenne, je ne suis point satisfait de toi.

CHARLOTTE

Quement[126]? qu'est-ce que c'est donc qu'iglia[ac]?

PIERROT

Iglia[ad] que tu me chagraignes l'esprit, franchement.

CHARLOTTE

Et quement donc?

PIERROT

Testiguienne, tu ne maimes point.

CHARLOTTE

Ah, ah, n'est que[ae] ça?

PIERROT

Oui, ce n'est que ça, et c'est bian assez.

CHARLOTTE

Mon quieu, Piarrot, tu me viens toujou dire la mesme chose.

PIERROT

Je te dis toujou la mesme chose, parce que c'est toujou la mesme chose; et si ce n'étoit pas toujou la mesme chose, je ne te dirois pas toujou la mesme chose.

CHARLOTTE

Mais, qu'est-ce qu'il te faut? que veux-tu?

---

126 Comment.

PIERROT

Jerniquienne ! je veux que tu m'aimes.

CHARLOTTE

Est-ce que je ne t'aime pas ?

PIERROT

Non, tu ne m'aimes pas ; et si[127], je fais tout ce que je pis[128] pour ça : je t'achète[af], sans reproche, des rubans à tous les marciers qui passont ; je me romps le cou à t'aller dénicher des marles ; je fais jouer pour toi les vielleux quand ce vient ta feste ; et tout ça comme si je me frappois la teste contre un mur. Vois-tu, ça n'est ni[129] biau ni honnête de n'aimer pas les gens qui nous aimont[ag].

CHARLOTTE

Mais, mon guieu, je t'aime aussi.

PIERROT

Oui, tu m'aimes d'une belle degaine[130] !

CHARLOTTE

Quement veux-tu donc qu'on fasse ?

PIERROT

Je veux que l'en fasse comme l'en fait quand l'en aime comme il faut.

---

127 Et pourtant.
128 Je puis.
129 Il faut corriger l'original qui saute le *n'est*.
130 *Dégaine* : « vieux mot qui n'est en usage que dans cette phrase prover-
    biale : il s'y prend d'une belle *dégaine*, pour dire de mauvaise grâce,
    d'une vilaine manière » (FUR.).

CHARLOTTE

Ne t'aimé-je pas aussi comme il faut ?

PIERROT

Non ; quand ça est, ça se voit, et l'en fait mille petites singeries aux personnes quand on les aime du bon du cœur. Regarde la grosse Thomasse, comme elle est assotée[ah][131] du jeune Robain : alle est toujou autour[ai] de li à l'agacer, et ne le laisse jamais en repos. Toujou al li fait[aj] queuque niche ou li baille[132] quelque taloche en passant ; et l'autre jour qu'il estoit assis sur un escabiau, al fut le tirer de dessous li, et le fit choir tout de son long par tarre. Jarni ! vlà où l'en voit les gens qui aimont ; mais toi, tu ne me dis jamais mot, t'es toujou là comme eune vraie souche de bois, et je passerois vingt fois devant toi, que tu ne te grouillerois[133] pas pour me bailler le moindre coup, ou me dire la moindre chose. Ventrequenne[134] ! ça n'est pas bian, après tout, et t'es trop froide pour les gens.

CHARLOTTE

Que veux-tu que j'y fasse ? c'est mon himeur[ak], et je ne me pis refondre.

PIERROT

Ignia himeur qui quienne. Quand en a de l'amiquié pour les personnes, l'an en baille toujou queuque petite signifiance.

---

131 *Être assoté* : être rendu sot par sa passion.
132 Lui donne.
133 *Se grouiller* : se remuer.
134 Comme *ventrequé* : ventredieu.

CHARLOTTE

Enfin, je t'aime tout autant que je pis, et si tu n'es pas content de ça, tu n'as qu'à en aimer queuque autre.

PIERROT

Eh bien! vlà pas mon compte? Testigué[135]! si tu m'aimois, me dirois-tu ça?

CHARLOTTE

Pourquoi me viens-tu aussi tarabuster[al] l'esprit?

PIERROT

Morqué! queu mal te fais-je? je ne te demande qu'un peu d'amiquié[am136].

CHARLOTTE

Et bian! laisse faire aussi, et ne me presse point tant. Peut-être que ça viendra tout d'un coup sans y songer.

PIERROT

Touche donc là, Charlotte.

CHARLOTTE

Eh bien! quien.

PIERROT

Promets-moi donc que tu tâcheras de m'aimer davantage.

CHARLOTTE

J'y ferai tout ce que je pourrai, mais il faut que ça vienne de lui-même. Pierrot[an], est-ce là ce Monsieur?

---

135 Comme *testiguienne* : têtedieu.
136 Rappelons que le mot *amitié* désigne toutes les formes d'amour et d'affection.

PIERROT

Oui, le vlà.

CHARLOTTE

Ah! mon quieu, qu'il est genti[137], et que ç'aurait esté dommage qu'il eût été nayé!

PIERROT

Je revians tout à l'heure[ao] : je m'en vas boire chopaine, pour me rebouter[138] tant soit peu de la fatigue que j'ais[ap] eue.

Scène 2
DOM JUAN, SGANARELLE, CHARLOTTE

DOM JUAN

Nous avons manqué notre coup, Sganarelle, et cette bourrasque imprévue a renversé avec notre barque le projet que nous avions fait; mais, à te dire vrai, la paysanne que je viens de quitter répare ce malheur, et je lui ai trouvé des charmes qui effacent de mon esprit tout le chagrin que me donnait le mauvais succès[139] de notre entreprise. Il ne faut pas que ce cœur[a] m'échappe, et j'y ai déjà jeté des dispositions à ne pas me souffrir longtemps de pousser des soupirs[140].

SGANARELLE

Monsieur, j'avoue que vous m'étonnez[141]. À peine sommes-nous échappés[b] d'un péril de mort, qu'au lieu de

---

137 *Gentil* : beau, joli, mignon.
138 Me remettre.
139 La mauvaise issue.
140 Comprendre : j'ai disposé le cœur de Mathurine de façon à ne pas supporter longtemps de me contenter de pousser des soupirs et de façon à arriver vite à mes fins.
141 Vous me renversez.

rendre grâce au Ciel de la pitié[c] qu'il a daigné prendre de nous, vous travaillez tout de nouveau à attirer[d] sa colère par vos fantaisies accoutumées et vos amours cr[142]... Paix ! coquin que vous êtes ; vous ne savez ce que vous dites, et Monsieur sait ce qu'il fait. Allons.

DOM JUAN, *apercevant Charlotte*[e].

Ah ! ah ! d'où sort cette autre paysanne, Sganarelle ? As-tu rien vu de plus joli ? et ne trouves-tu pas, dis-moi, que celle-ci vaut bien l'autre ?

SGANARELLE

Assurément. Autre pièce[143] nouvelle.

DOM JUAN

D'où me vient, la belle, une rencontre si agréable ? Quoi ? dans ces lieux champêtres, parmi ces arbres et ces rochers, on trouve des personnes faites comme vous êtes ?

CHARLOTTE

Vous voyez, Monsieur.

DOM JUAN

Êtes-vous de ce village ?

CHARLOTTE

Oui, Monsieur.

DOM JUAN

Et vous y demeurez ?

---

142 Il faut imaginer un *criminelles* réprimé.
143 Une *pièce* est une farce, un tour. Sganarelle doit vouloir dire qu'une nouvelle tromperie de Dom Juan se prépare à l'égard de Charlotte.

CHARLOTTE

Oui, Monsieur.

DOM JUAN

Vous vous appelez ?

CHARLOTTE

Charlotte, pour vous servir.

DOM JUAN

Ah ! la belle personne, et que ses yeux sont pénétrants !

CHARLOTTE

Monsieur, vous me rendez toute honteuse.

DOM JUAN

Ah ! n'ayez point de honte d'entendre dire vos vérités.
Sganarelle, qu'en dis-tu ? Peut-on rien voir de plus agréable ?
Tournez-vous un peu, s'il vous plaît. Ah ! que cette taille
est jolie ! Haussez un peu la tête, de grâce. Ah ! que ce
visage est mignon ! Ouvrez vos yeux entièrement. Ah !
qu'ils sont beaux ! Que je voie un peu vos dents, je vous
prie. Ah ! qu'elles sont amoureuses, et ces lèvres appétis-
santes ! Pour moi, je suis ravi, et je n'ai jamais vu une si
charmante personne.

CHARLOTTE

Monsieur, cela vous plaît à dire[144], et je ne sais pas si
c'est pour vous railler de moi.

DOM JUAN

Moi, me railler de vous ? Dieu m'en garde ! Je vous aime
trop pour cela, et c'est du fond du cœur que je vous parle.

---

144 Dénégation civile de Charlotte aux compliments de Dom Juan.

CHARLOTTE

Je vous suis bien obligée, si ça est[f].

DOM JUAN

Point du tout ; vous ne m'êtes point obligée de tout ce que je dis, et ce n'est qu'à votre beauté que vous en êtes redevable.

CHARLOTTE

Monsieur, tout ça est trop bien dit pour moi, et je n'ai pas d'esprit pour vous répondre.

DOM JUAN

Sganarelle, regarde un peu ses mains.

CHARLOTE

Fi ! Monsieur, elles sont noires comme je ne sais quoi.

DOM JUAN

Ha ! que dites-vous là ? Elles sont les plus belles du monde ; souffrez que je les baise, je vous prie.

CHARLOTTE

Monsieur, c'est trop d'honneur que vous me faites, et si j'avais su ça tantôt, je n'aurais pas manqué de les laver avec du son.

DOM JUAN

Et dites-moi un peu, belle Charlotte, vous n'êtes pas mariée sans doute[145] ?

---

145 *Sans doute* : assurément.

CHARLOTTE

Non, Monsieur ; mais je dois bientôt l'être avec Pierrot, le fils de la voisine Simonette.

DOM JUAN

Quoi ? Une personne comme vous serait la femme d'un simple paysan ! Non, non : c'est profaner tant de beautés, et vous n'êtes pas née pour demeurer dans un village. Vous méritez sans doute une meilleure fortune, et le Ciel, qui le connaît bien[146], m'a conduit ici tout exprès pour empêcher ce mariage, et rendre justice à vos charmes ; car enfin, belle Charlotte, je vous aime de tout mon cœur, et il ne tiendra qu'à vous que je vous arrache de ce misérable lieu, et ne vous mette dans l'état où vous méritez d'être. Cet amour est bien prompt sans doute ; mais quoi ? c'est un effet[g], Charlotte, de votre grande beauté, et l'on vous aime autant en un quart d'heure qu'on ferait une autre en six mois.

CHARLOTTE

Aussi vrai, Monsieur, je ne sais comment faire quand vous parlez[h]. Ce que vous dites me fait aise, et j'aurais toutes les envies du monde de vous croire ; mais on m'a toujou dit qu'il ne faut jamais croire les monsieux, et que vous autres courtisans êtes des enjoleux[i], qui ne songez qu'à abuser les filles[147].

DOM JUAN

Je ne suis pas de ces gens-là.

---

146 Qui le sait bien.
147 Curieusement, pour cette seule réplique, Charlotte revient au patois. Est-ce bien la volonté de l'auteur ?

SGANARELLE

Il n'a garde.

CHARLOTTE

Voyez-vous, Monsieur, il n'y a pas plaisir à se laisser abuser. Je suis une pauvre paysanne ; mais j'ai l'honneur en recommandation, et j'aimerais mieux me voir morte que de me voir déshonorée.

DOM JUAN

Moi, j'aurais l'âme assez méchante pour abuser une personne comme vous ? je serais assez lâche pour vous déshonorer[j] ? Non, non : j'ai trop de conscience pour cela. Je vous aime, Charlotte, en tout bien et en tout honneur ; et pour vous montrer que je vous dis vrai, sachez que je n'ai point d'autre dessein que de vous épouser ; en voulez-vous un plus grand témoignage ? M'y voilà prêt quand vous voudrez ; et je prends à témoin l'homme que voilà de la parole que je vous donne.

SGANARELLE

Non, non, ne craignez point : il se mariera avec vous tant que vous voudrez.

DOM JUAN

Ah ! Charlotte, je vois bien que vous ne me connaissez pas encore. Vous me faites grand tort de juger de moi par les autres ; et s'il y a des fourbes dans le monde, des gens qui ne cherchent qu'à abuser des filles, vous devez me tirer du nombre, et ne pas mettre en doute la sincérité de ma foi[148]. Et puis votre beauté vous assure de tout. Quand on est faite comme vous, on doit être à couvert de toutes

---

148 De ma fidélité.

ces sortes de crainte[k] ; vous n'avez point l'air, croyez-moi, d'une personne qu'on abuse ; et pour moi, je l'avoue, je me percerais le cœur de mille coups, si j'avais eu la moindre pensée de vous trahir.

CHARLOTTE

Mon Dieu ! je ne sais si vous dites vrai, ou non ; mais vous faites que l'on vous croit.

DOM JUAN

Lorsque vous me croirez, vous me rendrez justice[l], assurément, et je vous réitère encore la promesse que je vous ai faite. Ne l'acceptez-vous pas[m], et ne voulez-vous pas consentir à être ma femme ?

CHARLOTTE

Oui, pourvu que ma tante le veuille.

DOM JUAN

Touchez donc là, Charlotte, puisque vous le voulez bien de votre part.

CHARLOTTE

Mais au moins, Monsieur, ne m'allez pas tromper, je vous prie : il y aurait de la conscience à vous[149], et vous voyez comme j'y vais à la bonne foi.

DOM JUAN

Comment ? Il semble que vous doutiez encore de ma sincérité ! Voulez-vous que je fasse des serments épouvantables ? Que le Ciel...

---

149 Une telle tromperie chargerait votre conscience d'une faute, d'un péché.

CHARLOTTE

Mon Dieu, ne jurez point, je vous crois.

DOM JUAN

Donnez-moi donc un petit baiser pour gage de votre parole.

CHARLOTTE

Oh ! Monsieur, attendez que je soyons mariés, je vous prie ; après ça, je vous baiserai[150] tant que vous voudrez.

DOM JUAN

Eh bien ! belle Charlotte, je veux tout ce que vous voulez ; abandonnez-moi seulement votre main, et souffrez que[151], par mille baisers, je lui exprime le ravissement où je suis...

Scène 3

DOM JUAN, SGANARELLE, PIERROT, CHARLOTTE

PIERROT, *se mettant entre deux*
et poussant Dom Juan[a].

Tout doucement, Monsieur, tenez-vous, s'il vous plaît. Vous vous échauffez trop, et vous pourriez gagner la purésie[152].

DOM JUAN, *repoussant rudement Pierrot*.

Qui m'amène cet impertinent ?

---

150 *Baiser*, c'est donner des baisers.
151 Et permettez que.
152 La pleurésie, que l'échauffement pourrait provoquer.

PIERROT

Je vous dis qu'ou[153] vous tegniez, et qu'ou ne caressiais point[b] nos accordées[154].

DOM JUAN *continue de le repousser*[c].

Ah! que de bruit!

PIERROT

Jerniquenne! ce n'est pas comme ça qu'il faut pousser les gens.

CHARLOTTE, *prenant Perrot par le bras.*

Et laisse-le faire aussi, Piarrot.

PIERROT

Quement? que je le laisse faire[d]? Je ne veux pas, moi.

DOM JUAN

Ah!

PIERROT

Testiguenne! parce qu'ous estes Monsieu, ous viendrez caresser nos femmes à notre barbe? Allez v's-en[155] caresser les vostres.

DOM JUAN

Heu?

PIERROT

Heu. (*Dom Juan lui donne un soufflet.*) Testigué! ne me frappez pas (*Autre soufflet.*). Oh! jernigué! (*Autre soufflet.*)

---

153 *Qu'ou* : que vous.

154 *Accordée* : fiancée, engagée par un contrat de mariage.

155 Allez-vous-en.

Ventrequé ! (*Autre soufflet.*) Palsanqué ! Morquenne ! ça n'est pas bian de battre les gens, et ce n'est pas là la récompense de v's avoir sauvé d'être nayé.

CHARLOTTE

Piarrot, ne te fâche point.

PIERROT

Je me veux fâcher ; et t'es une vilaine, toi, d'endurer qu'on te cajole[e156].

CHARLOTTE

Oh ! Piarrot, ce n'est pas ce que tu penses. Ce monsieur veut m'épouser, et tu ne dois pas te bouter en colère.

PIERROT

Quement ? Jerni ! Tu m'es promise[f].

CHARLOTTE

Ça n'y fait rien, Piarrot. Si tu m'aimes ne dois-tu pas estre bien aise que je devienne Madame[157] ?

PIERROT

Jerniqué ! non. J'aime mieux te voir crevée que de te voir à un autre.

CHARLOTTE

Va, va, Piarrot, ne te mets point en peine : si je sis Madame, je te ferai gagner queuque chose, et tu apporteras du beurre et du fromage cheux nous.

---

156 *Cajoler* une femme : la courtiser.
157 Charlotte entend par *Madame* qu'elle deviendra femme de qualité en épousant un Monsieur de la noblesse, alors que la langue stricte réserve le titre de *Madame* à une femme ou à une fille de la bourgeoisie.

PIERROT

Ventrequenne! je gni[158] en porterai jamais, quand tu
m'en poyrais deux fois autant. Est-ce donc comme ça que
t'escoutes ce qu'il te dit? Morquenne! si j'avois su ça tantôt,
je me serois bian gardé de le tirer de gliau, et je gli aurais
baillé[g] un bon coup d'aviron sur la tête.

DOM JUAN,
s'approchant de Pierrot pour le frapper.
Qu'est-ce que vous dites?

PIERROT, *s'éloignant derrière Charlotte.*
Jerniquenne! je ne crains personne.

DOM JUAN *passe du côté où est Pierrot.*
Attendez-moi[h] un peu.

PIERROT *repasse de l'autre côté de Charlotte.*
Je me moque de tout, moi.

DOM JUAN *court après Pierrot.*
Voyons cela.

PIERROT
se sauve encore derrière Charlotte.
J'en avons bien vu d'autres.

DOM JUAN
Houais!

---

158 Je n'y.

SGANARELLE

Eh ! Monsieur, laissez là ce pauvre misérable. C'est conscience de le battre[159]. Écoute, mon pauvre garçon, retire-toi, et ne lui dis rien.

PIERROT *passe devant Sganarelle,*
et dit fièrement à Dom Juan :

Je veux lui dire, moi.

DOM JUAN *lève la main pour donner*
un soufflet à Pierrot, qui baisse la tête,
et Sganarelle reçoit le soufflet[i].

Ah ! je vous apprendrai.

SGANARELLE, *regardant Pierrot*
qui s'est baissé pour éviter le soufflet[j].

Peste soit du maroufle[160] !

DOM JUAN

Te voilà payé de ta charité.

PIERROT

Jarni ! je vas dire à sa tante tout ce ménage-ci.

DOM JUAN

Enfin je m'en vais être le plus heureux de tous les hommes, et je ne changerais pas mon bonheur à toutes les choses du monde. Que de plaisirs quand[k] vous serez ma femme ! et que...

---

159 Le battre chargerait votre conscience d'une faute.
160 *Maroufle* : rustre, sot.

Scène 4

DOM JUAN, SGANARELLE,
CHARLOTTE, MATHURINE

SGANARELLE, *apercevant Mathurine.*
Ah! ah!

MATHURINE, *à Dom Juan.*
Monsieur, que faites-vous donc là avec Charlotte? Est-ce que vous lui parlez d'amour aussi?

DOM JUAN, *à Mathurine.*
Non, au contraire, c'est elle qui me témoignait une envie d'être ma femme[a], et je lui répondais que j'étais engagé à vous.

CHARLOTTE
Qu'est-ce que c'est donc que vous veut Mathurine?

DOM JUAN, *bas, à Charlotte*[b].
Elle est jalouse de me voir vous parler, et voudrait bien que je l'épousasse; mais je lui dis que[c] c'est vous que je veux.

MATHURINE
Quoi? Charlotte...

DOM JUAN, *bas, à Mathurine.*
Tout ce que vous lui direz sera inutile; elle s'est mis cela dans la tête.

CHARLOTTE
Quement[161] donc! Mathurine...

---

161 Trace, parmi quelques autres, de patois dans le langage, pour l'essentiel correct, des deux paysannes, dans cette scène.

DOM JUAN, *bas, à Charlotte.*

C'est en vain qui vous lui parlerez ; vous ne lui ôterez point cette fantaisie.

MATHURINE

Est-ce que … ?

DOM JUAN, *bas, à Mathurine.*

Il n'y a pas moyen de lui faire entendre raison.

CHARLOTTE

Je voudrais…

DOM JUAN, *bas à Charlotte.*

Elle est obstinée comme tous les diables.

MATHURINE

Vramant…

DOM JUAN, *bas, à Mathurine.*

Ne lui dites rien, c'est une folle.

CHARLOTTE

Je pense…

DOM JUAN, *bas, à Charlotte.*

Laissez-la là, c'est une extravagante.

MATHURINE

Non, non ; il faut que je lui parle.

CHARLOTTE

Je veux voir un peu ses raisons.

MATHURINE

Quoi ?…

DOM JUAN, *bas, à Mathurine.*

Je gage qu'elle va vous dire que je lui ai promis de l'épouser.

CHARLOTTE

Je…

DOM JUAN, *bas, à Charlotte.*

Gageons qu'elle vous soutiendra que je lui ai donné parole de la prendre pour femme.

MATHURINE

Holà ! Charlotte, ça n'est pas bien de courir sur le marché[162] des autres.

CHARLOTTE

Ça n'est pas honnête, Mathurine, d'être jalouse que Monsieur me parle.

MATHURINE

C'est moi que Monsieur a vue la première.

CHARLOTTE

S'il vous a vue la première, il m'a vue la seconde, et m'a promis de m'épouser.

DOM JUAN, *bas, à Mathurine.*

Eh bien ! que vous ai-je dit ?

---

162 « On dit qu'un homme court sur le marché d'autrui [...] pour dire qu'il enchérit sur un autre, qu'il veut obtenir ce qu'un autre prétendait d'avoir » (FUR.).

MATHURINE

Je vous baise les mains[163], c'est moi, et non pas vous, qu'il a promis d'épouser.

DOM JUAN, *bas, à Charlotte.*

N'ai-je pas deviné ?

CHARLOTTE

À d'autres[164], je vous prie ; c'est moi, vous dis-je.

MATHURINE

Vous vous moquez des gens ; c'est moi, encore un coup.

CHARLOTTE

Le vlà qui est pour le dire, si je n'ai pas raison.

MATHURINE

Le vlà qui est pour me démentir, si je ne dis pas vrai.

CHARLOTTE

Est-ce, Monsieur, que vous lui avez promis de l'épouser ?

DOM JUAN, *bas, à Charlotte.*

Vous vous raillez de moi.

MATHURINE

Est-il vrai, Monsieur, que vous lui[d] avez donné parole d'être son mari ?

DOM JUAN, *bas, à Mathurine.*

Pouvez-vous avoir cette pensée ?

---

163 Manière de dénégation par laquelle Mathurine contredit Charlotte.
164 « On dit, à d'autres pour dire : allez chercher ailleurs votre dupe » (FUR.).

CHARLOTTE

Vous voyez qu'al le soutient.

DOM JUAN, *bas, à Charlotte.*

Laissez-la faire.

MATHURINE

Vous êtes témoin comme il l'assure.

DOM JUAN, *bas, à Mathurine.*

Laissez-la dire.

CHARLOTTE

Non, non ; il faut savoir la vérité.

MATHURINE

Il est question de juger ça.

CHARLOTTE

Oui, Mathurine, je veux que Monsieur vous montre votre bec jaune[165].

MATHURINE

Oui, Charlotte ; je veux que Monsieur vous rende un peu camuse[166].

CHARLOTTE

Monsieur, vuidez la querelle, s'il vous plaît.

MATHURINE

Mettez-nous d'accord, Monsieur.

---

165 *Montrer à quelqu'un son bec jaune*, c'est lui montrer qu'il s'est trompé. Un bec jaune est un oison, sans expérience.
166 *Camus* : penaud, déçu.

CHARLOTTE, *à Mathurine.*
Vous allez voir.

MATHURINE, *à Charlotte.*
Vous allez voir vous-même.

CHARLOTTE, *à Dom Juan.*
Dites^e.

MATHURINE, *à Dom Juan.*
Parlez^f.

DOM JUAN, *embarrassé,*
leur dit à toutes deux :
Que voulez-vous que je dise ? Vous soutenez également
toutes deux que je vous ai promis de vous prendre pour
femmes. Est-ce que chacune de vous ne sait pas ce qui en
est, sans qu'il soit nécessaire que je m'explique davantage ?
Pourquoi m'obliger là-dessus à des redites ? Celle à qui j'ai
promis effectivement n'a-t-elle pas en elle-même de quoi
se moquer des discours de l'autre, et doit-elle se mettre en
peine, pourvu que j'accomplisse ma promesse ? Tous les
discours n'avancent point les choses ; il faut faire et non
pas dire, et les effets décident mieux que les paroles. Aussi
n'est-ce rien que par là que je vous veux mettre d'accord,
et l'on verra, quand je me marierai, laquelle des deux a
mon cœur. (*Bas, à Mathurine.*) Laissez-lui croire ce qu'elle
voudra. (*Bas, à Charlotte.*) Laissez-la se flatter dans son
imagination. (*Bas, à Mathurine.*) Je vous adore^g. (*Bas, à
Charlotte.*) Je suis tout à vous. (*Bas, à Mathurine.*) Tous les
visages sont laids auprès du vôtre. (*Bas, à Charlotte.*) On
ne peut plus souffrir[167] les autres quand on vous a vue. J'ai

---

167 *Souffrir* : supporter.

un petit ordre à donner ; je viens vous retrouver dans un quart d'heure.

CHARLOTTE, *à Mathurine.*
Je suis celle qu'il aime, au moins.

MATHURINE
C'est moi qu'il épousera.

SGANARELLE
Ah ! pauvres filles que vous êtes, j'ai pitié de votre innocence, et je ne puis souffrir de vous voir courir à votre malheur. Croyez-moi l'une et l'autre : ne vous amusez[168] point à tous les contes qu'on vous fait, et demeurez dans votre village.

DOM JUAN, *revenant.*
Je voudrais bien savoir pourquoi Sganarelle ne me suit pas.

SGANARELLE[h]
Mon maître est un fourbe ; il n'a dessein que de vous abuser, et en a bien abusé d'autres ; c'est l'épouseur du genre humain, et ... (*Il aperçoit Dom Juan.*) Cela est faux ; et quiconque vous dira cela, vous lui devez dire qu'il en a menti. Mon maître n'est point l'épouseur du genre humain, il n'est point fourbe, il n'a pas dessein de vous tromper, et n'en a point abusé d'autres. Ah ! tenez, le voilà ; demandez-le plutôt à lui-même.

DOM JUAN
Oui.

---

168 *S'amuser* : s'attarder, s'arrêter.

SGANARELLE

Monsieur, comme le monde est plein de médisants[i], je vais au-devant des choses ; et je leur disais que, si quelqu'un leur venait dire du mal de vous, elles se gardassent bien de le croire, et ne manquassent pas de lui dire qu'il en aurait menti.

DOM JUAN

Sganarelle.

SGANARELLE

Oui, Monsieur est homme d'honneur, je le garantis tel.

DOM JUAN

Hon[169] !

SGANARELLE

Ce sont des impertinents.

Scène 5

DOM JUAN, LA RAMÉE, CHARLOTTE,
MATHURINE, SGANARELLE

LA RAMÉE

Monsieur, je viens vous avertir qu'il ne fait pas bon ici pour vous.

DOM JUAN

Comment ?

LA RAMÉE

Douze hommes à cheval vous cherchent, qui doivent arriver ici dans un moment ; je ne sais pas par quel moyen

---

169 L'interjection marque ici le mécontentement dissimulé.

ils peuvent vous avoir suivi ; mais j'ai appris cette nouvelle d'un paysan qu'ils ont interrogé et auquel ils vous ont dépeint. L'affaire presse, et le plus tôt que vous pourrez sortir d'ici sera le meilleur.

DOM JUAN, *à Charlotte et Mathurine.*

Une affaire pressante m'oblige de partir d'ici ; mais je vous prie de vous ressouvenir de la parole que je vous ai donnée, et de croire que vous aurez de mes nouvelles avant qu'il soit demain au soir. Comme la partie n'est pas égale, il faut user de stratagème, et éluder adroitement le malheur qui me cherche. Je veux que Sganarelle se revête[a] de mes habits, et moi...

SGANARELLE

Monsieur, vous vous moquez. M'exposer à être tué sous vos habits, et...

DOM JUAN

Allons vite, c'est trop d'honneur que je vous fais, et bien heureux est le valet qui peut avoir la gloire de mourir pour son maître.

SGANARELLE

Je vous remercie d'un tel honneur. Ô Ciel, puisqu'il s'agit de mort, fais-moi la grâce de n'être point pris pour un autre !

ACTE III[170]

Scène PREMIÈRE
DOM JUAN, *en habit de campagne,*
SGANARELLE, *en médecin*[a].

SGANARELLE

Ma foi, Monsieur, avouez que j'ai eu raison, et que nous voilà l'un et l'autre déguisés à merveille. Votre premier dessein n'était point du tout à propos, et ceci nous cache bien mieux que tout ce que vous vouliez faire.

DOM JUAN

Il est vrai que te voilà bien, et je ne sais où tu as été déterrer cet attirail ridicule.

SGANARELLE

Oui ? C'est l'habit d'un vieux médecin, qui a été laissé en gage au lieu où je l'ai pris, et il m'en a coûté de l'argent pour l'avoir. Mais savez-vous, Monsieur, que cet habit me met déjà en considération, que je suis salué des gens que je rencontre, et que l'on me vient consulter ainsi qu'un habile homme[171] ?

DOM JUAN

Comment donc ?

---

170 L'acte se déroule dans une forêt, voisine à la fois de la côte et de la ville, et dans laquelle se trouvera le tombeau du Commandeur, qu'un effet de machinerie ouvrira sous les yeux des spectateurs.

171 Le déguisement de Sganarelle le fait prendre pour un savant (*habile homme*). Ce sera le cas du Sganarelle du *Médecin malgré lui* (III, 2).

SGANARELLE

Cinq ou six paysans et paysannes, en me voyant passer, me sont venus demander mon avis sur différentes maladies.

DOM JUAN

Tu leur as répondu que tu n'y entendais rien ?

SGANARELLE

Moi ? Point du tout. J'ai voulu soutenir l'honneur de mon habit : j'ai raisonné sur le mal, et leur ai fait des ordonnances à chacun.

DOM JUAN

Et quels remèdes encore leur as-tu ordonnés ?

SGANARELLE

Ma foi ! Monsieur, j'en ai pris par où j'en ai pu attraper ; j'ai fait mes ordonnances à l'aventure, et ce serait une chose plaisante si les malades guérissaient, et qu'on m'en vînt remercier.

DOM JUAN

Et pourquoi non ? Par quelle raison n'aurais-tu pas les mêmes privilèges qu'ont tous les autres médecins ? Ils n'ont pas plus de part que toi aux guérisons des malades, et tout leur art est pure grimace. Ils ne font rien que recevoir la gloire des heureux succès[172], et tu peux profiter comme eux du bonheur du malade, et voir attribuer à tes remèdes tout ce qui peut venir des faveurs du hasard et des forces de la nature[173].

---

172 *Succès* : issue.
173 Cette pensée constante de Molière sur la médecine (voir *L'Amour médecin* et *Le Malade imaginaire*) vient de Montaigne (*Essais*, II, XXXVII).

SGANARELLE

Comment, Monsieur, vous êtes aussi impie en médecine[174] ?

DOM JUAN

C'est une des grandes erreurs qui soit parmi les hommes.

SGANARELLE

Quoi ? vous ne croyez pas au séné, ni à la casse, ni au vin émétique[175].

DOM JUAN

Et pourquoi veux-tu que j'y croie ?

SGANARELLE

Vous avez l'âme bien mécréante[b]. Cependant vous voyez, depuis un temps, que le vin émétique fait bruire ses fuseaux[176]. Ses miracles ont converti les plus incrédules esprits, et il n'y a pas trois semaines que j'en ai vu, moi qui vous parle, un effet merveilleux.

DOM JUAN

Et quel ?

---

174 Rapprochement important entre l'incrédulité sur la médecine et l'impiété religieuse.

175 Le *séné* est tiré d'une plante qui vient d'Éthiopie et sert à purger. La *casse*, fruit qui vient des Indes, a le même usage. L'*émétique* « est un remède qui purge avec violence par haut et par bas, fait de la poudre et du beurre d'antimoine [proche de l'arsenic] préparé, dont on a séparé les sels corrosifs par plusieurs lotions. Le vin émétique s'est mis en réputation » (FUR.). On remarquera l'importance de la purgation dans la thérapeutique ; « *Clysterium donare, / Postea seignare, / Ensuitta purgare* », chante-t-on au dernier intermède du *Malade imaginaire* !

176 *Faire bruire ses fuseaux* : expression non attestée ailleurs ; il faut sans doute comprendre que le vin émétique a du succès, de la réputation (c'est le sens de *bruit*).

SGANARELLE

Il y avait un homme qui, depuis six jours, étaient à l'agonie ; on ne savait plus que lui ordonner, et tous les remèdes ne faisaient rien ; on s'avisa à la fin de lui donner de l'émétique.

DOM JUAN

Il réchappa, n'est-ce pas ?[c]

SGANARELLE

Non, il mourut.

DOM JUAN

L'effet est admirable.

SGANARELLE

Comment ? il y avait six jours entiers qu'il ne pouvait mourir, et cela le fit mourir tout d'un coup. Voulez-vous rien de plus efficace ?

DOM JUAN

Tu as raison[d].

SGNARELLE

Mais laissons là la médecine, où vous ne croyez point, et parlons des autres choses, car cet habit me donne de l'esprit, et je me sens en humeur de disputer[177] contre vous ; vous savez bien que vous me permettez les disputes, et que vous ne me défendez que les remontrances.

DOM JUAN

Eh bien ?

---

177 *Disputer* : discuter, débattre.

SGANARELLE[e]

Je veux savoir un peu vos pensées à fond[178]. Est-il possible que vous ne croyiez point du tout au Ciel ?

DOM JUAN

Laissons cela.

SGANARELLE

C'est-à-dire que non. Et à l'enfer ?

DOM JUAN

Eh !

SGANARELLE

Tout de même[179]. Et au diable, s'il vous plaît ?

DOM JUAN

Oui, oui.

SGANARELLE

Aussi peu. Ne croyez-vous point l'autre vie[180] ?

DOM JUAN

Ah ! ah ! ah !

---

178 Le dialogue aborde maintenant une zone dangereuse, celle de la foi, où la censure a été soupçonneuse. On trouvera en leur lieu les différentes variantes des exemplaires différemment cartonnés de 1682 et celles de 1683 ; pour les variantes essentielles, nous donnerons également en note le texte de cette dernière, particulièrement important.

179 Pareillement, c'est-à-dire : aussi peu.

180 La vie éternelle, après la résurrection – dogme central de la foi chrétienne.

SGANARELLE

Voilà un homme que j'aurai bien de la peine à convertir. Et dites-moi un peu (encore faut-il croire quelque chose)[181] : qu'est-ce que vous croyez ?[f]

DOM JUAN

Ce que je crois ?

SGANARELLE

Oui.

DOM JUAN

Je crois que deux et deux sont quatre, Sganarelle, et que quatre et quatre sont huit[182].

SGANARELLE

La belle croyance que voilà[g][183] ! Votre religion, à ce que je vois, est donc l'arithmétique ? Il faut avouer qu'il se met d'étranges[184] folies dans la tête des hommes, et que pour avoir bien étudié on en est[h] bien moins sage le plus souvent. Pour moi, Monsieur, je n'ai point étudié comme vous, Dieu merci, et personne ne saurait se vanter de m'avoir jamais rien appris ; mais, avec mon petit sens et mon petit jugement, je vois les choses mieux que tous les livres[i], et je

---

181 Ici, 1683 enchaîne : « *Et, dites-moi un peu*, le Moine-Bourru, qu'en croyez-vous ? eh ! / DOM JUAN. – La peste soit du fat ! / SGANARELLE. – Et voilà ce que je ne puis souffrir, car il n'y a rien de plus vrai que le Moine-bourru, et je me ferais pendre pour celui-là. Mais encore faut-il croire quelque chose dans le monde. Qu'est-ce donc que vous croyez ? / DOM JUAN. – *Ce que je crois ?* » – Le *moine-bourru* est un lutin, qui dans la croyance du peuple, court les rues aux avents de Noël, et qui fait des cris effroyables » (FUR.).

182 Cette réponse de libertin était attribuée à Maurice de Nassau sur son lit de mort, en 1652, selon Tallemant des Réaux.

183 1683 donne : Belle croyance, et les beaux articles de foi que voici !

184 *Étranges* : extraordinaires.

comprends fort bien que ce monde que nous voyons n'est pas un champignon, qui soit venu tout seul en une nuit. Je voudrais bien vous demander qui a fait ces arbres-là[j], ces rochers, cette terre, et ce ciel que voilà là-haut, et si tout cela s'est bâti de lui-même. Vous voilà, vous, par exemple, vous êtes là : est-ce que vous vous êtes fait tout seul, et n'a-t-il pas fallu que votre père ait engrossé votre mère pour vous faire ? Pouvez-vous voir toutes ces inventions dont la machine de l'homme est composée sans admirer de quelle façon cela est agencé l'un dans l'autre ? ces nerfs, ces os, ces veines, ces artères, ces…, ce poumon, ce cœur, ce foie, et tous ces autres ingrédients qui sont là, et qui[185]… Ah ! dame, interrompez-moi donc, si vous voulez. Je ne saurais disputer si l'on ne m'interrompt. Vous vous taisez exprès, et me laissez parler par belle malice[186].

DOM JUAN

J'attends que ton raisonnement soit fini.

SGANARELLE

Mon raisonnement est qu'il y a quelque chose d'admirable dans l'homme, quoi que vous puissiez dire, que tous les savants ne sauraient expliquer. Cela n'est-il pas merveilleux que me voilà ici, et que j'aie quelque chose dans la tête qui pense cent choses différentes en un moment, et fait de mon corps tout ce qu'elle veut ? Je veux frapper des mains, hausser le bras, baisser la tête, remuer les pieds, aller à droit[187], à gauche, en avant, en arrière, tourner…

Il se laisse tomber en tournant[k].

---

185 Parodie de l'argument courant qui servait à prouver l'existence de Dieu.
186 *Malice* : méchanceté.
187 À droite.

DOM JUAN

Bon ! voilà ton raisonnement qui a le nez cassé.

SGANARELLE

Morbleu ! je suis bien sot de m'amuser[188] à raisonner[i] avec vous. Croyez ce que vous voudrez : il m'importe bien que vous soyez damné !

DOM JUAN

Mais tout en raisonnant, je crois que nous sommes égarés. Appelle un peu cet homme que voilà là-bas, pour lui demander le chemin.

SGANARELLE

Holà, ho, l'homme ! ho, mon compère ! ho, l'ami ! Un petit mot s'il vous plaît.

Scène 2
DOM JUAN, SGANARELLE, UN PAUVRE[a]

SGANARELLE

Enseignez-nous[b] un peu le chemin qui mène à la ville.

LE PAUVRE

Vous n'avez qu'à suivre cette route, Messieurs, et détourner à main droite[c] quand vous serez au bout de la forêt. Mais je vous donne avis que vous devez vous tenir sur vos gardes, et que depuis quelque temps, il y a des voleurs ici autour.

DOM JUAN

Je te suis bien obligé, mon ami, et je te rends grâce de tout mon cœur[d].

---

188 Voir *supra*, la note 168.

LE PAUVRE

Si vous vouliez^e, Monsieur, me secourir de quelque aumône ?

DOM JUAN

Ah ! ah ! ton avis est intéressé, à ce que je vois.

LE PAUVRE

Je suis un pauvre homme, Monsieur, retiré tout seul dans ce bois depuis dix ans^f, et je ne manquerai pas de prier le Ciel qu'il vous donne toute sorte de biens.

DOM JUAN

Eh ! prie-le^g qu'il te donne un habit, sans te mettre en peine des affaires des autres.

SGANARELLE

Vous ne connaissez pas Monsieur, bonhomme ; il ne croit qu'en deux et deux sont quatre, et en quatre et quatre sont huit.

DOM JUAN

Quelle est ton occupation parmi ces arbres ?

LE PAUVRE

De prier le Ciel tout le jour pour la prospérité des gens de bien qui me donnent quelque chose.

DOM JUAN

Il ne se peut donc pas que tu ne sois bien à ton aise ?

LE PAUVRE

Hélas ! Monsieur, je suis dans la plus grande nécessité du monde.

DOM JUAN

Tu te moques : un homme qui prie le Ciel tout le jour ne peut pas manquer d'être bien dans ses affaires.

LE PAUVRE

Je vous assure, Monsieur, que le plus souvent je n'ai pas un morceau de pain à mettre sous les dents[h].

DOM JUAN

Je[189] te veux donner un louis d'or, et je te le donne pour l'amour de l'humanité[190]. Mais que vois-je là ? un homme attaqué par trois autres ? La partie est trop inégale, et je ne dois pas souffrir cette lâcheté.

Il court au lieu du combat.

---

189 Voici le texte de 1683 : « *sous les dents.* / DOM JUAN. – Voilà qui est étrange [choquant], et tu es bien mal reconnu de tes soins. Ah ! ah ! je m'en vais te donner un louis d'or tout à l'heure [tout de suite], pourvu que tu veuilles jurer. / LE PAUVRE. – Ah ! Monsieur, voudriez-vous que je commisse un tel péché ? / DOM JUAN. – Tu n'as qu'à voir si tu veux gagner un louis d'or ou non. En voici un que je te donne, si tu jures ; tiens, il faut jurer. / LE PAUVRE : Monsieur ! / DOM JUAN. – À moins de cela, tu ne l'auras pas. / SGANARELLE. – Va, va, jure un peu, il n'y a pas de mal. / DOM JUAN. – Prends, le voilà ; prends, te dis-je, mais jure donc. / LE PAUVRE. – Non, Monsieur, j'aime mieux mourir de faim. / DOM JUAN. – Va, va, *je te le donne pour l'amour de l'humanité.* » – Ce passage n'était en effet guère supportable pour les mentalités croyantes du temps. Dom Juan, tentateur diabolique, veut pousser le Pauvre, s'il veut avoir son louis, à prononcer un de ces jurons, un de ces juruments qu'on fait de sang froid ou en colère, par Dieu, par le Christ, etc., et qu'on appelait *jurons exécratoires*. Or, le juron était assimilé au blasphème et comme lui cruellement puni, de la simple amende à la langue coupée (ordonnance de 1651, renouvelée en 1666). Jurer ou blasphémer était considéré par les théologiens comme un péché mortel et par les juristes comme un crime. Le jeu de Dom Juan était insoutenable pour le public, et Molière lui-même le supprima après la première représentation.

190 *Pour l'amour de l'humanité* fait immédiatement penser à un détournement de la formule *pour l'amour de Dieu* ; Dom Juan se montre généreux non par charité chrétienne, par amour de Dieu, mais simplement par amour des hommes ses semblables, par philanthropie – manière encore de signifier son athéisme.

Scène 3
DOM JUAN, DOM CARLOS, SGANARELLE

SGANARELLE

Mon maître est un vrai enragé d'aller se présenter à un
péril qui ne le cherche pas ; mais, ma foi ! le secours a servi,
et les deux ont fait fuir les trois[191].

DOM CARLOS, *l'épée à la main*[a].

On voit, par la fuite de ces voleurs, de quel secours est
votre bras. Souffrez, Monsieur, que je vous rende grâce
d'une action si généreuse, et que…

DOM JUAN, *revenant l'épée à la main.*

Je n'ai rien fait, Monsieur, que vous n'eussiez fait en
ma place. Notre propre honneur est intéressé[192] dans de
pareilles aventures, et l'action de ces coquins était si lâche,
que c'eût été y prendre part que de ne s'y pas opposer.
Mais par quelle rencontre[193] vous êtes-vous trouvé entre
leurs mains ?

DOM CARLOS

Je m'étais par hasard égaré[b] d'un frère et de tous ceux de
notre suite ; et comme je cherchais à les rejoindre, j'ai fait
rencontre de ces voleurs, qui d'abord ont tué mon cheval,
et qui, sans votre valeur, en auraient fait autant de moi.

DOM JUAN

Votre dessein est-il d'aller du côté de la ville ?

---

191 Sganarelle s'est éloigné du danger ; il est spectateur caché.
192 Est en cause.
193 *Rencontre* : circonstance, occasion.

DOM CARLOS

Oui, mais sans y vouloir entrer ; et nous nous voyons
obligés, mon frère et moi, à tenir la campagne[194] pour une
de ces fâcheuses affaires qui réduisent les gentilshommes à
se sacrifier, eux et leur famille, à la sévérité de leur honneur,
puisque enfin le plus doux succès[195] en est toujours funeste,
et que, si l'on ne quitte pas la vie, on est contraint de quitter
le royaume ; et c'est en quoi je trouve la condition d'un
gentilhomme malheureuse, de ne pouvoir point s'assurer
sur toute la prudence et toute l'honnêteté de sa conduite[c],
d'être asservi par les lois de l'honneur au dérèglement de
la conduite d'autrui, et de voir sa vie, son repos et ses biens
dépendre de la fantaisie du premier téméraire qui s'avisera
de lui faire une de ces injures pour qui un honnête homme
doit périr[196].

DOM JUAN

On a cet avantage, qu'on fait courir le même risque et
passer aussi mal le temps à ceux qui prennent fantaisie
de nous venir faire une offense de gaîté de cœur. Mais
ne serait-ce point une indiscrétion que de vous demander
quelle peut être votre affaire ?

---

194 *Tenir la campagne* : comme un détachement militaire, tenir ferme contre
   l'ennemi qu'on poursuit.
195 Voir *supra*, à la note 172.
196 Propos amère d'un gentilhomme sur l'honneur aristocratique, qui doit
   se défendre par le duel. Or, le duel est sévèrement interdit et réprimé par
   le roi. Si bien que le noble qui y contrevient, ou bien risque de mourir
   lui-même au cours du duel, s'il est vaincu, ou bien risque d'être au moins
   banni du royaume s'il sort vainqueur de ce duel et tue son adversaire.
   Pour défendre l'honneur de sa sœur Elvire, enlevée de son couvent et
   abandonnée par Dom Juan, Dom Carlos doit le trouver et le provoquer
   en duel ; innocent et honnête homme, il dépend de la mauvaise action
   de Dom Juan.

DOM CARLOS

La chose en est aux termes[197] de n'en plus faire de secret, et lorsque l'injure a une fois éclaté, notre honneur ne va point à[198] vouloir cacher notre honte, mais à faire éclater notre vengeance, et à publier[199] même le dessein que nous en avons. Ainsi, Monsieur, je ne feindrai point de[200] vous dire que l'offense que nous cherchons à venger est une sœur séduite et enlevée d'un couvent, et que l'auteur de cette offense est un Dom Juan Tenorio, fils de Dom Louis Tenorio. Nous le cherchons depuis quelques jours, et nous l'avons suivi ce matin sur le rapport d'un valet qui nous a dit qu'il sortait à cheval, accompagné de quatre ou cinq, et qu'il avait pris le long de cette côte ; mais tous nos soins ont été inutiles, et nous n'avons pu découvrir ce qu'il est devenu.

DOM JUAN

Le connaissez-vous, Monsieur, ce Dom Juan dont vous parlez ?

DOM CARLOS

Non, quant à moi. Je ne l'ai jamais vu, et je l'ai seulement ouï dépeindre à[201] mon frère ; mais la renommée n'en dit pas force bien, et c'est un homme dont la vie...

DOM JUAN

Arrêtez, Monsieur, s'il vous plaît. Il est un peu de mes amis[d], et ce serait à moi une espèce de lâcheté que d'en ouïr dire du mal.

---

197 L'affaire est dans un état tel.
198 Notre honneur ne nous incite pas à.
199 *Publier* : rendre public, faire savoir.
200 *Feindre de* : hésiter à.
201 Par.

DOM CARLOS

Pour l'amour de vous, Monsieur, je n'en dirai rien du tout, et c'est bien la moindre chose que je vous doive, après m'avoir sauvé la vie[202], que de me taire devant vous d'une personne que vous connaissez, lorsque je ne puis en parler sans en dire du mal. Mais quelque ami que vous lui soyez, j'ose espérer que vous n'approuverez pas son action, et ne trouverez pas étrange que nous cherchions d'en prendre la vengeance.

DOM JUAN

Au contraire, je vous y veux servir, et vous épargner des soins inutiles. Je suis ami de Dom Juan, je ne puis pas m'en empêcher ; mais il n'est pas raisonnable qu'il offense impunément des gentilshommes, et je m'engage à vous faire faire raison par lui[203].

DOM CARLOS

Et quelle raison peut-on faire à ces sortes d'injures ?

DOM JUAN

Toutes celles que votre honneur peut souhaiter ; et, sans vous donner la peine de chercher Dom Juan davantage, je m'oblige à le faire trouver au lieu que vous voudrez, et quand il vous plaira.

DOM CARLOS

Cet espoir est bien doux, Monsieur, à des cœurs offen-sés ; mais, après ce que je vous dois, ce me serait une trop sensible douleur que vous fussiez de la partie[204].

---

202 Après que vous m'avez sauvé la vie.
203 Je m'engage à ce qu'il se justifie et fasse réparation.
204 Si Dom Juan fait paraître son ami le coupable, il sera normalement son second dans le duel de réparation ; il sera du combat, *de la partie*.

DOM JUAN

Je suis si attaché à Dom Juan qu'il ne saurait se battre que je ne me batte aussi ; mais enfin j'en réponds comme de moi-même, et vous n'avez qu'à dire quand vous voulez qu'il paraisse et vous donne satisfaction.

DOM CARLOS

Que ma destinée est cruelle ! Faut-il que je vous doive la vie, et que Dom Juan soit de vos amis ?

Scène 4

DOM ALONSE, *et trois suivants,*
DOM CARLOS, DOM JUAN, SGANARELLE[205]

DOM ALONSE

Faites boire là mes chevaux, et qu'on les amène après nous ; je veux un peu marcher à pied. Ô Ciel ! que vois-je ici ! Quoi ? mon frère, vous voilà avec notre ennemi mortel ?

DOM CARLOS

Notre ennemi mortel ?[a]

DOM JUAN, *se reculant de trois pas*
et mettant fièrement la main sur la garde de son épée[b].
Oui, je suis Dom Juan moi-même, et l'avantage du nombre ne m'obligera pas à vouloir déguiser mon nom.

DOM ALONSE[206]

Ah ! traître, il faut que tu périsses, et[c]...

---

205 Sganarelle est toujours caché.
206 Il met l'épée à la main.

DOM CARLOS

Ah ! mon frère, arrêtez. Je lui suis redevable de la vie, et sans le secours de son bras, j'aurais été tué par des voleurs que j'ai trouvés.

DOM ALONSE

Et voulez-vous que cette considération empêche notre vengeance ? Tous les services que nous rend une main ennemie ne sont d'aucun mérite pour engager notre âme ; et s'il faut mesurer l'obligation à l'injure, votre reconnaissance, mon frère, est ici ridicule ; et comme l'honneur est infiniment plus précieux que la vie, c'est ne devoir rien proprement que d'être redevable de la vie à qui nous a ôté l'honneur[207].

DOM CARLOS

Je sais la différence, mon frère, qu'un gentilhomme doit toujours mettre entre l'un et l'autre, et la reconnaissance de l'obligation n'efface point en moi le ressentiment de l'injure ; mais souffrez que je lui rende ici ce qu'il m'a prêté, que je m'acquitte sur-le-champ de la vie que je lui dois, par un délai de notre vengeance, et lui laisse la liberté de jouir, durant quelques jours, du fruit de son bienfait[208].

---

207 Le raisonnement est le suivant : l'injure faire à la famille d'Elvire est telle qu'elle la dispense de toute gratitude d'un bienfait quelconque venu de l'auteur de l'injure. À proprement parler (*proprement*), même si Dom Juan a sauvé la vie de Dom Carlos, Dom Carlos doit l'oublier et poursuivre la satisfaction de son honneur.

208 Dom Carlos veut résoudre autrement le conflit entre le devoir de vengeance et le devoir de reconnaissance – conflit qu'on rencontre dans une pièce espagnole de Rojas Zorilla (*Obligados y Ofendidos*) et dans les trois adaptions françaises de cette pièce (Scarron, *L'Écolier de Salamanque*, Boisrobert, *Les Généreux Ennemis* et Thomas Corneille, *Les Illustres Ennemis*). Accorder un délai au duel, c'est remercier Dom Juan ; après ce délai ne restera que la vengeance.

DOM ALONSE

Non, non, c'est hasarder notre vengeance que de la
reculer et l'occasion de la prendre peut ne plus revenir.
Le Ciel nous l'offre ici, c'est à nous d'en profiter. Lorsque
l'honneur est blessé mortellement, on ne doit point songer
à garder aucunes mesures[209] ; et si vous répugnez à prêter
votre bras à cette action, vous n'avez qu'à vous retirer et
laisser à ma main la gloire d'un tel sacrifice.

DOM CARLOS

De grâce, mon frère…

DOM ALONSE

Tous ces discours sont superflus : il faut qu'il meure.

DOM CARLOS

Arrêtez-vous, dis-je[d], mon frère. Je ne souffrirai point
du tout qu'on attaque ses jours, et je jure le Ciel que je le
défendrai ici contre qui que ce soit, et je saurai faire un
rempart de cette même vie qu'il a sauvée ; et pour adresser[d]
vos coups, il faudra que vous me perciez.

DOM ALONSE

Quoi ? vous prenez le parti de notre ennemi contre moi ;
et loin d'être saisi à son aspect des mêmes transports[210]
que je sens, vous faites voir pour lui des sentiments pleins
de douceur ?

DOM CARLOS

Mon frère, montrons de la modération dans une action
légitime, et ne vengeons point notre honneur avec cet

---

209 Au XVIIe siècle, l'indéfini *aucun* s'employait fréquemment au pluriel.
210 Il s'agit des mouvements de la colère et de la vengeance.

emportement que vous témoignez. Ayons du cœur[211] dont nous soyons les maîtres, une valeur qui n'ait rien de farouche, et qui se porte aux choses par une pure délibération de notre raison, et non point par le mouvement d'une aveugle colère. Je ne veux point, mon frère, demeurer redevable à mon ennemi, et je lui ai une obligation dont il faut que je m'acquitte avant toute chose. Notre vengeance, pour être différée, n'en sera pas moins éclatante : au contraire, elle en tirera de l'avantage ; et cette occasion de l'avoir pu prendre la fera paraître plus juste aux yeux de tout le monde.

DOM ALONSE

Oh ! l'étrange faiblesse, et l'aveuglement effroyable d'hasarder ainsi les intérêts de son honneur pour la ridicule pensée d'une obligation chimérique !

DOM CARLOS

Non, mon frère, ne vous mettez pas en peine. Si je fais une faute, je saurai bien la réparer, et je me charge de tout le soin de notre honneur ; je sais à quoi il nous oblige, et cette suspension d'un jour, que ma reconnaissance lui demande, ne fera qu'augmenter l'ardeur que j'ai de le satisfaire. Dom Juan, vous voyez que j'ai soin de vous rendre le bien que j'ai reçu de vous, et vous devez par là juger du reste, croire[e] que je m'acquitte avec même chaleur de ce que je dois[f], et que je ne serai pas moins exact à vous payer l'injure que le bienfait. Je ne veux point vous obliger ici à expliquer vos sentiments[212], et je vous donne la liberté de penser à loisir aux résolutions que vous avez à prendre. Vous connaissez assez la grandeur de l'offense que vous nous avez faite, et je vous fais juge vous-même des réparations qu'elle

---

211 *Cœur* : courage.
212 À dévoiler vos intentions.

demande. Il est des moyens doux pour nous satisfaire[213] ;
il en est de violents et de sanglants ; mais enfin, quelque
choix que vous fassiez, vous m'avez donné parole de me
faire faire raison par Dom Juan : songez à me la faire[g], je
vous prie, et vous ressouvenez que, hors d'ici, je ne dois
plus qu'à mon honneur.

DOM JUAN

Je n'ai rien exigé de vous, et vous tiendrai ce que j'ai
promis.

DOM CARLOS

Allons, mon frère ; un moment de douceur ne fait aucune
injure à la sévérité de notre devoir.

Scène 5
DOM JUAN, SGANARELLE

DOM JUAN

Holà, hé, Sganarelle !

SGANARELLE[214]

Plaît-il ?

DOM JUAN

Comment ? coquin, tu fuis quand on m'attaque ?

SGANARELLE

Pardonnez-moi, Monsieur ; je viens seulement d'ici près.
Je crois que cet habit est purgatif, et que c'est prendre
médecine que de le porter.

213 Ces *moyens doux* seraient de rendre public son mariage secret avec Elvire,
     séduite, arrachée à son couvent, mais épousée clandestinement.
214 Il sort de sa cachette.

DOM JUAN

Peste soit l'insolent! Couvre au moins ta poltronnerie
d'un voile plus honnête[215]. Sais-tu bien qui est celui à qui
j'ai sauvé la vie[a]?

SGANARELLE

Moi? Non.

DOM JUAN

C'est un frère d'Elvire.

SGANARELLE

Un...

DOM JUAN

Il est assez honnête homme, il en a bien usé, et j'ai
regret d'avoir démêlé avec lui.

SGANARELLE

Il vous serait aisé de pacifier toutes choses.

DOM JUAN

Oui; mais ma passion est usée pour Done Elvire, et
l'engagement ne compatit point[216] avec mon humeur. J'aime
la liberté en amour, tu le sais, et je ne saurais me résoudre
à renfermer mon cœur entre quatre murailles. Je te l'ai dit
vingt fois, j'ai une pente naturelle à me laisser aller à tout
ce qui m'attire. Mon cœur est à toutes les belles, et c'est
à elles à le prendre tour à tour et à le garder tant qu'elles
le pourront. Mais quel est le superbe édifice que je vois
entre ces arbres?

---

215 D'un prétexte plus bienséant (que le flux de ventre provoqué par l'habit
de médecine devenu prugatif!).
216 N'est point compatible.

SGANARELLE

Vous ne le savez pas ?

DOM JUAN

Non, vraiment.

SGANARELLE

Bon ! c'est le tombeau que le Commandeur faisait faire lorsque vous le tuâtes.

DOM JUAN

Ah ! tu as raison. Je ne savais pas[b] que c'était de ce côté-ci qu'il était. Tout le monde m'a dit des merveilles de cet ouvrage, aussi bien que de la statue du Commandeur, et j'ai envie de l'aller voir.

SGANARELLE

Monsieur, n'allez point là.

DOM JUAN

Pourquoi ?

SGANARELLE

Cela n'est pas civil, d'aller voir un homme que vous avez tué.

DOM JUAN

Au contraire, c'est une visite dont je lui veux faire civilité, et qu'il doit recevoir de bonne grâce, s'il est galant homme. Allons, entrons dedans.

Le tombeau s'ouvre, où l'on voit un superbe mausolée et la statue du Commandeur[c].

SGANARELLE

Ah! que cela est beau! les belles statues! le beau marbre!
les beaux piliers! Ah! que cela est beau! Qu'en dites-vous,
Monsieur?

DOM JUAN

Qu'on ne peut voir aller plus loin l'ambition d'un homme
mort; et ce que je trouve admirable, c'est qu'un homme
qui s'est passé[217], durant sa vie, d'une assez simple demeure,
en veuille avoir une si magnifique pour quand il n'en a
plus que faire.

SGANARELLE

Voici la statue du Commandeur.

DOM JUAN

Parbleu! le voilà bon[d218] , avec son habit d'empereur
romain!

SGANARELLE

Ma foi, Monsieur; voilà qui est bien fait. Il semble qu'il
est en vie, et qu'il s'en va parler. Il jette des regards sur
nous qui me feraient peur, si j'étais tout seul, et je pense
qu'il ne prend pas plaisir de nous voir.

DOM JUAN

Il aurait tort, et ce serait mal recevoir l'honneur que
je lui fais. Demande-lui s'il veut venir souper avec moi.

SGANARELLE

C'est une chose dont il n'a pas besoin, je crois.

217 Qui s'est contenté.
218 Le voilà beau (c'est d'ailleurs le texte de 1683) – commentaire ironique
     de Dom Juan.

DOM JUAN

Demande-lui, te dis-je.

SGANARELLE

Vous moquez-vous ? Ce serait être fou que d'aller parler
à une statue.

DOM JUAN

Fais ce que je te dis.

SGANARELLE

Quelle bizarrerie ! Seigneur Commandeur…je ris de ma
sottise, mais c'est mon maître qui me la fait faire. Seigneur
Commandeur, mon maître Dom Juan vous demande si
vous voulez lui faire l'honneur de venir souper avec lui.
(*La statue baisse la tête.*) Ha !

DOM JUAN

Qu'est-ce ? qu'as-tu ? Dis donc, veux-tu parler ?

SGANARELLE
*fait le même signe que lui a fait la statue
et baisse la tête.*

La statue…

DOM JUAN

Eh bien ! que veux-tu dire, traître ?

SGANARELLE

Je vous dis que la statue…

DOM JUAN

Eh bien ! la statue ? Je t'assomme, si tu ne parles.

SGANARELLE

La statue m'a fait signe.

DOM JUAN

La peste le coquin !

SGANARELLE

Elle m'a fait signe, vous dis-je : il n'est rien de plus vrai.
Allez-vous-en lui parler vous-même pour voir. Peut-être...

DOM JUAN

Viens, maraud, viens, je te veux bien faire toucher
au doigt ta poltronnerie[219]. Prends garde. Le Seigneur
Commandeur voudrait-il venir souper avec moi[e] ?

La statue baisse encore la tête.

SGANARELLE

Je ne voudrais pas en tenir dix pistoles[220]. Eh bien !
Monsieur ?

DOM JUAN

Allons, sortons d'ici.

SGANARELLE

Voilà de mes esprits forts[221], qui ne veulent rien croire.

---

219 Je veux te faire toucher du doigt, te faire voir avec évidence ta poltronnerie.
220 Je ne voudrais pas parier dix pistoles à ce sujet – parier qu'il ne viendra
pas ; Sganarelle pense bien que la statue se rendra à l'invitation.
221 « *Esprit fort* est une espèce d'injure qu'on dit à ces libertins qui se mettent
au-dessus des croyances et des opinions populaires » (FUR.).

ACTE IV[222]

Scène PREMIÈRE
DOM JUAN, SGANARELLE

DOM JUAN
Quoi qu'il en soit, laissons cela : c'est une bagatelle, et nous pouvons avoir été trompés par un faux jour, ou surpris de quelque vapeur[223] qui nous ait troublé la vue.

SGANARELLE
Eh ! Monsieur, ne cherchez point[a] à démentir ce que nous avons vu des yeux que voilà. Il n'est rien de plus véritable que ce signe de tête ; et je ne doute point que le Ciel, scandalisé de votre vie, n'ait produit ce miracle pour vous convaincre, et pour vous retirer de...

DOM JUAN
Écoute. Si tu m'importunes davantage de tes sottes moralités, si tu me dis encore le moindre mot là-dessus, je vais appeler quelqu'un, demander un nerf de bœuf, te faire tenir par trois ou quatre, et te rouer de mille coups. M'entends-tu bien ?

SGANARELLE
Fort bien, Monsieur, le mieux du monde. Vous vous expliquez clairement ; c'est ce qu'il y a de bon en vous, que vous n'allez point chercher de détours[b] ; vous dites les choses avec une netteté admirable.

---

222 L'action de cet acte se déroule dans une chambre de l'appartement de Dom Juan.

223 Une *vapeur* venu de l'humidité du tombeau ou un étourdissement du cerveau.

DOM JUAN

Allons, qu'on me fasse souper le plus tôt que l'on pourra.
Une chaise, petite garçon.

Scène 2

DOM JUAN, LA VIOLETTE, SGANARELLE

LA VIOLETTE

Monsieur, voilà votre marchand, Monsieur Dimanche,
qui demande à vous parler.

SGANARELLE

Bon, voilà ce qu'il nous faut, qu'un compliment de
créancier[224]. De quoi s'avise-t-il de nous venir demander de
l'argent, et que ne lui disais-tu que Monsieur n'y est pas ?

LA VIOLETTE

Il y a trois quarts d'heure que je lui dis ; mais il ne veut
pas le croire[a], et s'est assis là-dedans pour attendre.

SGANARELLE

Qu'il attende, tant qu'il voudra.

DOM JUAN

Non, au contraire, faites-le entrer. C'est une fort mauvaise politique que de se faire celer aux créanciers[225]. Il est
bon de les payer de quelque chose, et j'ai le secret de les
renvoyer satisfaits sans leur donner un double[226].

---

224 *Compliment de créancier* : démarche d'un créancier qui voudrait se faire
   payer. Sganarelle est ironique, car cette visite tombe mal.
225 De se cacher de ses créanciers.
226 Sans leur donner la moindre petite pièce de monnaie (le double ne vaut
   que le 1/6 d'un sol).

Scène 3

DOM JUAN, M. DIMANCHE, SGANARELLE, SUITE

DOM JUAN, *faisant de grandes civilités.*

Ah! Monsieur Dimanche, approchez. Que je suis ravi de vous voir, et que je veux de mal à mes gens de ne vous pas faire entrer d'abord[227]! J'avais donné ordre qu'on ne me fît parler personne[a][228]; mais cet ordre n'est pas pour vous, et vous êtes en droit de ne trouver jamais de porte fermée chez moi.

M. DIMANCHE

Monsieur, je vous suis fort obligé.

DOM JUAN, *parlant à ses laquais.*

Parbleu! coquins, je vous apprendrai à laisser Monsieur Dimanche dans une antichambre, et je vous ferai connaître les gens[229].

M. DIMANCHE

Monsieur, cela n'est rien.

DOM JUAN

Comment? vous dire que ne n'y suis pas, à Monsieur Dimanche, au meilleur de mes amis?

M. DIMANCHE

Monsieur, je suis votre serviteur[230]. J'étais venu...

---

227 Aussitôt.
228 Qu'on ne permît à personne de me parler.
229 Je vous ferai reconnaître les gens, *i. e.* distinguer ceux qu'on reçoit et ceux qu'il faut éconduire.
230 Formule de politesse déférente, de la part du marchand, quelque peu gêné par les civilités excessives de l'aristocrate.

DOM JUAN

Allons vite, un siège pour Monsieur Dimanche.

M. DIMANCHE

Monsieur, je suis bien comme cela.

DOM JUAN

Point, point, je veux que vous soyez assis contre[b] moi.

M. DIMANCHE

Cela n'est point nécessaire.

DOM JUAN

Ôtez ce pliant, et apportez un fauteuil[231].

M. DIMANCHE

Monsieur, vous vous moquez, et…

DOM JUAN

Non, non, je sais ce que je vous dois, et je ne veux point qu'on mette de différence entre nous deux.

M. DIMANCHE

Monsieur…

DOM JUAN

Allons, asseyez-vous.

M. DIMANCHE

Il n'est pas besoin[c], Monsieur, et je n'ai qu'un mot à vous dire. J'étais…

---

231 Le *fauteuil*, et placé à côté du noble, comme sur un pied d'égalité, était réservé aux visiteurs de marque, le marchand roturier devrait se contenter d'un simple *pliant*.

DOM JUAN

Mettez-vous là, vous dis-je.

M. DIMANCHE

Non, Monsieur, je suis bien. Je viens pour…

DOM JUAN

Non, je ne vous écoute point si vous n'êtes assis.

M. DIMANCHE

Monsieur, je fais ce que vous voulez. Je…

DOM JUAN

Parbleu! Monsieur dimanche, vous vous portez bien.

M. DIMANCHE

Oui, Monsieur, pour vous rendre service. Je suis venu…

DOM JUAN

Vous avez un fonds de santé admirable, des lèvres fraîches, un teint vermeil, et des yeux vifs.

M. DIMANCHE

Je voudrais bien…

DOM JUAN

Comment se porte Madame Dimanche, votre épouse?

M. DIMANCHE

Fort bien, Monsieur, Dieu merci.

DOM JUAN

C'est une brave femme.

M. DIMANCHE

Elle est votre servante, Monsieur. Je venais…

DOM JUAN

Et votre petite fille Claudine, comment se porte-t-elle ?

M. DIMANCHE

Le mieux du monde

DOM JUAN

La jolie petite fille que c'est ! je l'aime de tout mon cœur.

M. DIMANCHE

C'est trop d'honneur que vous lui faites, Monsieur. Je vous…

DOM JUAN

Et le petit Colin, fait-il toujours bien du bruit avec son tambour ?

M. DIMANCHE

Toujours de même, Monsieur. Je…

DOM JUAN

Et votre petit chien Brusquet ? gronde-t-il toujours aussi fort, et mord-il toujours bien aux jambes les gens qui vont chez vous ?

M. DIMANCHE

Plus que jamais, Monsieur, et nous ne saurions en chevir[232].

---

232 *En chevir* : être maître de.

DOM JUAN

Ne vous étonnez pas si je m'informe des nouvelles de toute la famille[d], car j'y prends beaucoup d'intérêt.

M. DIMANCHE

Nous vous sommes, Monsieur, infiniment obligés. Je…

DOM JUAN, *lui tendant la main.*

Touchez[e] donc là[233], Monsieur Dimanche. Êtes-vous bien de mes amis ?

M. DIMANCHE

Monsieur, je suis votre serviteur.

DOM JUAN

Parbleu ! je suis à vous de tout mon cœur.

M. DIMANCHE

Vous m'honorez trop. Je[f]…

DOM JUAN

Il n'y a rien que je ne fisse pour vous.

M. DIMANCHE

Monsieur, vous avez trop de bonté pour moi.

DOM JUAN

Et cela sans intérêt[234], je vous prie de le croire.

---

233 *Toucher la main* est un geste fort, comme quand on scelle une amitié.
234 De manière désintéressée. La réflexion est plaisante chez le débiteur qui fait amitié avec son créancier et ne rembourse pas ses dettes.

M. DIMANCHE

Je n'ai point mérité cette grâce, assurément. Mais, Monsieur...

DOM JUAN

Oh ! çà, Monsieur Dimanche, sans façon, voulez-vous souper avec moi ?

M. DIMANCHE

Non, Monsieur, il faut que je m'en retourne tout à l'heure[g][235]. Je...

DOM JUAN, *se levant.*

Allons, vite un flambeau pour conduire M. Dimanche, et que quatre ou cinq de mes gens prennent des mousquetons pour l'escorter[236].

M. DIMANCHE, *se levant de même.*

Monsieur, il n'est pas nécessaire[h], et je m'en irai bien tout seul. Mais...

Sganarelle ôte les sièges promptement.

DOM JUAN

Comment ? Je veux qu'on vous escorte, et je m'intéresse trop à votre personne. Je suis votre serviteur, et de plus votre débiteur[237].

---

235 Tout de suite.

236 Par mesure de sécurité, et aussi pour l'honorer, Dom Juan veut faire raccompagner M. Dimanche, avec des hommes munis d'une arme à feu.

237 Jolie malice de cette réplique, où Dom Juan joue sur les mots (il s'intéresse plus à l'argent de M. Dimanche qu'à la personne même du marchand, ou il s'intéresse à sa personne parce qu'il en tirera de l'argent !), inverse son rapport avec le marchand (mais il doit bien manifester quelque révérence apparente à son prêteur, qu'il ne remboursera pas) et dit la vérité attendue par M. Dimanche (mais sans lui donner de suite effective).

M. DIMANCHE

Ah ! Monsieur…

DOM JUAN

C'est une chose que je ne cache pas, et je le dis à tout le monde.

M. DIMANCHE

Si…

DOM JUAN

Voulez-vous que je vous reconduise ?

M. DIMANCHE

Ah ! Monsieur, vous vous moquez, Monsieur[i]…

DOM JUAN

Embrassez-moi donc[238], s'il vous plaît. Je vous prie encore une fois d'être persuadé que je suis tout à vous, et qu'il n'y a rien au monde que je ne fisse[j] pour votre service. (*Il sort.*)

SGANARELLE

Il faut avouer que vous avez en Monsieur un homme qui vous aime bien.

M. DIMANCHE

Il est vrai ; il me fait tant de civilités et tant de compliments que je ne saurais jamais lui demander de l'argent.

SGANARELLE

Je vous assure que toute sa maison périrait pour vous ; et je voudrais qu'il vous arrivât quelque chose, que quelqu'un

---

238 *Embrasser*, c'est prendre dans ses bras, donner l'accolade – autre signe de familiarité.

s'avisât de vous donner des coups de bâton ; vous verriez de quelle manière...

M. DIMANCHE

Je le crois ; mais, Sganarelle, je vous prie de lui dire un petit mot de mon argent.

SGANARELLE

Oh ! ne vous mettez pas en peine, il vous payera le mieux du monde.

M. DIMANCHE

Mais vous, Sganarelle, vous me devez quelque chose en votre particulier.

SGANARELLE

Fi ! ne parlez pas de cela.

M. DIMANCHE

Comment ? Je...

SGANARELLE

Ne sais-je pas bien que je vous dois ?

M. DIMANCHE

Oui, mais...

SGANARELLE

Allons, Monsieur Dimanche, je vais vous éclairer[239].

M. DIMANCHE

Mais mon argent...

---

239 Pour accompagner le visiteur à la sortie.

SGANARELLE,
prenant M. Dimanche par le bras[k].
Vous moquez-vous ?

M. DIMANCHE

Je veux…

SGANARELLE, *le tirant.*
Eh !

M. DIMANCHE

J'entends…

SGANARELLE, *le poussant.*
Bagatelles.

M. DIMANCHE

Mais…

SGANARELLE, *le poussant.*
Fi !

M. DIMANCHE

Je…

SGANARELLE,
le poussant tout à fait hors du théâtre.
Fi ! vous dis-je.

Scène 4

DOM LOUIS, DOM JUAN, LA VIOLETTE, SGANARELLE

LA VIOLETTE

Monsieur, voilà Monsieur votre père.

DOM JUAN

Ah! me voici bien : il me fallait cette visite pour me
faire enrager.

DOM LOUIS

Je vois bien que je vous embarrasse, et que vous vous
passeriez fort aisément de ma venue. À dire vrai, nous nous
incommodons étrangement[240] l'un et l'autre ; et si vous
êtes las de me voir, je suis bien las aussi de vos déportements[241]. Hélas! que nous savons peu ce que nous faisons
quand nous ne laissons pas au Ciel le soin des choses qu'il
nous faut[a], quand nous voulons être plus avisés que lui, et
que nous venons à l'importuner par nos souhaits aveugles
et nos demandes inconsidérées! J'ai souhaité un fils avec
des ardeurs nonpareilles ; je l'ai demandé sans relâche
avec des transports incroyables ; et ce fils, que j'obtiens en
fatigant le Ciel de vœux, est le chagrin et le supplice de
cette vie même dont je croyais qu'il devait être la joie et la
consolation. De quel œil, à votre avis, pensez-vous que je
puisse voir cet amas d'actions indignes, dont on a peine,
aux yeux du monde, d'adoucir le mauvais visage[242], cette
suite continuelle de méchantes affaires, qui nous réduisent,
à toutes heures, à lasser les bontés du Souverain[243], et qui

---

240 Énormément.

241 *Déportements* : conduite (ici) mauvaise.

242 La mauvaise apparence.

243 Dom Louis doit solliciter continuellement la bonté et l'indulgence du roi
   pour qu'il ferme les yeux sur les mauvais agissements (*méchantes affaires*)

ont épuisé auprès de lui le mérite de mes services et le
crédit de mes amis ? Ah ! quelle bassesse est la vôtre ! Ne
rougissez-vous point de mériter si peu votre naissance[244] ?
Êtes-vous en droit, dites-moi, d'en tirer quelque vanité ? Et
qu'avez-vous fait dans le monde pour être gentilhomme ?
Croyez-vous qu'il suffise d'en porter le nom et les armes,
et que ce nous soit une gloire d'être sorti d'un sang noble
lorsque nous vivons en infâmes ? Non, non, la naissance
n'est rien où la vertu n'est pas[245]. Aussi nous n'avons part
à la gloire de nos ancêtres qu'autant que nous nous effor-
çons de leur ressembler ; et cet éclat de leurs actions qu'ils
répandent sur nous nous impose un engagement de leur faire
le même honneur, de suivre les pas qu'ils nous tracent, et de
ne point dégénérer de leurs vertus[246], si nous voulons être
estimés leurs véritables descendants. Ainsi, vous descendez
en vain des aïeux dont vous êtes né : ils vous désavouent
pour leur sang[247], et tout ce qu'ils ont fait d'illustre ne vous
donne aucun avantage ; au contraire, l'éclat n'en rejaillit sur
vous qu'à votre déshonneur, et leur gloire est un flambeau
qui éclaire aux yeux d'un chacun la honte de vos actions.
Apprenez enfin[b] qu'un gentilhomme qui vit mal est un
monstre dans la nature, que la vertu est le premier titre
de noblesse, que je regarde bien moins au nom qu'on signe
qu'aux actions qu'on fait, et que je ferais plus d'état du fils
d'un crocheteur[248] qui serait honnête homme, que du fils
d'un monarque qui vivrait comme vous.

---

de son fils Dom Juan.

244 D'être si peu digne de votre naissance noble et des privilèges qui y sont
attachés.

245 Voilà un vers blanc à la Corneille, une sentence morale qui orne le
morceau de bravoure du père noble.

246 *Dégénérer de leurs vertus* : ne pas suivre les vertus des ancêtres.

247 Ils ne vous reconnaissent pas pour leur descendant.

248 *Crocheteur* : portefaix.

DOM JUAN
Monsieur, si vous étiez assis, vous en seriez mieux[c] pour parler.

DOM LOUIS
Non, insolent, je ne veux point m'asseoir, ni parler davantage, et je vois bien que toutes mes paroles ne font rien sur ton âme. Mais sache, fils indigne, que la tendresse paternelle est poussée à bout par tes actions, que je saurai, plus tôt que tu ne penses, mettre une borne à tes dérèglements, prévenir sur toi le courroux du Ciel[249], et laver par ta punition la honte de t'avoir fait naître. (*Il sort.*)

Scène 5
DOM JUAN, SGANARELLE

DOM JUAN
Eh ! mourez le plus tôt que vous pourrez, c'est le mieux que vous puissiez faire. Il faut que chacun ait son tour, et j'enrage de voir des pères qui vivent autant[a] que leurs fils. (*Il se met dans son fauteuil.*)

SGANARELLE
Ah ! Monsieur, vous avez tort.

DOM JUAN
J'ai tort ?

SGANARELLE
Monsieur...

---

249 En te punissant, devancer (*prévenir*) la punition du Ciel.

DOM JUAN *se lève de son siège.*

J'ai tort ?

SGANARELLE

Oui, Monsieur, vous avez tort d'avoir souffert ce qu'il vous a dit, et vous le deviez mettre dehors par les épaules. A-t-on jamais rien vu de plus impertinent ? Un père venir faire des remontrances à son fils, et lui dire de corriger ses actions, de se ressouvenir de sa naissance, de mener une vie d'honnête homme, et cent autres sottises de pareille nature ! Cela se peut-il souffrir à un homme comme vous[250], qui savez comme il faut vivre ? J'admire votre patience ; et si j'avais été en votre place, je l'aurais envoyé promener. Ô complaisance maudite ! à quoi me réduis-tu[251] ?

DOM JUAN

Ma fera-t-on souper bientôt ?

Scène 6

DOM JUAN, DONE ELVIRE,
RAGOTIN, SGANARELLE

RAGOTIN

Monsieur, voici une dame voilée qui vient vous parler.

DOM JUAN

Que pourrait-ce être ?

SGANARELLE

Il faut voir.

---

250 Cela peut-il être toléré par un homme comme vous.
251 Cette dernière réflexion est évidemment un aparté.

DONE ELVIRE

Ne soyez point surpris, Dom Juan, de me voir à cette heure et dans cet équipage[252]. C'est un motif pressant qui m'oblige à cette visite, et ce que j'ai à vous dire ne veut point du tout de retardement. Je ne viens point ici pleine de ce courroux que j'ai tantôt fait éclater, et vous me voyez bien changée de ce que j'étais ce matin. Ce n'est plus cette Done Elvire qui faisait des vœux contre vous, et dont l'âme irritée ne jetait que menaces et ne respirait que vengeance. Le Ciel a banni de mon âme toutes ces indignes ardeurs que je sentais pour vous, tous ces transports tumultueux d'un attachement criminel, tous ces honteux emportements d'un amour terrestre et grossier ; et il n'a laissé dans mon cœur pour vous qu'une flamme épurée de tout le commerce des sens[253], une tendresse toute sainte, un amour détaché de tout, qui n'agit point pour soi, et ne se met en peine que de votre intérêt.

DOM JUAN, *à Sganarelle.*

Tu pleures, je pense.

SGANARELLE

Pardonnez-moi.

DONE ELVIRE

C'est ce parfait et pur amour qui me conduit ici pour votre bien, pour vous faire part d'un avis du Ciel, et tâcher

---

252 Elvire a changé d'habillement (*d'équipage*) depuis I, 3, où elle était en tenue de voyage. Elle est habillée très simplement (« son habit négligé », dira bientôt Dom Juan), voilée comme une pénitente qui s'est retirée du monde (à nouveau dans son couvent ? ou dans quelque ermitage comme sainte Madeleine la pécheresse ?) pour expier les fautes où l'a entraînée sa passion amoureuse.

253 Un amour pur, débarrassé de la chair.

de vous retirer du précipice où vous courez. Oui, Dom
Juan, je sais tous les dérèglements de votre vie, et ce même
Ciel, qui m'a touché le cœur et fait jeter les yeux sur les
égarements de ma conduite, m'a inspiré de vous venir
trouver, et de vous dire, de sa part, que vos offenses ont
épuisé sa miséricorde, que sa colère redoutable est prête
de tomber sur vous, qu'il est en vous de l'éviter par un
prompt repentir, et que peut-être vous n'avez pas encore
un jour à vous pouvoir soustraire[a] au plus grand de tous les
malheurs[254]. Pour moi, je ne tiens plus à vous par aucun
attachement[b] du monde; je suis revenue, grâces au Ciel, de
toutes mes folles pensées; ma retraite est résolue, et je ne
demande qu'assez de vie pour pouvoir expier la faute que
j'ai faite, et mériter, par une austère pénitence, le pardon
de l'aveuglement où m'ont plongée les transports d'une
passion condamnable. Mais, dans cette retraite, j'aurais[c] une
douleur extrême qu'une personne que j'ai chérie tendrement
devînt un exemple funeste de la justice du Ciel; et ce me
sera une joie incroyable si je puis vous porter à détourner
de dessus[d] votre tête l'épouvantable coup qui vous menace.
De grâce, Dom Juan, accordez-moi, pour dernière faveur,
cette douce consolation; ne me refusez point votre salut,
que je vous demande avec larmes; et si vous n'êtes point
touché de votre intérêt, soyez-le au moins de mes prières,
et m'épargnez le cruel déplaisir de vous voir condamner à
des supplices éternels.

SGANARELLE

Pauvre femme!

---

254 Elvire, dans son amour désintéressé, veut éviter la damnation à Dom
    Juan, la damnation qu'il mérite pour ses péchés : qu'il se repente très
    vite s'il veut encore bénéficier de la miséricorde divine!

DONE ELVIRE

Je vous ai aimé avec une tendresse extrême, rien au monde ne m'a été si cher que vous ; j'ai oublié mon devoir pour vous, j'ai fait toutes choses pour vous ; et toute la récompense que je vous en demande, c'est de corriger votre vie, et de prévenir votre perte. Sauvez-vous[255], je vous prie, ou pour l'amour de vous, ou pour l'amour de moi[e]. Encore une fois, Dom Juan, je vous le demande avec larmes ; et si ce n'est pas assez des larmes d'une personne que vous avez aimée, je vous en conjure par tout ce qui est le plus capable de vous toucher[f].

SGANARELLE

Cœur de tigre !

DONE ELVIRE

Je m'en vais, après ce discours, et voilà tout ce que j'avais à vous dire.

DOM JUAN

Madame, il est tard, demeurez ici : on vous y logera le mieux qu'on pourra.

DONE ELVIRE

Non, Dom Juan, ne me retenez pas davantage.

DOM JUAN

Madame, vous me ferez plaisir de demeurer, je[g] vous assure.

---

255 Repentez-vous pour bénéficier du salut offert et éviter la damnation, la mort éternelle.

DONE ELVIRE

Non, vous dis-je, ne perdons point de temps en discours superflus. Laissez-moi vite aller, ne faites aucune instance pour me conduire[256], et songez seulement à profiter de mon avis.

Scène 7
DOM JUAN, SGANARELLE, SUITE

DOM JUAN

Sais-tu bien que j'ai encore senti quelque peu d'émotion[257] pour elle, que j'ai trouvé de l'agrément dans cette nouveauté bizarre, et que son habit négligé, son air languissant et ses larmes ont réveillé en moi quelques petits restes d'un feu éteint ?

SGANARELLE

C'est-à-dire que ses paroles n'ont fait aucun effet sur vous.

DOM JUAN

Vite[a] à souper.

SGANARELLE

Fort bien.

DOM JUAN, *se mettant à table*[b].

Sganarelle, il faut songer à s'amender pourtant.

SGANARELLE

Oui-da !

---

256 Me reconduire.
257 Émotion, agitation sensuelle.

DOM JUAN

Oui, ma foi ! il faut s'amender ; encore vingt ou trente ans de cette vie-ci, et puis nous songerons à nous.

SGANARELLE

Oh !

DOM JUAN

Qu'en dis-tu ?

SGANARELLE

Rien. Voilà le souper.
Il prend un morceau d'un des plats qu'on apporte
et le met dans sa bouche.

DOM JUAN

Il me semble[c] que tu as la joue enflée ; qu'est-ce que c'est ? Parle donc, qu'as-tu là ?

SGANARELLE

Rien.

DOM JUAN

Montre un peu. Parbleu ! c'est une fluxion qui lui est tombée sur la joue. Vite une lancette pour percer cela. Le pauvre garçon n'en peut plus, et cet abcès le pourrait étouffer. Attends : voyez comme il était mûr. Ah ! coquin que vous êtes[258] !

---

258 Le morceau mis dans sa bouche à la dérobée par Sganarelle fait une grosseur dans sa joue, comme s'il y avait un foyer d'infection (une *fluxion*), un abcès dans la bouche. Dom Juan fait mine de croire à ce qu'il dit et parle d'une lancette, instrument chirurgical peu agréable pour percer cet abcès prétendu. Sganarelle ayant avalé le morceau et la grosseur ayant disparu (l'abcès était donc bien mûr !), Dom Juan fait

SGANARELLE

Ma foi ! Monsieur, je voulais voir si votre cuisinier n'avait point mis trop de sel ou trop de poivre.

DOM JUAN

Allons, mets-toi là, et mange. J'ai affaire de toi quand j'aurai soupé. Tu as faim, à ce que je vois.

SGANARELLE *se met à table*[d].

Je le crois bien, Monsieur : je n'ai point mangé depuis ce matin[e]. Tâtez de cela, voilà qui est le meilleur du monde.
Un laquais ôte les assiettes de Sganarelle
d'abord qu'[259]*il y a dessus à manger.*
Mon assiette, mon assiette ! tout doux, s'il vous plaît. Vertubleu ! petit compère, que vous êtes habile à donner des assiettes nettes ! et vous[f], petit La Violette, que vous savez présenter à boire à propos !
Pendant qu'un laquais donne à boire à Sganarelle,
l'autre laquais ôte encore son assiette.

DOM JUAN

Qui peut frapper de cette sorte ?

SGANARELLE

Qui diable nous vient troubler dans notre repas ?

DOM JUAN

Je veux souper en repos au moins, et qu'on ne laisse entrer personne.

---

mine de découvrir alors qu'il n'y avait pas d'abcès mais seulement une bouchée de nourriture, et traite son valet goinfre de coquin.
259 *D'abord que* : dès que.

SGANARELLE

Laissez-moi faire, je m'y en vais moi-même[260].

DOM JUAN

Qu'est-ce-donc ? Qu'y a-t-il ?

SGANARELLE,
baissant la tête comme a fait la Statue[g].
Le…qui est là !

DOM JUAN

Allons voir, et montrons que rien ne me saurait ébranler.

SGANARELLE

Ah ! pauvre Sganarelle, où te cacheras-tu ?

Scène 8

DOM JUAN, LA STATUE DU COMMANDEUR,
qui vient se mettre à table[a], SGANARELLE, SUITE

DOM JUAN

Une chaise et un couvert, vite donc. (*À Sganarelle*[b].)
Allons, mets-toi à table.

SGANARELLE

Monsieur, je n'ai plus faim.

DOM JUAN

Mets-toi là, te dis-je. À boire. À la santé du Commandeur :
je te la porte[261], Sganarelle. Qu'on lui donne du vin.

---

260 Je m'en vais moi-même à la porte voir qui frappe.
261 Je bois avec toi à la santé du Commandeur.

SGANARELLE

Monsieur, je n'ai pas soif.

DOM JUAN

Bois, et chante ta chanson, pour régaler[262] le Commandeur.

SGANARELLE

Je suis enrhumé, Monsieur.

DOM JUAN

Il n'importe. Allons. Vous autres, venez, accompagnez sa voix.

LA STATUE

Dom Juan, c'est assez. Je vous invite à venir demain souper avec moi. En aurez-vous le courage ?

DOM JUAN

Oui, j'irai, accompagné du seul Sganarelle.

SGANARELLE

Je vous rends grâce, il est demain jeûne pour moi[263].

DOM JUAN, *à Sganarelle.*

Prends ce flambeau[264].

LA STATUE

On n'a pas besoin de lumière, quand on est conduit par le Ciel.

---

262 Divertir, distraire.
263 Merci bien ; mais demain je dois jeûner.
264 Pour raccompagner l'invité de pierre.

ACTE V[265]

Scène PREMIÈRE
DOM LOUIS, DOM JUAN, SGANARELLE

DOM LOUIS

Quoi ? Mon fils, serait-il possible que la bonté du Ciel eût exaucé mes vœux ? Ce que vous me dites est-il bien vrai ? ne m'abusez-vous point d'un faux espoir, et puis-je prendre quelque assurance sur la nouveauté surprenante d'une telle conversion ?

DOM JUAN, *faisant l'hypocrite*[a].

Oui, vous me voyez revenu de toutes mes erreurs ; je ne suis plus le même d'hier au soir, et le Ciel tout d'un coup a fait en moi un changement qui[b] va surprendre tout le monde : il a touché mon âme et dessillé mes yeux, et je regarde avec horreur le long aveuglement[c] où j'ai été, et les désordres criminels de la vie que j'ai menée. J'en repasse dans mon esprit toutes les abominations, et m'étonne comme le Ciel les a pu souffrir si longtemps, et n'a pas vingt fois sur ma tête laissé tomber les coups de sa justice redoutable. Je vois les grâces que sa bonté m'a faites en ne me punissant point de mes crimes[d] ; et je prétends en profiter comme je dois, faire éclater aux yeux du monde[e] un soudain changement de vie, réparer par-là le scandale de mes actions passées, et m'efforcer d'en obtenir du Ciel une pleine rémission. C'est à quoi je vais travailler ; et je vous prie, Monsieur, de vouloir bien contribuer à ce dessein, et

---

265 Le décor de ce dernier acte est une ville (toujours d'après le *Devis des ouvrages de peinture* de décembre 1664), mais l'action se passe à l'extérieur, proche de la forêt d'où viendra la statue du Commandeur.

de m'aider vous-même à faire choix d'une personne qui me serve de guide, et sous la conduite de qui je puisse marcher sûrement dans le chemin où je m'en vais entrer[266].

DOM LOUIS

Ah! mon fils, que la tendresse d'un père est aisément[f] rappelée, et que les offenses d'un fils s'évanouissent vite au moindre mot de repentir! Je ne me souviens plus déjà de tous les déplaisirs[267] que vous m'avez donnés, et tout est effacé par les paroles que vous venez de me faire entendre. Je ne me sens pas[268], je l'avoue; je jette des larmes de joie; tous mes vœux sont satisfaits, et je n'ai plus rien désormais à demander au Ciel. Embrassez-moi, mon fils, et persistez, je vous conjure, dans cette louable pensée. Pour moi, j'en vais tout de ce pas porter l'heureuse nouvelle à votre mère, partager avec elle les doux transports du ravissement[269] où je suis, et rendre grâce au Ciel des saintes résolutions qu'il a daigné vous inspirer.

---

266 Dom Juan en faux dévot maîtrise parfaitement le vocabulaire théologique de la conversion et ses étapes : l'influence du Ciel, de son secours (de ses *grâces*) a retourné le pécheur, l'a jeté dans le repentir de ses péchés (ses *crimes*) qui furent objet de *scandale* pour autrui. Il en obtiendra la *rémission*, le Ciel ayant abandonné la justice pour la miséricorde, en changeant de vie, et en commençant par prendre un directeur de conscience, guide sur son chemin de repentir.

267 *Déplaisir* : profonde douleur, désespoir.

268 Je ne sais plus où j'en suis, tant je suis heureux.

269 Les manifestations de la joie.

Scène 2

DOM JUAN, SGANARELLE

SGANARELLE

Ah! Monsieur, que j'ai de joie de vous voir converti! Il y a longtemps que j'attendais cela, et voilà, grâce au Ciel, tous mes souhaits accomplis.

DOM JUAN

La peste le benêt!

SGANARELLE

Comment, le benêt?

DOM JUAN

Quoi? tu prends pour de bon argent ce que je viens de dire, et tu crois que ma bouche était d'accord avec mon cœur?

SGANARELLE

Quoi? ce n'est pas... Vous ne... Votre... Oh! quel homme! quel homme! quel homme!

DOM JUAN

Non, non, je ne suis point changé, et mes sentiments sont toujours les mêmes.

SGANARELLE

Vous ne vous rendez pas à la surprenante merveille de cette statue mouvante et parlante?

DOM JUAN

Il y a bien quelque chose là-dedans que je ne comprends pas; mais quoi que ce puisse être, cela n'est pas capable ni de convaincre mon esprit, ni d'ébranler mon âme; et si j'ai dit que je voulais corriger ma conduite et me jeter dans un train de vie exemplaire, c'est un dessein que j'ai formé par pure politique[270], un stratagème utile, une grimace nécessaire où je veux me contraindre, pour ménager un père dont j'ai besoin, et me mettre à couvert, du côté des hommes, de cent fâcheuses aventures qui pourraient m'arriver. Je veux bien, Sganarelle, t'en faire confidence, et je suis bien aise d'avoir un témoin du fond de mon âme et des véritables motifs[a] qui m'obligent à faire les choses.

SGANARELLE

Quoi? vous ne croyez rien du tout, et vous voulez cependant vous ériger en homme de bien[b]?

DOM JUAN

Et pourquoi non? Il y en a tant d'autres comme moi, qui se mêlent de ce métier, et qui se servent du même masque pour abuser le monde!

SGANARELLE

Ah! quel homme! quel homme!

DOM JUAN

Il n'y a plus de honte maintenant à cela : l'hypocrisie est un vice à la mode, et tous les vices à la mode passent pour vertus. Le personnage d'homme de bien est le meilleur de tous les personnages qu'on puisse jouer aujourd'hui, et la profession[c271] d'hypocrite a de merveilleux avantages[d].

---

270 *Politique* : calcul intéressé. Dom Juan en Tartuffe.
271 La *profession*, c'est le métier ; mais la *profession*, c'est aussi une déclaration solennelle (une profession de foi, singulièrement) ou un engagement dans un ordre religieux. Molière peut jouer avec les sens différents, comme le suggère Georges Couton : il y aurait un ordre inversé des hypocrites.

C'est un art de qui l'imposture est toujours respectée ; et quoiqu'on la découvre, on n'ose rien dire contre elle. Tous les autres vices des hommes sont exposés à la censure, et chacun a la liberté de les attaquer hautement ; mais l'hypocrisie est un vice privilégié, qui, de sa main, ferme la bouche à tout le monde, et jouit en repos d'une impunité souveraine. On lie, à force de grimaces, une société étroite avec tous les gens du parti. Qui en choque[272] un se les jette tous[e] sur les bras ; et ceux que l'on sait même agir de bonne foi là-dessus, et que chacun connaît pour être véritablement touchés[273], ceux-là, dis-je, sont toujours les dupes[f] des autres ; ils donnent hautement[g] dans le panneau des grimaciers et appuient aveuglément les singes de leurs actions[274]. Combien crois-tu que j'en connaisse qui, par ce stratagème, ont rhabillé[275] adroitement les désordres de leur jeunesse, qui se sont fait un bouclier du manteau de la religion, et, sous cet habit respecté[h], ont la permission d'être les plus méchants[276] hommes du monde ? On a beau savoir leurs intrigues et les connaître pour ce qu'ils sont, ils ne laissent pas pour cela d'être[277] en crédit parmi les gens ; et quelque baissement de tête, un soupir mortifié[278], et deux roulements d'yeux rajustent dans le monde tout ce qu'ils peuvent faire. C'est sous cet abri favorable que je veux me sauver, et mettre en sûreté mes affaires[i]. Je ne

---

272 *Choquer* : affronter, offenser.
273 Animés par une foi et une dévotion authentiques.
274 En une sorte de parabase, Dom Juan parle pour Molière stigmatisant l'hypocrisie religieuse, la cabale des faux dévots qui entravait toujours, au moment où *Dom Juan* était écrit et représenté, la carrière du *Tartuffe*, et la naïveté des dévots authentiques.
275 *Rhabiller* : raccommoder.
276 *Méchants* : mauvais, condamnables.
277 *Ne pas laisser de faire quelque chose* : le faire néanmoins.
278 Le soupir de quelqu'un qui s'adonne aux mortifications, qui veut au moins en donner les apparences.

quitterai point mes douces habitudes ; mais j'aurai soin
de me cacher et me divertirai à petit bruit. Que si[279] je
viens à être découvert, je verrai, sans me remuer, prendre
mes intérêts à toute la[j] cabale[280], et je serai défendu par
elle envers et contre tous. Enfin, c'est là le vrai moyen de
faire impunément tout ce que je voudrai. Je m'érigerai en
censeur des actions d'autrui, jugerai mal de tout le monde,
et n'aurai bonne opinion que de moi. Dès qu'une fois on
m'aura choqué tant soit peu, je ne pardonnerai jamais et
garderai tout doucement une haine irréconciliable. Je ferai le
vengeur des intérêts du Ciel[k] et, sous ce prétexte commode,
je pousserai[281] mes ennemis, je les accuserai d'impiété,
et saurai déchaîner contre eux des zélés indiscrets[282] qui,
sans connaissance de cause, crieront en public contre eux[l],
qui les accableront d'injures, et les damneront hautement
de leur autorité privée. C'est ainsi qu'il faut profiter des
faiblesses des hommes, et qu'un sage esprit s'accommode
aux vices de son siècle.

SGANARELLE

Ô Ciel ! qu'entends-je ici ? Il ne vous manquait[m] plus
que d'être hypocrite pour vous achever de tout point[283], et
voilà le comble des abominations. Monsieur, cette dernière-ci
m'emporte[n][284] et je ne puis m'empêcher de parler. Faites-
moi tout ce qu'il vous plaira, battez-moi, assommez-moi

---

279 *Que si* : et si.

280 Une *cabale* réunit des personnes « qui sont dans a même confidence et
dans les mêmes intérêts », dit FUR., qui ajoute que le mot « se prend
ordinairement en mauvaise part » – et c'est bien ainsi que Molière parle
de la cabale des dévots.

281 *Pousser* : attaquer vivement.

282 Des fanatiques sans discernement.

283 Pour mettre le comble à tous vos vices.

284 Me met hors de moi.

de coups, tuez-moi, si vous voulez : il faut que je décharge mon cœur, et qu'en valet fidèle je vous dise ce que je dois. Sachez, Monsieur, que tant va la cruche à l'eau qu'enfin elle se brise° ; et comme dit fort bien cet auteur que je ne connais pas, l'homme est en ce monde ainsi que l'oiseau sur la branche ; la branche est attachée à l'arbre ; qui s'attache à l'arbre suit de bons préceptes ; les bons préceptes valent mieux que les belles paroles ; les belles paroles se trouvent à la cour ; à la cour sont les courtisans ; les courtisans suivent la mode ; la mode vient de la fantaisie[285] ; la fantaisie est une faculté de l'âme ; l'âme est ce qui nous donne la vie ; la vie finit par la mort ; la mort nous fait penser au Ciel ; le Ciel est au-dessus de la terre ; la terre n'est point la mer ; la mer est sujette aux orages ; les orages tourmentent les vaisseaux ; les vaisseaux ont besoin d'un bon pilote ; un bon pilote a de la prudence ; la prudence n'est point dans les jeunes gens ; les jeunes gens doivent obéissance aux vieux ; les vieux aiment les richesses ; les richesses font les riches ; les riches ne sont pas pauvres ; les pauvres ont de la nécessité ; nécessité[286] n'a point de loi ; qui n'a point de loi vit en bête brute ; et par conséquent vous serez damné à tous les diables.

DOM JUAN

Oh ! le beau raisonnement[p] !

---

285 Il semble bien, selon la suggestion de Jean-Pierre Collinet, qu'ici *fantaisie* ait le sens de « caprice », alors que juste après, sans que Sganarelle ait conscience, dans son enchaînement purement verbal, du glissement de sens, *fantaisie* désigne l'imagination.

286 Même glissement : la *nécessité* des pauvres désigne le besoin, la disette, alors que la deuxième occurrence renvoie à la *nécessité* logique générale, à ce qui est inéluctable.

SGANARELLE

Après cela, si vous ne vous rendez, tant pis pour vous.

Scène 3
DOM CARLOS, DOM JUAN,
SGANARELLE

DOM CARLOS

Dom Juan, je vous trouve à propos, et suis bien aise de vous parler ici plutôt que chez vous, pour vous demander vos résolutions. Vous savez que ce soin me regarde, et que je me suis en votre présence chargé de cette affaire. Pour moi, je ne le cèle point, je souhaite fort que les choses aillent dans la douceur ; et il n'y a rien que je ne fasse pour porter votre esprit à vouloir prendre cette voie, et pour vous voir publiquement confirmer à ma sœur le nom de votre femme[287].

DOM JUAN, *d'un ton hypocrite*[a].

Hélas ! je voudrais bien, de tout mon cœur, vous donner la satisfaction que vous souhaitez ; mais le Ciel s'y oppose directement : il a inspiré à mon âme le dessein de changer de vie[b], et je n'ai point d'autres pensées maintenant que de quitter entièrement tous les attachements du monde, de me dépouiller au plus tôt de toutes sortes de vanités, et de corriger désormais par une austère conduite tous les dérèglements criminels où m'a porté le feu d'une aveugle jeunesse.

---

287 Rendre public, aux yeux du monde, le mariage clandestin.

DOM CARLOS

Ce dessein, Dom Juan, ne choque[288] point ce que je dis ; et la compagnie d'une femme légitime peut bien s'accommoder avec les louables pensées que le Ciel vous inspire.

DOM JUAN

Hélas ! point du tout. C'est un dessein que votre sœur elle-même a pris : elle a résolu sa retraite, et nous avons été touchés[289] tous deux en même temps.

DOM CARLOS

Sa retraite ne peut nous satisfaire, pouvant être imputée au mépris que vous feriez d'elle[c] et de notre famille ; et notre honneur demande qu'elle vive avec vous.

DOM JUAN

Je vous assure que cela ne se peut. J'en avais, pour moi, toutes les envies du monde, et je me suis même encore aujourd'hui conseillé au Ciel[290] pour cela ; mais, lorsque je l'ai consulté, j'ai entendu une voix qui m'a dit que je ne devais point songer à votre sœur, et qu'avec elle assurément je ne ferais point mon salut[291].

DOM CARLOS

Croyez-vous, Dom Juan, nous éblouir par ces belles excuses ?

---

288 *Choquer* : aller à l'encontre de.

289 *Touchés* par la grâce, qui nous a inspire à tous les deux ce changement radical de vie.

290 J'ai encore aujourd'hui demandé conseil au Ciel.

291 Cette voix du Ciel, cette inspiration divine en réponse à la demande du croyant qu'évoque et qu'invoque l'hypocrite pousse l'imitation de la vraie dévotion, la grimace, trop loin et la dénonce à Dom Carlos, qui n'y verra qu'excuses et que ruse.

DOM JUAN

J'obéis à la voix du Ciel.

DOM CARLOS

Quoi ? vous voulez que je me paye d'un semblable discours ?

DOM JUAN

C'est le Ciel qui le veut ainsi.

DOM CARLOS

Vous aurez fait sortir ma sœur d'un couvent, pour la laisser ensuite ?

DOM JUAN

Le Ciel l'ordonne de la sorte.

DOM CARLOS

Nous souffrirons cette tache en notre famille ?

DOM JUAN

Prenez-vous-en au Ciel.

DOM CARLOS

Et quoi ? toujours le Ciel[292] ?

DOM JUAN

Le Ciel le souhaite comme cela.

---

292 Il y a bien un leitmotiv du *Ciel* dans *Dom Juan*. Mais Tartuffe invoquait aussi à tout coup la volonté du Ciel.

DOM CARLOS

Il suffit, Dom Juan, je vous entends[293]. Ce n'est pas ici que je veux vous prendre[d294], et le lieu ne le souffre pas; mais, avant qu'il soit peu, je saurai vous trouver.

DOM JUAN

Vous ferez ce que vous voudrez; vous savez que je ne manque point de cœur[295], et que je sais me servir de mon épée quand il le faut. Je m'en vais passer tout à l'heure dans cette petite rue écartée qui mène au grand couvent; mais je vous déclare, pour moi, que ce n'est point moi qui me veux battre : le Ciel m'en défend la pensée; et si vous m'attaquez[e], nous verrons ce qui en arrivera[296].

DOM CARLOS

Nous verrons, de vrai, nous verrons.

Scène 4

DOM JUAN, SGANARELLE

SGANARELLE

Monsieur, quel diable de style prenez-vous là? Ceci est bien pis que le reste, et je vous aimerais bien mieux encore comme vous étiez auparavant. J'espérais toujours de votre salut[297]; mais c'est maintenant que j'en désespère; et je

---

293 Je comprends votre jeu.
294 Vous affronter en duel.
295 *Cœur* : courage.
296 Pour masquer l'infraction à la loi sur les duels et surtout le péché que serait la préméditation d'un duel, l'hypocrite a recours à la direction d'intention (mise en œuvre dans *Tartuffe*), prônée par les jésuites, ces casuistes relâchés que stigmatisent *Les Provinciales* de Pascal : Dom Juan n'a pas l'intention expresse de se battre, mais seulement celle de se défendre!
297 Tour original, calqué sur *désespérer de*.

crois que le Ciel, qui vous a souffert[298] jusqu'ici, ne pourra
souffrir du tout cette dernière horreur.

DOM JUAN

Va, va, le Ciel n'est pas si exact[299] que tu penses ; et si
toutes les fois que les hommes …

SGANARELLE

Ah ! Monsieur, c'est le Ciel qui vous parle, et c'est un
avis qu'il vous donne[300].

DOM JUAN

Si le ciel me donne un avis, il faut qu'il parle un peu
plus clairement[a], s'il veut que je l'entende.

Scène 5

DOM JUAN, UN SPECTRE, *en femme voilée*[301],
SGANARELLE

LE SPECTRE

Dom Juan n'a plus qu'un moment à pouvoir profiter
de la miséricorde du Ciel ; et s'il ne se repent ici, sa perte
est résolue.

---

298 A toléré.
299 Si strict pour punir les péché.
300 Sganarelle puis Dom Juan viennent de voir le spectre.
301 Cette mystérieuse femme voilée en spectre rappelle évidemment Elvire (à
  sa dernière apparition, elle était voilée ; et Dom Juan pense reconnaître
  une voix qui serait la sienne). Il faut certainement aussi lui donner une
  valeur plus large et symbolique ; mais laquelle, compte tenu du fait que
  le spectre attaqué se transformera en allégorie du Temps ? Les femmes
  séduites par Dom Juan venues lui rappeler que le temps est compté pour
  le repentir ? Beaux effets de machinerie en tout cas.

SGANARELLE

Entendez-vous, Monsieur ?

DOM JUAN

Qui ose tenir ces paroles ? Je crois connaître cette voix.

SGANARELLE

Ah ! Monsieur, c'est un spectre : je le reconnais au marcher.

DOM JUAN

Spectre, fantôme, ou diable, je veux voir ce que c'est.

Le Spectre change de figure et représente le Temps
avec sa faux à la main[a302].

SGANARELLE

Ô Ciel ! voyez-vous, Monsieur[b], ce changement de figure ?

DOM JUAN

Non, non, rien n'est capable de m'imprimer de la terreur, et je veux éprouver avec mon épée si c'est un corps ou un esprit.

Le Spectre s'envole dans le temps
que Dom Juan le veut frapper.

SGANARELLE

Ah ! Monsieur, rendez-vous à tant de preuves, et jetez-vous vite dans le repentir.

---

302 L'allégorie du Temps était volontiers figurée par un vieillard tenant une faux, symbole de l'inéluctable.

DOM JUAN

Non, non, il ne sera pas dit, quoi qu'il arrive, que je sois capable de me repentir. Allons, suis-moi.

Scène 6

LA STATUE, DOM JUAN, SGANARELLE

LA STATUE

Arrêtez, Dom Juan. Vous m'avez hier donné parole de venir manger avec moi.

DOM JUAN

Oui. Où faut-il aller ?

LA STATUE

Donnez-moi la main.

DOM JUAN

La voilà.

LA STATUE

Dom Juan, l'endurcissement au péché traîne[303] une mort funeste, et les grâces du Ciel que l'on renvoie ouvrent un chemin à sa foudre.

DOM JUAN

Ô Ciel ! que sens-je ? Un feu invisible me brûle, je n'en puis plus, et tout mon corps devient un brasier ardent. Ah !

---

303 L'impénitence entraîne.

Le tonnerre tombe avec un grand bruit
et de grands éclairs sur Dom Juan ; la terre s'ouvre
et l'abîme[304] ; et il sort de grands feux
de l'endroit où il est tombé.

SGANARELLE[a305]

Voilà par sa mort un chacun satisfait : Ciel offensé, lois violées, filles séduites, familles déshonorées, parents outragés, femmes mises à mal, maris poussés à bout, tout le monde est content. Il n'y a que moi seul de malheureux[306], qui, après tant d'années de service, n'ai point d'autre récompense que de voir à mes yeux l'impiété de mon maître puni par le plus épouvantable châtiment du monde[a].

---

304 L'engloutit.
305 Dans 1683, la réplique commence par l'exclamation qui reviendra à la fin : « Ah ! mes gages, mes gages ! ».
306 Dans 1683, la réplique est abrégée et s'achève ainsi : « *Il n'y a que moi seul de malheureux. Mes gages, mes gages, mes gages !* »

VARIANTES

On trouvera ici un très large choix de variantes des éditions suivantes : l'édition de 1682 cartonnée après l'intervention de la censure, et l'édition de 1683 publiée à Amsterdam, et non touchée pas la censure française.

Quand cela est nécessaire et possible, la leçon donnée en variante est composée en romain et entourée de son contexte immédiat, quant à lui composé en italique.

TITRE

a.   1683 : LE FESTIN DE PIERRE, *COMÉDIE*. Par J.B.P. DE MOLIÈRE.
Édition nouvelle et toute différente de celle qui a paru jusqu'à présent.
À la page suivante :

L'IMPRIMEUR AU LECTEUR

De toutes les pièces qui ont été publiées sous le nom de M. Molière, aucune ne lui a été contestée, que *Le Festin de Pierre*. Car bien que l'invention en parût assez de sa façon, on la trouva néanmoins si mal exécutée, que plutôt que de la lui attribuer, on aima mieux la faire passer pour une méchante copie de quelqu'un qui l'avait vue représenter et qui, en ajoutant des lambeaux à sa fantaisie à ce qu'il en avait retenu, en avait formé une pièce à sa mode.

Comme on demeurait d'accord que Molière avait fait une pièce de théâtre qui portait ce titre, j'ai fait ce que j'ai pu pour en avoir une bonne copie. Enfin un ami m'a procuré celle que je donne ici, et bien que je n'ose pas assurer positivement qu'elle soit composée par Molière, au moins paraît-elle mieux de sa façon, que l'autre que nous avons vue courir sous son nom jusqu'à présent. J'en laisse le jugement au lecteur, et me contente de donner la pièce telle que je l'ai pu avoir[1].

---

1   Un *Festin de Pierre ou L'Athée foudroyé, tragi-comédie par J.B.P. de Molière* avait été publié à Amsterdam en 1674, qui n'était autre que *Le Festin*

PERSONNAGES

a. 1683 : ACTEURS. Ordre de la liste : Don Juan, Don Louis, Elvire, Don
    Alonse et Don Carlos, Gusman, Sganarelle, La Violette et Ragotin,
    Monsieur Dimanche, La Ramée, Pierrot, Charlotte et Mathurine, La Statue
    du Commandeur, Un Spectre, Trois suivants de Don Alonse, Un Pauvre.
b. 1683 : Maîtresse de Don Juan.
c. 1683 : GUSMAN, Valet de Done Elvire.
d. 1683 : Frères de Done Elvire.
e. 1683 a simplement, en fin de liste : Un Pauvre.
f. 1683 : Paysan, Amant de Charlotte.
g. Précision absente en 1683.
h. 1683 : Bretteur.
i. 1683 : Trois suivants de Don Alonse.

ACTE I

SCÈNE 1

a. Didascalie absente en 1683.
b. 1683 : et les [coquille pour *l'on*] apprend avec lui à demeurer honnête
    homme.
c. 1683 : *t'a-t-il* découvert *son cœur*
d. 1683 : *Non, c'est qu'il est* trop *jeune*
e. 1683 : quel homme c'est Don Juan.
f. 1682 cartonnée : *ait jamais porté*, un enragé, un chien, un démon,
    un Turc, un hérétique, qui ne croit ni Ciel, ni Enfer, ni diable, qui
    passe sa vie en véritable bête brute, un pourceau d'Épicure, un vrai
    Sardanapale, qui ferme l'oreille à toutes les remontrances qu'on lui
    peut faire. *Tu me dis*

----

de Pierre de Dorimond (celui « que nous avons vu courir sous son nom
jusqu'à présent »). L'éditeur Henri Wetstein chercha à se procurer un
manuscrit qui fût complet et authentiquement de Molière. Il y parvint
sans nous dire par quelles voies assez précisément.

1683 : *ait jamais porté,* un enragé, un chien, un diable, un Turc, un hérétique, qui ne croit ni Ciel, ni Saint, ni Dieu, ni loup-garou, qui passe cette vie en véritable bête brute, en pourceau d'Épicure, en vrai Sardanaple, ferme l'oreille à toutes les remontrances chrétiennes qu'on lui peut faire, et traite de billevesées tout ce que nous croyons ; *tu me dis*

g. 1683 : pour contenter sa passion,

h. 1683 : *je ne sais où.* C'est une chose terrible, *il faut*

i. 1683 : *me réduit* à la complaisance *d'applaudir*

j. 1683 : *au moins* je te fais confidence avec grande *franchise,*

SCÈNE 2

a. 1683 : *à peu près* comme cela.

b. 1683 : *il se plaît à se promener* de lieux en lieux, et n'aime point

c. 1683 : où

d. 1683 : *mes désirs,* je me sens porté *à aimer*

e. 1683 : *ayez appris* par cœur cela, et vous parlez tout comme un livre.

f. 1682 cartonnée : *se jouer ainsi* du mariage qui… DOM JUAN : Va, va, c'est une affaire que je saurai bien démêler, sans que tu t'en mettes en peine. SGANARELLE : Ma foi ! Monsieur, vous faites une méchante raillerie. DOM JUAN : *Holà ! maître sot,*

g. 1682 cartonnée : *vous.* Et si vous êtes libertin, *vous avez vos raisons* ;

h. 1682 cartonnée : Apprenez de moi, qui suis votre valet, que les libertins ne font jamais une bonne fin, et que…

i. 1683 : *te dire qu'une* jeune beauté *me tient*

j. 1683 : alluma

k. 1683 : Hein ?

l. 1682 cartonnée : *afin que…* (*Il aperçoit D. Elvire.*) *Ah !*

SCÈNE 3

a. 1683 : *vous savez vous justifier.*

b. 1682 cartonnée : ses

c. Didascalie absente en 1683.

d. 1682 cartonnée a la didascalie *en le menaçant.*

e. 1683 : *que* pour

f. 1683 : *je m'accuse* moi-même *d'en*

g. 1683 : *appréhende* au *moins*

ACTE II

SCÈNE 1

a.   1683 : *tu t'*is
b.   1683 : Porquisenne
c.   1683 : espingle
d.   1683 : noyés tou deu
e.   1683 : d'amatin qui les avoit renversés.
f.   f 1683 : j'esquions
g.   1683 : mo
h.   1683 : *et moi* per fois
i.   1683 : fisiblement
j.   1683 : pal sanguienne
k.   1683 : des
l.   1683 : je veux bian
m. 1683 : moi je n'ai été ni fou
n.   1683 : j'ai bravement bouté quatre
o.   1683 : *car* si *hasardeux*
p.   1683 : enfin don je n'avois pas plus tôt
q.   1683 : sagniant
r.   1683 : l'on
s.   1683 : per ma fègue nayé, si je n'avions été là.
t.   1683 : *et* d'angingorniaux *boutont ces* Monsieurs-là
u.   1683 : *où* j'entrerais
v.   1683 : brasières qui ne leur *venont pas* jusqu'au *brichet,*
w. 1683 : ser l'estoumaque
x.   1683 : antonoirs
y.   1683 : *ça* tant de ribans, tant de ribans, *que*
z.   1683 : *je me* romperais le cou au cul.
aa. 1683 : veor
ab. 1683 : autre à te dire, moi.
ac. 1683 : qu'il y glia ?
ad. 1683 : Il y glia
ae. 1683 : n'est-ce que
af. 1683 : je t'ajette
ag. 1683 : *nous* aimant
ah. 1683 : elle [est] assotie
ai. 1683 : entour
aj. 1683 : *toujou* elle y *fait*

ak. 1683 : Enfin que veux-tu que je fasse ? C'est mon humeur
al. 1683 : viens-tu tarabuster l'esprit ?
am. 1683 : *qu'un peu* pus d'amiquié.
an. 1683 : Piarrot
ao. 1683 : *Je* revians à l'heure,
ap. 1683 : que j'ai

SCÈNE 2

a.   1683 : coup,
b.   1683 : *m'étonnez,* à présent que nous sommes échappés
c.   1683 : peine
d.   1683 : *à* vous *attirer*
e.   1683 : didascalie absente.
f.   1683 : *si* cela *est.*
g.   1683 : *c'est un* éclat,
h.   1683 : *comment* vous faites *quand vous parlez*
i.   1683 : *courtisans* vous *êtes* des enjôleurs
j.   1683 : *pour* vouloir *vous déshonorer ?*
k.   1683 : *de* créances
l.   1683 : *lorsque vous me* croyez, vous me rendez *justice*
m.   1683 : *ne* la croyez-vous *pas ?*

SCÈNE 3

a.   1683 : ignore cette didascalie et la plupart des suivantes.
b.   1683 : Je vous dis que vous tgnais *et* que vous ne caressiez *point*
c.   1683 : *le poussant*
d.   1683 : que je laisse faire ?
e.   1683 : *te* caresse.
f.   1683 : tu renies promesse
g.   1683 : *et je* li *aurais* bailli
h.   1683 : Attends-moi
i.   1683 : donnant un soufflet à Sganarelle qu'il croit donner *à Pierrot.*
j.   1683 : *pour éviter le coup.*
k.   1683 : *que de plaisirs,* que de plaisirs, *quand*

SCÈNE 4

a.   1683 : *témoignait* vouloir être *ma femme*
b.   1683 : partout dans les didascalies semblables, le mot *bas* est omis.
c.   1683 : *je lui* ai dit *que*

d.   1683 : li
e.   1683 : Perlez.
f.   1683 : Perlez.
g.   1683 ignore le passage de « Laissez-lui croire » à « Je vous adore » inclus.
h.   1682 cartonnée : SGANARELLE, *à ces filles*
i.   1683 : médisances,

SCÈNE 5

a.   1683 : *se* vête

ACTE III

SCÈNE 1

a.   1683 : didascalies absentes.
b.   1683 : méchante
c.   1683 : Il réchappa ?
d.   1683 ne donne pas cette réplique ni la précédente.
e.   1682 cartonnée donne, à partir de là, la fin suivante de la scène : SGA-
     NARELLE : Je veux savoir vos pensées à fond, et vous connaître un peu
     mieux que je ne fais : çà, quand voulez-vous mettre fin à vos débauches,
     et mener la vie d'un honnête homme ? DOM JUAN *lève la main pour lui*
     donner un soufflet : Ah ! maître sot, vous allez d'abord aux remontrances.
     SGANARELLE, *en se reculant* : Morbleu ! je suis bien sot en effet de vou-
     loir m'amuser à raisonner avec vous ; faites tout ce que vous voudrez, il
     m'importe bien que vous vous perdiez ou non, et que... DOM JUAN *en*
     colère : Tais-toi. Songeons à notre affaire. Ne serions-nous point égarés ?
     Appelle cet homme que voilà là-bas pour lui demander le chemin.
     SGANARELLE : Holà, ho, l'homme ; ho, mon compère ; ho, l'ami, un
     petit mot, s'il vous plaît.
f.   1683 : *Voilà un homme que j'aurais bien de la peine à convertir ; et dites-moi un*
     peu, le Moine bourru, qu'en croyez-vous ? eh ! DON JUAN : La peste soit
     du fat. SGANARELLE : Et voilà ce que je ne puis souffrir, car il n'y a rien
     de plus vrai que le Moine bourru ; et je me ferais pendre pour celui-là ;
     mais encore faut-il croire quelque chose dans le monde. Qu'est-ce donc
     que vous croyez ?
g.   1683 : Belle croyance, et les beaux articles de foi que voici ;

h.   1683 : on est
i.   1683 : tous vos livres
j.   1683 : ces orbes-là
k.   1683 : *en se tournant.*
l.   1683 : *je suis bien sot* de raisonner

SCÈNE 2

a.   1682 cartonné a FRANCISQUE à la place de UN PAUVRE, partout.
b.   1683 : Enseigne-nous
c.   1683 : *et* tourner *à main droite*
d.   1682 cartonnée termine ainsi la scène : *de tout mon cœur* de ton bon avis.
     SGANARELLE, *regardant dans la forêt* : Ha, Monsieur, quel bruit, quel
     cliquetis ! DOM JUAN, *en se retournant* : Que vois-là ? Un homme attaqué
     par trois autres ? La partie est trop inégale, et je ne dois pas souffrir cette
     lâcheté. *Il court au lieu du combat.*
e.   1683 : voulez
f.   1683 : *depuis* plus de *dix ans,*
g.   1683 : prie le Ciel
h.   1683 : *sous les dents.* DON JUAN : Voilà qui est étrange, et tu es bien mal
     reconnu de tes soins ; ah ! ah ! je m'en vais te donner un louis d'or tout à
     l'heure pourvu que tu veuilles jurer. LE PAUVRE : Ah ! Monsieur, vou-
     driez-vous que je commisse un tel péché ? DON JUAN : Tu n'as qu'à voir
     si tu veux gagner un louis d'or ou non, en voici un que je te donne si tu
     jures, tiens il faut jurer. LE PAUVRE : Monsieur. DOM JUAN : À moins
     de cela tu ne l'auras pas. SGANARELLE : Va, va, jure un peu, il n'y a pas
     de mal. DON JUAN : Prends, le voilà, prends te dis-je, mais jure donc.
     LE PAUVRE : Non, Monsieur, j'aime mieux mourir de faim. DON JUAN :
     Va, va, *je te le donne pour l'amour de l'humanité,*

SCÈNE 3

a.   1683 ne donne ni cette didascalie ni la suivante.
b.   1683 : écarté
c.   1683 : condition
d.   1683 : *un peu* un *de mes amis,*

SCÈNE 4

a.   1683 ignore cette réplique.
b.   1683 ignore cette didascalie.

c.   1683 passe directement de cet endroit à « De grâce, mon frère », sautant
     quatre répliques.
d.   1683 : arrêter, vous *dis-je,*
e.   1683 : *vous* pouvez par là juger du reste, et croire
f.   1683 : *de* tout *ce que je dois*
g.   1683 : *à me la* tenir

SCÈNE 5

a.   1683 donne une version plus courte du passage suivant : *sais-tu bien* que
     celui à qui j'ai sauvé la vie est assez honnête homme, il en a bien usé,
     et j'ai regret d'avoir du démêlé avec lui. SGANARELLE : *Il vous serait aisé*
b.   1683 : *je ne* songeais *pas*
c.   Cette didascalie et les suivantes ne sont pas dans 1683.
d.   1683 : beau
e.   1683 : avec nous.

ACTE IV

SCÈNE 1

a.   1683 : Ah, *Monsieur, ne* cherchons *point*
b.   1683 : *que vous* ne m'allez point chercher des tours,

SCÈNE 2

a.   1683 : *que je lui dis.* Il ne veut pas me *croire,*

SCÈNE 3

a.   1683 : *qu'on ne me fît parler* à *personne,*
b.   1683 : comme
c.   1683 : *entre nous deux.* SGANARELLE : Allons, assoyez-vous. MONSIEUR
     DIMANCHE : Ce n'est pas *besoin*
d.   1683 : *nouvelles* de votre famille,
e.   1683 : obligés. DON JUAN : Touchez
f.   1683 *trop*, Monsieur. *Je* …

g.   1683 : *retourne* à l'heure.
h.   1683 : MONSIEUR DIMANCHE : Il n'est pas nécessaire,
i.   1683 : *vous vous moquez*. Mais…
j.   1683 : fasse
k.   1683 ignore cette didascalie et les suivantes.

SCÈNE 4

a.   1683 : qu'il nous donne
b.   1683 : encore
c.   1683 : *seriez* bien *mieux*

SCÈNE 5

a.   1683 : *chacun* vive son tour, et j'enrage de voir que des pères *vivent autant*

SCÈNE 6

a.   1683 : *à vous*, pour vous soustraire
b.   1683 : *par* un attachement
c.   1683 : j'aurai
d.   1683 : *si je puis vous* y porter et détourer *de dessus*
e.   1683 : *prie*, ou pour l'amour de moi, ou pour l'amour de vous.
f.   1683 : *par tout ce* qu'il y a de *plus capable* pour *vous toucher*.
g.   1683 : *de demeurer* ici, *je*

SCÈNE 7

a.   1683 : *effet sur…* DON JUAN : *Vite*,
b.   1683 n'a pas cette didascalie.
c.   1683 : *Il prend un morceau d'un des plats et le met à sa bouche*. DON JUAN :
     Il semble
d.   Ce jeu de scène et les suivants ne sont pas dans 1683.
e.   1683 : *Je le crois*, Monsieur, je n'ai point mangé depuis le *matin*
f.   1683 : à donner des assiettes, et vous
g.   1683 : *baissant la tête*.

SCÈNE 8

a.   1683 ne donne pas cette précision.
b.   1683 ne donne pas cette précision.

ACTE V

SCÈNE 1

a. 1683 n'a pas cette didascalie.
b. 1683 : a fait un changement qui
c. 1683 : *le long* dérèglement
d. 1683 : ne punissant point mes crimes,
e. 1683 : *aux yeux* de tout le monde
f. 1683 : facilement

SCÈNE 2

a. 1682 cartonnée : *un témoin* des véritables motifs
b. 1682 cartonnée : Quoi ? toujours libertin et débauché, vous voulez cependant vous ériger en homme de bien ?
c. 1683 : jouer, aujourd'hui la profession
d. 1682 cartonnée : passent pour vertus. La profession d'hypocrite a de merveilleux avantages.
e. 1682 cartonnée : se les attire tous.
f. 1682 cartonnée : *sont* le plus souvent *les dupes*
g. 1682 cartonnée : bonnement
h. 1682 cartonnée : *les désordres de leur jeunesse*, et, sous un dehors *respecté*
i. 1682 cartonnée : C'est sous cet abri favorable que je veux mettre en sûreté mes affaires.
j. 1682 cartonnée : ma
k. 1682 cartonnée : *le vengeur* de la vertu opprimée
l. 1682 cartonnée : crieront contre eux
    1683 : crieront en public après eux
m. 1683 : manque
n. 1683 : m'importe
o. 1683 : *qu'enfin elle* s'y *brise,*
p. 1682 cartonnée : la vie finit par la mort...hé... songez à ce que vous deviendrez. DOM JUAN : O le beau raisonnement !

SCÈNE 3

a. 1683 ignore cette didascalie.
b. 1683 : à mon âme de changer de vie,
c. 1683 : *vous* faites *d'elle*

d.   1683 : *je veux* venir *vous prendre*
e.   1683 : *si vous* m'y *attaquez*

SCÈNE 4

a.   1683 : parle plus clairement

SCÈNE 5

a.   1683 ignore cette didascalie et la suivante.
b.   1683 : Ô Ciel ! voyez, Monsieur

SCÈNE 6

a.   1683 donne les deux dernières répliques suivantes : DON JUAN : Ô Ciel !
que sens-je ? un feu invisible me brûle, je n'en puis plus et tout mon
corps devient... SGANARELLE : Ah mes gages ! mes gages ! voilà par sa
mort un chacun satisfait, Ciel offensé, lois violées, filles séduites, familles
déshonorées, parents outragés, femmes mises à mal, maris poussés à
bout, tout le monde est content, il n'y a que moi seul de malheureux,
mes gages, mes gages, mes gages !

ANNEXES

Le lecteur trouvera ici les textes attendus et traditionnelle-ment publiés dans les éditions modernes concernant la polémique autour du Dom Juan *: les* Observations sur une comédie de Molière intitulée « Le Festin de Pierre », *la* Réponse aux Observations touchant « Le Festin de Pierre » de M. de Molière *et la* Lettre sur les Observations d'une comédie du sieur Molière intitulée « Le Festin de Pierre ». *À sa manière, Thomas Corneille, quand il donna, en 1677, une version en vers de la comédie de Molière qui fût acceptable par la censure, mit un point final à la polémique ; ce texte pourrait être ici proposé. Mais il a été l'objet d'une bonne édition (Thomas Corneille,* Le Festin de Pierre, *éd. Alain Niderst, Paris, Champion, 2000) et a été également fourni par les éditeurs de la nouvelle édition de la Pléiade (t. II, 2010, p. 1247-1309). On s'y reportera.*

ANNEXE N° 1
Observations sur une comédie de Molière
intitulée « Le Festin de Pierre »

Ces Observations sur une comédie de Molière intitulée « Le Festin de Pierre », *en leur édition originale (que la Permission date du 18 avril 1665), sont dites écrites par* B. A. Sr D. R., avocat en Parlement ; *une réimpression les attribue au* Sieur de Rochemont. *Mais qui se cache derrière ces initiales et derrière ce Rochemont, qui semble bien être un pseudonyme ? La question restera indécidable. On a pensé à Barbier d'Aucour, qui refléterait, à propos du* Dom Juan, *l'opinion des milieux rigoristes (aussi bien les jansénistes que les dévots de la Compagnie du Saint-Sacrement) sur le théâtre de Molière, exprimée d'ailleurs depuis* L'École des femmes. *Une hypothèse récente de François Rey (François Rey et Jean Lacouture,* Molière et le Roi. L'affaire Tartuffe, *2007) voudrait que les* Observations *fussent de Molière, qui se serait attaqué lui-même sous le nom de Rochemont, pour mieux se défendre ensuite ; on peut en douter.*

Ce texte, censé parler au nom des gens de bien qui défendent les intérêts de Dieu, sans passion et même pour être utile à Molière, dévoile vite une redoutable combativité. Le dramaturge et sa comédie sont bientôt ravalés et l'on va s'employer à démontrer que Molière n'est qu'un bouffon qui insulte la foi et détruit la religion. Depuis L'École des femmes *et en passant par le* Tartuffe, *Molière conduit spectateurs et lecteurs sur le chemin de l'athéisme, avec des personnages immoraux ou libertins, avec des railleries à l'égard des mystères sacrés, en attaquant la dévotion sous le nom d'hypocrisie. Molière joue la religion sur le théâtre et continue de « cracher contre le Ciel » avec son* Festin de Pierre : *les personnages y sont tous immoraux et impies et aucun ne se fait le défenseur de la religion – surtout pas le valet Sganarelle. Quant au châtiment final de l'athée Dom Juan, c'est un châtiment imaginaire, « un foudre » en peinture, assorti des ultimes vulgarités de Sganarelle. Aux dires du pamphlétaire, le public a été scandalisé par cette pièce. Comme toujours dans la polémique contre Molière, on imagine pour sa punition les châtiments divins ; plus directement, on suggère son excommunication et on en appelle au roi très chrétien pour réprimer ce théâtre impie.*

En réalité, donc, le pamphlétaire parle avec beaucoup de passion et sans charité ; et l'appel lancé aux châtiments est inquiétant. Néanmoins, son point de vue sur les comédies litigieuses doit être pris en considération.

Nous suivons le texte de l'édition originale (Paris, chez N. Pépingué, à l'entrée de la rue de la Huchette, et en sa boutique, au premier pilier de la grande salle du Palais, vis-à-vis les Consultations, au Soleil d'Or, M. DC. LXV. Avec permission), comme les éditeurs des Grands Écrivains de la France (Eugène Despois et Paul Mesnard, t. V, 1880, p. 217-232) et comme Georges Couton dans son édition de Molière (t. II, 1971, p. 1199-1208). Ce libelle aura eu au total cinq impressions successives, dans la même année 1665.

OBSERVATIONS
SUR UNE COMÉDIE DE MOLIÈRE
INTITULÉE
LE FESTIN DE PIERRE

par B. A. S^r de R[ochemont]

Il faut avouer qu'il est bien difficile de plaire à tout le monde, et qu'un homme qui s'expose en public est sujet à de fâcheuses rencontres : il peut compter autant de juges et de censeurs qu'il a d'auditeurs et de témoins de ses actions ;

et parmi cette foule de juges, il y en a si peu d'équitables et de bien sensés, qu'il est souvent nécessaire de se rendre justice à soi-même et de travailler plutôt à se satisfaire qu'à contenter les autres. Il faut prendre garde néanmoins de ne point tomber en deux défauts également blâmables ; car, s'il n'est pas à propos de déférer à toutes sortes de jugements, il n'est pas raisonnable aussi de rejeter toutes sortes d'avis, et principalement quand ils partent d'un bon principe et qu'ils sont appuyés du sentiment des sages, qui sont seuls capables de distribuer dans le monde la véritable gloire. C'est ce qui fait espérer que Molière recevra ces *Observations* d'autant plus volontiers que la passion et l'intérêt n'y ont point de part : ce n'est pas un dessein formé de lui nuire, mais un désir de le servir ; on n'en veut pas à sa personne, mais à son athée[1] ; l'on ne porte point envie à son gain ni à sa réputation ; ce n'est pas un sentiment particulier, c'est celui de tous les gens de bien ; et il ne doit pas trouver mauvais que l'on défende publiquement les intérêts de Dieu, qu'il attaque ouvertement, et qu'un chrétien témoigne de la douleur en voyant le théâtre révolté contre l'autel, la farce aux prises avec l'Évangile, un comédien qui se joue des mystères et qui fait raillerie de ce qu'il y a de plus saint et de plus sacré dans la religion.

Il est vrai qu'il y a quelque chose de galant[2] dans les ouvrages de Molière, et je serais bien fâché de lui ravir l'estime qu'il s'est acquise. Il faut tomber d'accord que, s'il réussit mal à la comédie, il a quelque talent pour la farce, et quoiqu'il n'ait ni les rencontres[3] de Gaultier-Garguille, ni les *impromptus* de Turlupin, ni la bravoure du Capitan, ni la naïveté de Jodelet, ni la panse de Gros-Guillaume, ni la

---

1   Le personnage de Dom Juan.
2   *Galant* : distingué, spirituel, non dépourvu d'agréments.
3   *Rencontres* : bons mots, trouvailles heureuses.

science du Docteur[4], il ne laisse pas de plaire quelquefois et de divertir en son genre. Il parle passablement français ; il traduit assez bien l'italien, et ne copie pas mal les auteurs ; car il ne se pique pas d'avoir le don d'invention ni le beau génie de la poésie, et ses amis avouent librement que ses pièces sont des jeux de théâtre où le comédien a plus de part que le poète, et dont la beauté consiste presque toute dans l'action[5]. Ce qui fait rire en sa bouche fait souvent pitié sur le papier, et l'on peut dire que ses comédies ressemblent à ces femmes qui font peur en déshabillé et qui ne laissent pas de plaire quand elles sont ajustées, ou à ces petites tailles qui, ayant quitté leurs patins[6], ne sont plus qu'une partie d'elles-mêmes. Je laisse là ces critiques qui trouvent à redire à sa voix et à ses gestes, et qui disent qu'il n'y a rien de naturel en lui, que ses postures sont contraintes, et qu'à force d'étudier ses grimaces, il fait toujours la même chose ; car il faut avoir plus d'indulgence pour des gens qui prennent peine à divertir le public, et c'est une espèce d'injustice d'exiger d'un homme plus qu'il ne peut, et de lui demander des agréments que la nature ne lui a pas accordés ; outre qu'il y a des choses qui ne veulent pas être vues souvent, et il est nécessaire que

---

4   Sont ici évoqués les plus célèbres farceurs de l'époque. Le trio de *Gaultier-Garguille* (avec son corps maigre habillé de noir, il était aussi capable de chanter), de *Gros-Guillaume* (avec son visage enfariné et son ventre énorme) et de *Turlupin* (sorte de Brighella à la française, meneur de jeu jouant sous le maque) faisait rire à l'Hôtel de Bourgogne dans le premier tiers du XVIIe siècle. *Jodelet*, qui appartient à la génération suivante, poursuivit la tradition des grands farceurs ; avant de jouer dans *Les Précieuses ridicules* de Molière, il fit rire les spectateurs des deux autres théâtres parisiens avec visage enfariné et sa voix nasillarde. Le *Capitan* et le *Docteur* sont des types, des emplois de la farce venus de la *commedia dell'arte*, qui eurent plus d'un titulaire.

5   L'action scénique.

6   *Patins* : soulier à semelle épaisse utilisés par les femmes petites (les *petites tailles*) pour se grandir.

le temps en fasse perdre la mémoire, afin qu'elles puissent plaire un seconde fois. Mais, quand cela serait vrai, l'on ne pourrait dénier que Molière n'eût bien de l'adresse ou du bonheur de débiter avec tant de succès sa fausse monnaie et de duper tout Paris avec de mauvaises pièces.

Voilà, en peu de mots, ce que l'on peut dire de plus obligeant et de plus avantageux pour Molière ; et certes, s'il n'eût joué que les précieuses et s'il n'en eût voulu qu'aux petits pourpoints et aux grands canons[7], il ne mériterait pas une censure publique et ne se serait pas attiré l'indignation de toutes les personnes de piété. Mais qui peut supporter la hardiesse d'un farceur qui fait plaisanterie de la religion, qui tient école du libertinage, et qui rend la majesté de Dieu le jouet d'un maître et d'un valet de théâtre[8], d'un athée qui s'en rit, et d'un valet, plus impie que son maître, qui en fait rire les autres ?

Cette pièce a fait tant de bruit dans Paris, elle a causé un scandale si public, et tous les gens de bien en ont ressenti une si juste douleur, que c'est trahir visiblement la cause de Dieu de se taire dans une occasion où sa gloire est ouvertement attaquée, où la foi est exposée aux insultes d'un bouffon qui fait commerce de ses mystères et qui en prostitue la sainteté, où un athée, foudroyé en apparence, foudroie en effet et renverse tous les fondements de la religion, à la face du Louvre[9], dans la maison d'un prince chrétien[10], à la vue de tant de sages magistrats et si zélés pour les intérêts de Dieu[11], en dérision de tant de bons pasteurs que l'on fait passer pour des tartuffes et dont l'on

---

7   Les grands canons des petits marquis !
8   Dom Juan et son valet Sganarelle.
9   Le palais du *Louvre* est la résidence royale.
10 La salle de théâtre de Molière était dans le Palais-Royal, alors habité par Monsieur, Philippe, duc d'Orléans.
11 Le Parlement de Paris et ses magistrats siégeaient dans le palais de l'Île de la Cité.

décrie artificieusement la conduite, mais principalement sous le règne du plus grand et du plus religieux monarque du monde. Cependant que ce généreux prince occupe tous ses soins à maintenir la religion, Molière travaille à la détruire ; le roi abat les temples de l'hérésie[12], et Molière élève des autels à l'impiété ; et autant que la vertu du Prince s'efforce d'établir dans le cœur de ses sujets le culte du vrai Dieu par l'exemple de ses actions, autant l'humeur libertine de Molière tâche d'en ruiner la créance[13] dans leurs esprits par la licence de ses ouvrages.

Certes, il faut avouer que Molière lui-même est un Tartuffe achevé et un véritable hypocrite, et qu'il ressemble à ces comédiens dont parle Sénèque[14], qui corrompaient de son temps les mœurs sous prétexte de les réformer, et qui, sous couleur de reprendre le vice, l'insinuaient adroitement dans les esprits ; et ce philosophe appelle ces sortes de gens des pestes d'État, et les condamne au bannissement et aux supplices. Si le dessein de la comédie est de corriger les hommes en les divertissant, le dessein de Molière est de les perdre en les faisant rire, de même que ces serpents dont les piqûres mortelles répandent une fausse joie sur le visage de ceux qui en sont atteints. La naïveté malicieuse de son Agnès[15] a plus corrompu de vierges que les écrits les plus licencieux ; son *Cocu imaginaire*[16] est une invention pour en faire de véritables ; et plus de femmes se sont débauchées à son école qu'il n'y en eut autrefois de perdues à l'école de ce philosophe[17]

---

12   Lutte sourde de Louis XIV contre le protestantisme, avant la Révocation de l'édit de Nantes, en 1685.
13   La croyance.
14   Référence introuvable.
15   L'héroïne de *L'École des femmes*.
16   *Sganarelle, ou Le Cocu imaginaire*.
17   Encore une référence introuvable.

qui fut chassé d'Athènes et qui se vantait que personne
ne sortait chaste de sa leçon. Ceux qui ont la conduite des
âmes[18] savent les désordres que ces pièces causent dans
les consciences ; et faut-il s'étonner s'ils animent leur zèle
et s'ils attaquent publiquement celui qui en est l'auteur,
après l'expérience de tant de funestes chutes ?

Toute la France a l'obligation à feu Monsieur le cardinal de Richelieu d'avoir purifié la comédie[19] et d'en avoir
retranché ce qui pouvait choquer la pudeur et blesser la
chasteté des oreilles ; il a réformé jusques aux habits et aux
gestes de cette courtisane, et peu s'en est fallu qu'il ne l'ait
rendue scrupuleuse ; les vierges et les martyrs ont paru sur
le théâtre, et l'on faisait couler insensiblement dans l'âme
la pudeur et la foi avec le plaisir et la joie[20]. Mais Molière
a ruiné tout ce que ce sage politique avait ordonné en
faveur de la comédie, et d'une fille vertueuse il en a fait
une hypocrite. Tout ce qu'elle avait de mauvais avant ce
grand cardinal, c'est qu'elle était coquette et libertine ;
elle écoutait tout indifféremment et disait de même tout
ce qui lui venait à la bouche ; son air lascif et ses gestes
dissolus rebutaient tous les gens d'honneur, et l'on n'eût
pas vu, en tout un siècle, une honnête femme lui rendre
visite. Molière a fait pis : il a déguisé cette coquette et,
sous le voile de l'hypocrisie, il a caché ses *obscénités*[21] et ses

---

18   Les directeurs de conscience.
19   Comprendre : le théâtre. Allusion à la réforme, à la réhabilitation et à
     la purification du théâtre voulues par le cardinal Richelieu.
20   Allusion aux tragédies religieuses et autres pièces de saints – appelées
     « comédies de dévotion » –, qui fleurirent pendant une dizaine d'années
     à partir de 1640, comme le *Polyeucte* et la *Théodore* de Pierre Corneille,
     ou *Le Véritable saint Genest* de Rotrou.
21   Le mot est en italique car, d'une part, il est encore nouveau, et d'autre
     part, Molière l'avait employé dans *La Critique de L'École des femmes*,
     scène 3.

malices[22]. Tantôt il l[23]'habille en religieuse et la fait sortir d'un couvent[24] : ce n'est pas pour garder plus étroitement ses vœux ; tantôt il la fait paraître en paysanne[25], qui fait bonnement la révérence quand on lui parle d'amour ; quelquefois c'est une innocente[26] qui tourne, par des équivoques étudiées, l'esprit à de sales pensées. Et Molière, le fidèle interprète de sa naïveté, tâche de faire comprendre par ses postures ce que cette pauvre niaise n'ose exprimer par ses paroles[27]. Sa *Critique* est un commentaire pire que le texte et un supplément de malice à l'ingénuité de son Agnès[28] ; et confondant enfin l'hypocrisie avec l'impiété, il a levé le masque à sa fausse dévote, et l'a rendue publiquement impie et sacrilège[29].

Je sais que l'on ne tombe pas tout d'un coup dans l'athéisme ; on ne descend que par degrés dans cet abîme, on n'y va que par une longue suite de vices et que par un enchaînement de mauvaises actions qui mènent de l'une à l'autre. L'impiété, qui craint le feu[30] et qui est condamnée par toutes les lois, n'a garde d'abord de se rebeller contre Dieu, ni de lui déclarer la guerre ; elle a sa prudence et sa politique, ses tours et ses détours, ses commencements et

---

22 *Malices* : perversités.

23 Ce *l'* renvoie normalement à la comédie, devenue allégorie ; mais par un curieux glissement, la comédie est assimilée à divers personnages féminins de Molière.

24 Elvire dans *Dom Juan*.

25 Charlotte dans *Dom Juan*.

26 Agnès dans *L'École des femmes*, avec son fameux *le*.

27 Allusion unique à un jeu de scène prétendu lors des représentations de *L'École des femmes*.

28 Molière a commenté ce *le* dans sa *Critique de L'École des femmes*, scène 3.

29 Difficile de faire d'Agnès une hypocrite et une impie : elle suit seulement sa nature.

30 Le feu du bûcher, avant le feu de l'enfer.

ses progrès. Tertullien[31] dit que la chasteté et la foi ont une alliance très étroite ensemble, que le démon attaque ordinairement la pudeur des vierges avant que de combatte leur foi, et qu'elles n'abandonnent l'une qu'après la perte de l'autre. L'impie qui est l'organe du démon tient les mêmes maximes ; il insinue d'abord quelque proposition libertine ; il corrompt les mœurs et raille ensuite des mystères ; il tourne en ridicule le paradis et l'enfer ; il décrie la dévotion sous le nom d'hypocrisie ; il prend Dieu à partie et fait gloire de son impiété à la vue de tout un peuple.

C'est par ces degrés que Molière a fait monter l'athéisme sur le théâtre ; et après avoir répandu dans les âmes ces poisons funestes, qui étouffent la pudeur et la honte ; après avoir pris soin de former des coquettes et de donner aux filles des instructions dangereuses ; après des écoles fameuses d'impureté, il en a tenu d'autres pour le libertinage, et il marque visiblement dans toutes ses pièces le caractère de son esprit. Il se moque également du paradis et de l'enfer, et croit justifier suffisamment ses railleries en les faisant sortir de la bouche d'un étourdi : « Ces paroles d'*enfer* et de *chaudières bouillantes* sont assez justifiées par l'extravagance d'Arnolphe, et par l'innocence de celle à qui il parle[32]. » Et voyant qu'il choquait toute la religion et que tous les gens de bien lui seraient contraires, il a composé son *Tartuffe* et a voulu rendre les dévots des ridicules ou des hypocrites ; il a cru qu'il ne pouvait défendre ses maximes qu'en faisant la satire de ceux qui les pouvaient condamner. Certes, c'est bien à faire à Molière de parler de la dévotion, avec laquelle

---

31   Selon l'annotation des G. E. F., il est fait allusion ici à un passage du *De monogamia* (*Le Mariage unique*), où Tertullien montre le lien inverse : la foi est attaquée avant les mœurs.

32   Citation de *La Critique de L'École des femmes*, scène 6, où Molière se défend en effet.

il a si peu de commerce[33] et qu'il n'a jamais connue ni par pratique ni par théorie. L'hypocrite et le dévot ont une même apparence, ce n'est qu'une même chose dans le public ; il n'y a que l'intérieur qui les distingue ; et afin « de ne point laisser d'équivoque et d'ôter tout ce qui peut confondre le bien et le mal[34] », il devait faire voir ce que le dévot fait en secret, aussi bien que l'hypocrite. Le dévot jeûne pendant que l'hypocrite fait bonne chère, il se donne la discipline[35] et mortifie ses sens, pendant que l'autre s'abandonne aux plaisirs et se plonge dans le vice et la débauche à la faveur des ténèbres ; l'homme de bien soutient la chasteté chancelante et la relève lorsqu'elle est tombée, au lieu que l'autre, dans l'occasion, tâche à la séduire ou à profiter de sa chute. Et comme, d'un côté, Molière enseigne à corrompre la pudeur, il travaille, de l'autre, à lui ôter tous les secours qu'elle peut recevoir d'une véritable et solide piété.

Son avarice ne contribue pas peu à échauffer sa veine contre la religion. « Je connais son humeur : il ne se soucie pas qu'on fronde ses pièces, pourvu qu'il y vienne du monde[36]. » Il sait que les choses défendues irritent le désir, et il sacrifie hautement à ses intérêts tous les devoirs de la piété. C'est ce qui lui fait porter avec audace la main au sanctuaire ; et il n'est point honteux de lasser tous les jours la patience d'une grande reine[37], qui est continuellement en peine de faire réformer ou supprimer ses ouvrages. Il est vrai que la foule est grande à ses pièces et que la curiosité y attire du monde de toutes parts. Mais les gens de

---

33   Si peu de rapport. Une autre édition adoucit l'accusation contenue dans le membre de phrase suivant par un « et qu'il n'a *peut-être* jamais connue ».

34   Citation du *Premier placet*, qui devait circuler en manuscrit.

35   *Discipline* : le fouet qui servait à la pénitence et que Tartuffe prétend utiliser (*Tartuffe*, III, 2, v. 853).

36   Autre citation de *La Critique de L'École des femmes*, scène 6.

37   La reine mère, Anne d'Autriche.

bien les regardent comme des prodiges : ils s'y arrêtent de même qu'aux éclipses et aux comètes, parce que c'est une chose inouïe en France de jouer la religion sur un théâtre. Et Molière a très mauvaise raison de dire qu'il n'a fait que traduire cette pièce de l'italien et la mettre en français[38] ; car je lui pourrais repartir que ce n'est point là notre coutume ni celle de l'Église. L'Italie a des vices et des libertés que la France ignore ; et ce royaume très chrétien a cet avantage sur tous les autres, qu'il s'est maintenu toujours dans la pureté de la foi et dans un respect inviolable de ses mystères. Nos rois, qui surpassent en grandeur et en piété tous les princes de la terre, se sont montrés très sévères en ces rencontres[39], et ils ont armé leur justice et leur zèle autant de fois qu'il s'est agi de soutenir l'honneur des autels et d'en venger la profanation. Où en serions-nous, si Molière voulait faire des versions de tous les mauvais livres italiens, et s'il introduisait dans Paris toutes les pernicieuses coutumes des pays étrangers ? Et de même qu'un homme qui se noie se prend à tout, il ne se soucie pas de mettre en compromis[40] l'honneur de l'Église pour se sauver, et il semble, à l'entendre parler, qu'il ait un bref[41] particulier du pape pour jouer des pièces ridicules, et que Monsieur le Légat ne soit venu en France que pour leur donner son approbation[42].

Je n'ai pu m'empêcher de voir cette pièce aussi bien que les autres, et je m'y suis laissé entraîner par la foule,

---

38 Jamais Molière ne s'est excusé ainsi ! L'histoire de Dom Juan avait transité de l'espagnol à l'italien avant d'arriver en France et d'être reprise par Molière.

39 *En ces rencontres* : sur cette question.

40 *Mettre en compromis* : compromettre.

41 *Bref* : lettre du pape, moins importante qu'une bulle pontificale.

42 Le Légat Chigi assista à la première du *Tartuffe* en juillet 1664, et Molière eut l'occasion de lui lire sa comédie ; le cardinal approuva la pièce et Molière fait mention de cette approbation dans son *Premier Placet*.

d'autant plus librement que Molière se plaint qu'on le condamne sans le connaître, et que l'on censure ses pièces sans les avoir vues. Mais je trouve que sa plainte est aussi injuste que sa comédie est pernicieuse ; que sa farce, après l'avoir bien considérée, *est* vraiment *diabolique, et* vraiment *diabolique son cerveau*[43], et que rien n'a jamais paru de plus impie, même dans le paganisme. Auguste fit mourir un bouffon qui avait fait raillerie de Jupiter, et défendit aux femmes d'assister à des comédies plus modestes que celles de Molière. Théodose condamna aux bêtes des farceurs qui tournaient en dérision nos cérémonies[44] ; et néanmoins cela n'approche point de l'emportement de Molière, et il serait difficile d'ajouter quelque chose à tant de crimes dont sa pièce est remplie. C'est là que l'on peut dire que l'impiété et le libertinage se présentent, à tous moments, à l'imagination : une religieuse débauchée et dont on publie la prostitution[45] ; un pauvre à qui l'on donne l'aumône à condition de renier Dieu[46] ; un libertin qui séduit autant de filles qu'il en rencontre ; un enfant qui se moque de son père et qui souhaite sa mort[47] ; un impie qui raille le Ciel et qui se rit de ses foudres ; un athée qui réduit toute la foi à *deux et deux sont quatre, et quatre et quatre sont huit*[48] ; un extravagant qui raisonne grotesquement de Dieu et qui, par une chute affectée, *casse le nez à ses arguments*[49] ; un valet infâme, fait au badinage de son maître, dont toute la

---

43   Dans le même *Premier Placet*, Molière reprenait ironiquement les expressions du dangereux curé Roullé, citées ici en italiques.

44   Ces anecdotes sur Auguste et Théodose semblent inventées.

45   Toujours Elvire du *Dom Juan* (mais avant sa conversion).

46   L'auteur du pamphlet a donc vu la première représentation de *Dom Juan*, avec la scène du pauvre complète (III, 2).

47   *Dom Juan*, IV, 4.

48   III, 1.

49   *Ibid.*

créance aboutit au moine bourru, *car pourvu que l'on croie le moine bourru, tout va bien, le reste n'est que bagatelle*[50] ; un démon qui se mêle dans toutes les scènes et qui répand sur le théâtre les plus noires fumées de l'enfer ; et enfin un Molière, pire que tout cela, habillé en Sganarelle[51], qui se moque de Dieu et du diable, qui joue le Ciel et l'enfer, qui souffle le chaud et le froid, qui confond la vertu et le vice, qui croit et ne croit pas, qui pleure et qui rit, qui reprend et qui approuve, qui est censeur et athée, qui est hypocrite et libertin, qui est homme et démon tout ensemble : *un diable incarné*[52], comme lui-même se définit. Et cet homme de bien appelle cela corriger les mœurs des hommes en les divertissant[53], donner des exemples de vertu à la jeunesse, réprimer galamment[54] les vices de son siècle, traiter sérieusement les choses saintes, et couvre cette belle morale d'un feu de charte[55] et d'un foudre[56] imaginaire et aussi ridicule que celui de Jupiter, dont Tertullien raille si agréablement[57], et qui, bien loin de donner de la crainte aux hommes, ne pouvait pas chasser une mouche ni faire peur à une souris. En effet, ce prétendu foudre apprête un nouveau sujet de risée aux spectateurs, et n'est qu'une

---

50   Ou la citation de III, 1 est volontairement inexacte, ou nous avons là un texte encore plus audacieux que celui de 1683, que Molière aurait vite édulcoré.

51   Molière tenait en effet lui-même le rôle de Sganarelle.

52   Toujours une reprise du *Premier Placet* ; mais Molière reprenait ironiquement le mot du curé Roullé, alors que notre pamphlétaire le prend au premier degré, comme le faisait le curé Roullé. Ce n'est évidemment pas Molière qui se définit comme un diable incarné !

53   Nouvelle allusion au *Premier Placet*.

54   Avec habileté.

55   Un feu de cartons. Allusion à la machinerie du dénouement et aux grands feux qui engloutissent l'impie Dom Juan.

56   Le mot peut encore être masculin au XVIIe siècle. Ce sont le tonnerre et les éclairs du dénouement, préludes à l'engloutissement du héros.

57   *Apologétique*, chapitre XI.

occasion à Molière pour braver, en dernier ressort, la justice du Ciel, avec une âme de valet intéressée, en criant : *Mes gages, mes gages*[58] *!* Car voilà le dénouement de la farce : ce sont les beaux et généreux mouvements qui mettent fin à cette galante pièce ; et je ne vois pas en tout cela où est l'esprit, puisqu'il avoue lui-même *qu'il n'est rien plus facile que de se guinder sur des grands sentiments, de dire des injures aux dieux*[59], et de cracher contre le Ciel.

Il y a quatre sortes d'impies qui combattent la divinité : les uns déclarés, qui attaquent hautement la majesté de Dieu, avec le blasphème dans la bouche ; les autres cachés, qui l'adorent en apparence et qui le nient dans le fond du cœur ; il y en a qui croient un Dieu par manière d'acquit, et qui, le faisant ou aveugle ou impuissant, ne le craignent pas ; les derniers enfin, plus dangereux que tous les autres, ne défendent la religion que pour la détruire ou en affaiblissant malicieusement ses preuves ou en ravalant adroitement la dignité de ses mystères. Ce sont ces quatre sortes d'impiétés que Molière a étalées dans sa pièce et qu'il a partagées entre le maître et le valet. Le maître est athée et hypocrite, et le valet est libertin et malicieux[60]. L'athée se met au-dessus de toutes choses et ne croit point de Dieu ; l'hypocrite garde les apparences et au fond il ne croit rien. Le libertin a quelque sentiment de Dieu, mais il n'a point de respect pour ses ordres ni de crainte pour ses foudres ; et le malicieux raisonne faiblement et traite avec bassesse et en ridicule les choses saintes. Voilà ce qui

---

58 La répétition de *Mes gages !* par Sganarelle dans sa dernière réplique de la pièce était d'origine (elle se trouve dans l'édition de 1683), avant d'être supprimée dans la publication de 1682.

59 Encore un renvoi à *La Critique de L'École des femmes*, scène 6, où Dorante prône la supériorité de la comédie sur la tragédie, plus facile. L'auteur des *Observations* a décidément lu son Molière !

60 *Malicieux* : pervers, mauvais.

compose la pièce de Molière. Le maître et le valet jouent
la divinité différemment : le maître attaque avec audace
et le valet défend avec faiblesse ; le maître se moque du
Ciel et le valet se rit du foudre qui le rend redoutable ; le
maître porte son insolence jusqu'au trône de Dieu, et le
valet *donne du nez en terre* et devient camus avec son raisonnement[61] ; le maître ne croit rien, et le valet ne croit que le
Moine bourru. Et Molière ne peut parer au juste reproche
qu'on lui peut faire d'avoir mis la défense de la religion
dans la bouche d'un valet impudent, d'avoir exposé la foi
à la risée publique, et donné à tous ses auditeurs des idées
du libertinage et de l'athéisme, sans avoir eu soin d'en
effacer les impressions. Et où a-t-il trouvé qu'il fût permis
de mêler les choses saintes avec les profanes, de confondre
la créance des mystères avec celle du Moine bourru, de
parler de Dieu en bouffonnant et de faire une farce de la
religion ? Il devait pour le moins susciter quelque acteur
pour soutenir la cause de Dieu et défendre sérieusement
ses intérêts. Il fallait réprimer l'insolence du maître et du
valet et réparer l'outrage qu'ils faisaient à la majesté divine ;
il fallait établir par de solides raisons les vérités qu'il discrédite par des railleries ; il fallait étouffer les mouvements
d'impiété que son athée fait naître dans les esprits. – Mais
le foudre ? – Mais le foudre est un foudre en peinture, qui
n'offense point le maître et qui fait rire le valet ; et je ne
crois pas qu'il fût à propos, pour l'édification de l'auditeur,
de se gausser du châtiment de tant des crimes, ni qu'il y
eût sujet à Sganarelle de railler en voyant son maître foudroyé, puisqu'il était complice de ses crimes et le ministre
de ses infâmes plaisirs.

---

61   Autre allusion au grotesque raisonnement de Sganarelle, III, 1, qui se
     termine par sa chute et qui le laisse *camus* – c'est-à-dire, dans les deux
     sens du mot, à la fois le nez aplati par sa chute et tout penaud !

Molière devrait rentrer en lui-même et considérer qu'il est très dangereux de se jouer à[62] Dieu, que l'impiété ne demeure jamais impunie, et que si elle échappe quelquefois aux feux de la terre, elle ne peut éviter ceux du Ciel, qu'un abîme attire un autre abîme[63], et que les foudres de la justice divine ne ressemblent pas à ceux du théâtre ; ou, pour le moins, s'il a perdu tout respect pour le Ciel (ce que pieusement je ne veux pas croire), il ne doit pas abuser de la bonté d'un grand prince ni de la piété d'une reine si religieuse, à qui il est à charge et dont il fait gloire de choquer les sentiments. L'on sait qu'il se vante hautement qu'il fera paraître son *Tartuffe* d'une façon ou d'une autre[64] ; et le déplaisir que cette grande reine en a témoigné n'a pu faire impression sur son esprit ni mettre des bornes à son insolence. Mais s'il lui restait encore quelque ombre de pudeur, ne lui serait-il pas fâcheux d'être en butte à tous les gens de bien, de passer pour un libertin dans l'esprit de tous les prédicateurs, et d'entendre toutes les langues que le Saint-Esprit anime déclamer contre lui dans les chaires et condamner publiquement ses nouveaux blasphèmes ? Et que peut-on espérer d'un homme qui ne peut être ramené à son devoir ni par la considération d'une princesse si vertueuse et si puissante, ni par les intérêts de l'honneur, ni par les motifs de son propre salut ?

Certes, Molière n'est-il pas digne de pitié ou de risée, et n'y a-t-il pas sujet de plaindre son aveuglement ou de rire de sa folie, lorsqu'il dit *qu'il lui est très fâcheux d'être exposé aux reproches des gens de bien, que cela est capable de lui faire tort dans le monde, et qu'il a intérêt de conserver sa réputation*[65], puisque

---

62   *Se jouer à* : s'attaquer à.

63   Citation du Psaume 41 de la Vulgate, verset 8 : « *Abyssus abyssum vocat* ».

64   L'annonce courait donc d'un *Tartuffe* remanié, le futur *Panulphe*.

65   Sixième renvoi au texte du *Premier Placet*, cette fois avec une citation inexacte.

la vraie gloire consiste dans la vertu, et qu'il n'y a point d'honnête homme que celui qui craint Dieu et qui édifie le prochain ? C'est à tort qu'il se glorifie d'une vaine réputation et qu'il se flatte d'une fausse estime que les coupables ont pour leurs compagnons et leurs complices. Le brouhaha du parterre n'est pas toujours une marque de l'approbation des spectateurs : l'on rit plutôt d'une sottise que d'une bonne chose ; et s'il pouvait pénétrer dans le sentiment de tous ceux qui font la foule à ses pièces, il connaîtrait que l'on n'approuve pas toujours ce qui divertit et ce qui fait rire. Je ne vis personne qui eût mine d'honnête homme sortir satisfait de sa comédie. La joie s'était changée en horreur et en confusion, à la réserve de quelques jeunes étourdis, qui criaient tout haut que Molière avait raison, que la vie des pères était trop longue pour le bien des enfants, que ces bonnes gens étaient effroyablement importuns avec leurs remontrances, et que l'endroit du fauteuil était merveilleux[66]. Les étrangers mêmes en ont été très scandalisés, jusque-là qu'un ambassadeur ne put s'empêcher de dire qu'il y avait bien de l'impiété dans cette pièce. Un marquis, après avoir embrassé Molière et l'avoir appelé cent fois inimitable, se tournant vers l'un de ses amis, lui dit qu'il n'avait jamais vu un plus mauvais bouffon ni une farce plus pitoyable ; et je connus[67] par là que le marquis jouait quelquefois Molière, de même que Molière raille quelquefois le marquis. Il me fâche de ne pouvoir exprimer l'action[68] qu'une dame qui était priée par Molière de lui dire son sentiment : « Votre

---

66   Voir *Dom Juan*, IV, 5, début, où Dom Juan se met dans son fauteuil après avoir souhaité la mort de son père, venu lui faire des remontrances en IV, 4. Déjà à la fin de cette scène, après la tirade de remontrances de son père, Dom Juan avait insolemment proposé à Dom Louis de s'asseoir afin d'être mieux pour parler !

67   Et je me rendis compte.

68   *L'action* : l'attitude, les gestes.

figure[69], lui répondit-elle, baisse la tête, et moi je la secoue »,
voulant dire que ce n'était rien qui vaille. Et enfin, sans
m'ériger en casuiste[70], je ne crois pas faire un jugement
téméraire d'avancer qu'il n'y a point d'homme si peu éclairé
des lumières de la foi qui, ayant vu cette pièce ou qui
sachant ce qu'elle contient, puisse soutenir que Molière,
dans le dessein de la jouer, soit capable de la participation
des sacrements, qu'il puisse être reçu à pénitence sans une
réparation publique, ni même qu'il soit digne de l'entrée de
l'église[71], après les anathèmes que les conciles ont fulminés
contre les auteurs des spectacles impudiques ou sacrilèges,
que les Pères[72] appellent les naufrages de l'innocence, et
des attentats contre la souveraineté de Dieu.

Nous avons l'obligation aux soins de notre glorieux
et invincible monarque d'avoir nettoyé ce royaume de la
plupart des vices qui ont corrompu les mœurs des siècles
passés, et qui ont livré de si rudes assauts à la vertu de nos
pères. Sa Majesté ne s'est pas contentée de donner la paix
à la France ; Elle a voulu songer à son salut et réformer son
intérieur ; Elle l'a délivrée de ces monstres qu'elle nour-
rissait dans son sein, et de ces ennemis domestiques qui
troublaient sa conscience et son repos. Elle en a désarmé
une partie, Elle a étouffé l'autre, et les a mis tous hors
d'état de nous nuire[73]. L'hérésie, qui a fait tant de ravages
dans cet État, n'a plus de mouvement ni de force ; et, si

---

69   La figure est la statue du Commandeur qui baisse la tête en III, 5.
70   Un *casuiste* est un théologien qui s'applique à résoudre les *cas*, les diffi-
      cultés de la conscience pour orienter le jugement moral.
71   Divers peines prévues par l'Église à l'encontre des pécheurs, de la pri-
      vation des sacrements à l'excommunication pure et simple.
72   On sait l'hostilité foncière des Pères de l'église grecs et latins à l'endroit
      des spectacles – hostilité qui sert de fondement à la condamnation du
      théâtre par les rigoristes contemporains de Molière.
73   Allusion probable à la répression de la Fronde.

elle respire encore, s'il lui reste quelque marque de vie, l'on peut dire avec assurance qu'elle est aux abois et qu'elle tire continuellement à sa fin[74]. La fureur du duel, qui ôtait à la France son principal appui et qui l'affaiblissait tous les jours par des saignées mortelles et dangereuses, a été tout d'un coup arrêtée par la rigueur des édits. Cet art de jurer de bonne face, qui passait pour un agrément du discours dans la bouche d'une jeunesse étourdie, n'est plus en usage et ne trouve plus ni de maîtres qui l'enseignent, ni de disciples qui le veuillent pratiquer[75]. Mais le zèle de ce grand roi n'a point donné de relâche ni de trêve à l'impiété ; il l'a poursuivie partout où il l'a pu découvrir et ne lui a laissé en son royaume aucun lieu de retraite ; il l'a chassée des églises où elle allait morguer insolemment la majesté de Dieu jusque sur les autels ; il l'a bannie de la cour, où elle entretenait sourdement des pratiques ; il a châtié ses partisans ; il a ruiné ses écoles ; il a dissipé ses assemblées, il a condamné hautement ses maximes ; il l'a reléguée dans les Enfers où elle a pris son origine[76].

Et néanmoins, malgré tous les soins de ce grand prince, elle retourne aujourd'hui, comme en triomphe, dans la ville capitale de ce royaume ; elle monte avec impudence sur le théâtre ; elle enseigne publiquement ses détestables maximes, et répand partout l'horreur du sacrilège et du blasphème. Mais nous avons tout sujet d'espérer que ce même bras qui est l'appui de la religion abattra tout à fait ce monstre et confondra à jamais son insolence. L'injure qui est faite à

---

74   Voir *supra*, à la n. 12.

75   Allusions successives aux édits sévères contre le duel et aux ordonnances contre le juron, assimilé au blasphème, comme on l'a vu avec la scène du Pauvre, en *Dom Juan*, III, 2.

76   Trouver des faits et événements précis derrière ces généralités n'est pas une tâche aisée et oblige à nombre d'hypothèses !

Dieu rejaillit sur la face des rois, qui sont ses lieutenants et ses images ; et le trône des rois n'est affermi que par celui de Dieu. Il ne faut qu'un homme de bien, quand il a la puissance, pour sauver un royaume ; il ne faut qu'un athée, quand il a la malice, pour le ruiner et pour le perdre. Les déluges, la peste et la famine sont les suites que traîne après soi l'athéisme ; et, quand il est question de le punir, le Ciel ramasse tous les fléaux de sa colère pour en rendre le châtiment plus exemplaire. La sagesse du roi détournera ces malheurs que l'impiété veut attirer dessus nos têtes ; elle affermira les autels que l'on s'efforce d'abattre ; et l'on verra partout la religion triompher de ses ennemis sous le règne de ce pieux et de cet invincible monarque, la gloire de son siècle, l'ornement de son État, l'amour de ses sujets, la terreur des impies, les délices de tout le genre humain. *Vivat Rex, vivat in aeternum !* Que le Roi vive, mais qu'il vive éternellement[77] pour le bien de l'Église, pour le repos de l'État, et pour la félicité de tous les peuples !

FIN

---

77   Traduction de la formule latine précédente, qui est biblique.

ANNEXE N° 2
Réponse aux Observations touchant
Le Festin de Pierre de Monsieur de Molière

Cette réponse d'un néophyte (ou du moins qui se dit tel) est assez faible. Elle s'en prend davantage à l'auteur des Observations – *un « réformateur », adversaire de toute comédie, fort peu charitable, un envieux haineux qui diffame Molière, « vomit » contre lui et cherche à le perdre aux yeux du Prince – qu'elle ne produit une argumentation ; l'auteur se contente d'escarmouches, d'ironies de détail. Il est vrai que pour lui, Molière n'a pas besoin d'être défendu : il n'est certainement pas un impie ; et, s'il n'a pas à être un prédicateur, Molière a bien corrigé les hommes en les divertissant : la foudre finale est un bon avertissement, qui met en garde le public contre les mœurs pernicieuses.*

Aucune indication sur l'auteur de cette Réponse, *la première des deux répliques aux* Observations *qu'annonça le gazetier Robinet, le 9 août 1665. On a pensé à Donneau de Visé.*

Ce libelle a été publié à Paris, chez Gabriel Quinet, au Palais, dans la Galerie des Prisonniers, à l'Ange Gabriel, en 1665 (probablement à la fin de juillet), avec permission mais sans achevé d'imprimer. In-12 de 32 p ; on en connaît deux éditions. Des exemplaires sont conservés à la BnF (A. S. : 8-RF-3127 (RES, 2) et Arsenal : 8-BL-12848 [3]) et à la Bibliothèque de la Sorbonne (VCR 6=11835 ; ressource électronique).

RÉPONSE AUX OBSERVATIONS
TOUCHANT *LE FESTIN DE PIERRE*
DE MONSIEUR DE MOLIÈRE

Ces anciens philosophes qui nous ont soutenu que la vertu avait d'elle-même assez de charmes[78] pour n'avoir pas besoin de partisans qui découvrissent sa beauté par une éloquence étudiée, changeraient sans doute de sentiment, s'ils pouvaient voir combien les hommes d'aujourd'hui l'ont défigurée sous prétexte de l'embellir ; ils se sont imaginé qu'elle paraîtrait bien plus aimable, s'ils en rendaient l'acquisition plus difficile et plus épineuse ; et ce pernicieux dessein leur a réussi si heureusement qu'on ne saurait plus passer pour vertueux que l'on ne se prive de tous les plaisirs qui n'ont pas la vertu pour leur unique objet ; et comme ils se sont aperçus que la comédie[79] en était un, puisqu'elle mortifie moins les sens qu'elle ne les divertit, ils l'ont dépeinte comme l'ennemie et la rivale de la vertu ; ils prétendent qu'elle soit incompatible avec les plaisirs les plus innocents ; et ainsi, de cette familière déesse qui s'accommode avec les gens de tous métiers et de tous âges, ils en ont fait la plus austère et la plus jalouse de toutes les divinités.

L'auteur à qui je réponds est un de ces sages réformateurs ; mais, comme il est encore apprentif[80] dans le métier, il n'ose pas condamner ouvertement ce que nos prédécesseurs ont toujours permis : il s'est contenté de nous faire la guerre en renard[81] ; et lorsqu'il a voulu nous montrer que la comédie en général était un divertissement que les gens de

---

78   *Charmes* : puissants attraits, quasi magiques.
79   Le théâtre et le théâtre comique.
80   Forme d'*apprenti* encore au XVIIᵉ siècle.
81   Faire la guerre en renard, c'est faire la guerre en déployant des ruses.

bien n'approuvaient point, il en a pris une en particulier, où son adresse a supposé[82] mille impiétés, pour couvrir le dessein qu'il a de détruire toutes les autres. On a beau lui dire que, puisqu'il ne doit pas répondre de la candeur publique[83], il devrait laisser à nos évêques et à nos prélats le soin de sanctifier nos mœurs, il soutient que c'est le devoir d'un chrétien de corriger tous ceux qui manquent[84] ; et sans considérer qu'il n'est pas plus blâmable de souffrir les impiétés qu'on pourrait empêcher que d'ambitionner à passer pour le réformateur de la vie humaine[85], il vient de composer un livre où il se déclare le plus ferme appui et le meilleur soutien de la vertu. Mais ne m'avouera-t-on point qu'il s'y prend bien mal pour nous persuader que la véritable dévotion le fait agir, lorsqu'il traite M. de Molière de démon incarné parce qu'il a fait des pièces galantes[86] et qu'il n'emploie pas ce beau talent que la nature lui a donné à traduire la vie des saints Pères[87] ?

Il s'est si bien imaginé que c'est une charité des plus chrétiennes de diffamer un homme pour l'obliger à vivre saintement que, si cette manière de corriger les gens pouvait avoir un jour l'approbation des docteurs et qu'il fût permis de juger de la bonté d'une âme par le nombre des auteurs que sa plume aurait décriés, je réponds, de l'humeur dont je le connais, qu'on n'attendrait point après sa mort pour le canoniser. Ce n'était pourtant pas assez qu'il aimât la satire pour vomir contre M. de Molière comme il a fait ; il

---

82 A attribué faussement, a substitué.

83 Puisqu'il n'est pas comptable de la moralité publique.

84 *Manquer* : commettre une faute.

85 Comprendre que cette ambition est de l'orgueil et s'avère au moins aussi condamnable que de tolérer (*souffrir*) des impiétés.

86 *Galantes* : élégantes, distinguées.

87 Le janséniste Arnauld d'Andilly avait publié une traduction des *Vies des saints Pères du désert*.

lui fallait encore quelque vieille animosité ou quelque haine
secrète pour tous les beaux esprits ; car quelle apparence
y a-t-il qu'il paraisse à ses yeux un diable vêtu de chair
humaine parce qu'il a fait une pièce intitulée *Le Festin de
Pierre* ? Elle est, dit-il, tout à fait scandaleuse et diabolique ;
on y voit un enfant mal élevé qui réplique à son père, une
religieuse qui sort de son couvent ; et à la fin ce n'est qu'une
raillerie que le foudre qui tombe sur ce débauché.

C'est le bien prendre, en effet. Vous avez tort, Monsieur
de Molière ; il fallait que le père fût absolu, qu'il parlât
toujours sans que le fils osât lui dire mot ; que la religieuse,
bien loin de paraître sur un théâtre, fît dans son couvent
une pénitence perpétuelle de ses péchés ; et cet athée supposé n'en devait point échapper : ses abominations, toutes
feintes qu'elles étaient[88], méritaient bien, pour leur mauvais
exemple, une punition effective. L'intrigue de cette comédie
aurait été bien mieux conduite, s'il n'y avait paru, pour
tous personnages, qu'un père qui eût fait des leçons à son
fils, et qui eût invoqué la colère de Dieu pour l'exterminer,
lorsqu'il le trouvait sourd aux bonnes inspirations.

Notre auteur trouve que la morale en aurait été bien
plus belle et les sentiments plus chrétiens, si ce jeune éventé
se fût retiré de ses débauches et qu'il eût été touché de ce
que Dieu lui disait pas la bouche de son père ; et si on lui
montre qu'il est de l'essence de la pièce que le foudre écrase
quelqu'un, et que par conséquent il nous faut supposer un
homme d'une vie déréglée et qui soit toujours insensible
aux bons mouvements, lui dont les soins ne butent[89] qu'à
la conversion universelle, nous répliquera sans doute que
l'exemple n'en aurait été que plus touchant si, malgré

---

88 Bien que ces abominations ne soient que des fictions de théâtre.
89 *Buter à* : viser à.

cet amendement de vie, il n'avait pas laissé de recevoir le châtiment de ses anciennes impudicités.

Hélas ! où en serions-nous, si les contritions et les pénitences ne pouvaient désarmer la main de Dieu, et que ce fût pour nous une nécessité indispensable d'en venir à la punition au sortir de l'offense ? Mais pourquoi Dieu nous aurait-il fait une loi de pardonner à nos ennemis, s'il n'avait voulu lui-même la suivre ? Et puisqu'il nous a dit qu'il voudrait que tout le monde fût heureux, ne se contrarierait-il[90] point en nous laissant une pente si naturelle pour le mal, s'il ne nous réservait une miséricorde plus grande que notre esprit n'est faible et léger ? Nous devons croire qu'il est juste, et non pas vindicatif : il punit une âme égarée qui persévère dans ses emportements, mais il oublie le passé quand elle s'est remise dans le bon chemin. Tombez donc d'accord que Monsieur de Molière ne vous a point donné de mauvais exemple, lorsqu'il a fait paraître un jeune homme qui avait tant d'antipathie pour les bonnes actions. Le dessein qu'il a eu est celui que doivent avoir tous ceux de sa profession, de corriger les hommes en les divertissant. Il a fait l'un et l'autre, ou du moins il a tâché de montrer aux méchants la nécessité qu'il y a de ne le point être ; et le foudre qu'on entend sur le théâtre nous assure de la bonté de son avertissement.

Je prévois que vous m'allez dire ce que j'ai lu dans votre critique : que ses termes sont trop hardis et qu'il semble se moquer quand il parle de Dieu. Mais quoi ? ignorez-vous encore qu'un comédien n'est point un prédicateur et que ce n'est que dans les chaires des églises où l'on montre, les larmes aux yeux, l'horreur que nous devons avoir pour le péché ? Je sais qu'il n'est jamais hors de saison d'avoir de la

90 *Se contrarier* : se contredire.

vénération pour les choses sacrées, et qu'elle doivent être en tous lieux ce qu'elles sont sur les autels ; mais changent-elles de nature ou de condition, lorsque l'on change de terme ou de ton pour en parler ?

Je ne prétends point ici vous prouver que les vers[91] de Monsieur de Molière sont pour les jeunes gens des instructions paternelles à la vertu ; mais je veux vous montrer clairement que les esprits les plus mal tournés n'y sauraient trouver la moindre apparence de vice ; et puisque chacun sait que le théâtre n'a point été destiné pour expliquer la sainteté de nos mystères et l'importance de notre salut, ces sages réformateurs, si fort zélés pour notre foi, n'ont-ils pas mauvaise grâce de blâmer la comédie parce que les méchants la peuvent voir sans changer d'inclination ? et ne devraient-ils point se contenter que les vertueux n'y prennent point des mœurs pernicieuses et qu'ils en sortent toujours les mêmes ?

Je le pardonne pourtant à ces consciencieux qui reprennent par un véritable motif de dévotion ; et quoique les vers de Monsieur de Molière n'aient rien d'approchant[92] de l'impiété, je ne saurais m'emporter contre eux, puisqu'ils[93] n'en veulent qu'à ses écrits. Mais lorsque je vois le livre de cet inconnu qui, sans se soucier du tort qu'il fait à son prochain, ne songe qu'à s'usurper une réputation d'homme de bien, je vous avoue que je ne saurais m'empêcher d'éclater ; et quoique je n'ignore pas que l'innocence se défend assez d'elle-même, je ne puis que je ne blâme[94] une insulte si condamnable et si mal fondée.

---

91 Le défenseur de Molière ne s'est point aperçu que la comédie était en prose...
92 *Approchant* : qui se rapproche de, semblable à.
93 *Ils* : les consciencieux.
94 Je ne peux m'empêcher de blâmer.

Il prétend que Monsieur de Molière est un scélérat achevé, parce qu'il a feint des impiétés[95] ? N'est-ce pas là une preuve bien convaincante ? Et quoiqu'il sache bien que, de quelque nature que soient les crimes[96] que nous avons commis, nous devons toujours avoir de la confiance à la miséricorde de Dieu, et par conséquent ne désespérer jamais de notre salut, il soutient qu'il n'entrera jamais dans le paradis, parce qu'il a supposé[97] des sacrilèges et des abominations dans son *Festin de Pierre*.

Vous pouvez voir pas ce raisonnement si sa critique, comme il dit, était nécessaire pour le salut public, et si la moralité et le bon sens sont tout entiers dans son discours, puisqu'il nous donne lieu de conclure qu'il vaut mieux être méchant en effet qu'en apparence et qu'on a plutôt le pardon d'une impiété réelle que d'une feinte.

Cher écrivain, de peur qu'en travaillant à vous attirer cette réputation d'homme de bien, vous ne perdiez celle que vous avez d'être fort habile homme et plein d'esprit, je vous conseille, en ami, de changer de sentiment. Puisque Dieu lit dans le fond de l'âme, vous devez savoir qu'il ne se fie jamais aux apparences et que, par conséquent, il faut être coupable en effet pour le paraître devant lui. Ou bien, si vous avez tant d'aversion à vous dédire de ce que vous avez soutenu, ne faites point de scrupule de nous avouer que votre livre n'est point votre ouvrage et que c'est l'envie et la haine qui l'ont composé.

Nous savons bien que Monsieur de Molière a trop d'esprit pour n'avoir pas des envieux. Nos intérêts nous sont toujours plus chers que ceux d'autrui ; et je suis si fort persuadé qu'il est fort peu de gens, dans le siècle où nous sommes,

---

95 Parce qu'il a mis des impiétés dans sa fiction théâtrale.
96 *Crime* : faute grave.
97 Il a glissé comme frauduleusement.

qui n'aidassent au débris[98] de leurs plus proches voisins, s'il leur devenait utile ou profitable, que les coups les plus injustes et les plus inhumains ne me surprennent plus. Puisque vous appréhendez que les productions de votre génie[99], tout sublime qu'il est, ne perdissent beaucoup de leur prix par l'éclat de celles de Monsieur de Molière, si vous les abandonniez à la rigueur d'un jugement public, n'est-il pas juste que vous ayez quelque ressentiment[100] du tort qu'elles vous font ? et quoique ces vers ne soient remplis que de pensées aussi honnêtes qu'elles sont fines et nouvelles, doit-on s'étonner si vous avez tâché de montrer à notre illustre monarque que ses ouvrages causaient un scandale public dans tout son royaume, puisque vous savez qu'il est sensible du côté de la piété et de la religion ? Il est vrai que votre passion vous aveuglait beaucoup ; car, puisque ce grand prince, si chrétien et si religieux, ne s'éclaire que par lui-même, vous deviez[101] considérer que les matières les plus embrouillées étaient fort intelligibles pour lui et que, par conséquent, vos accusations ne serviraient que pour convaincre d'une malice[102] d'autant plus noire, que le voile que vous lui donniez était trompeur et criminel.

Mais aussi, s'il m'est permis de reprendre mes maîtres, je vous ferai remarquer que vous laissâtes glisser dans votre critique quelques mots qui montraient clairement l'effet de votre passion[103] ; car me soutiendrez-vous que c'est par charité que vous l'accusez de piller ses meilleures pensées, de n'avoir point l'esprit inventif, et de faire des postures et des contorsions

---

98 À la ruine.
99 *Génie* : talent particulier, aptitude naturelle.
100 *Ressentiment* : sentiment en retour, ici la rancune.
101 Vous auriez dû.
102 Méchanceté.
103 L'autre édition de la *Réponse* donne ce texte : *quelques mots qui tenaient plutôt de l'animosité que de la véritable dévotion.*

qui sentent plutôt le possédé que l'agréable bouffon[104] ? Il me semble que vous pouviez[105] souffrir de semblables défauts sans appréhender que votre conscience en fût chargée ; ou bien Dieu vous a fait des commandements qui ne sont pas comme les nôtres. Il fallait, pour vous couvrir plus adroitement, exagérer, s'il se pouvait, par un beau discours, la délicatesse et la grandeur de son esprit, le faire passer pour l'acteur le plus achevé qui eût jamais paru ; et comme cet éloge nous aurait persuadé que vous preniez plaisir de découvrir à tout le monde ses perfections et ses qualités, nous aurions eu plus de disposition à vous croire lorsque vous auriez dit qu'il était impie et libertin, et que ce n'était que par contrainte et pour décharger votre conscience que vous le repreniez de ses défauts.

Je vous aurais même conseillé de le blâmer fort d'avoir fait crier ; « Mes gages, mes gages ! » à ce valet. On aurait inféré de là que vous aviez l'âme si tendre, que vous n'aviez pu souffrir sans compassion que son maître, qu'on traînait je ne sais où, fût chargé, outre tant d'abominations, d'une dette qui pouvait elle seule le priver de la présence béatifique jusques à ce que ses héritiers l'en eussent délivré. Ce sentiment était d'un homme de bien. Vous en auriez été tout à fait loué ; et, pour édifier encore mieux vos lecteurs, vous pouviez faire une invective contre ce valet, en lui montrant quelle était son inhumanité de regretter plutôt son argent que son maître.

Vous auriez bien eu meilleure grâce de blâmer un sentiment criminel et des lâches transports que vos oreilles avaient entendus, que l'impiété de ce fils que vous connaissiez pour imaginaire et chimérique[106].

---

104 Cela renvoie au début des *Observations*.
105 Vous auriez pu supporter (expression de l'éventualité par l'indicatif, comme avec *devoir*).
106 L'auteur des *Observations* avait mentionné « quelques jeunes étourdis qui criaient tout haut que Molière avait raison », etc., au sortir du spectacle. Il

Voilà l'endroit de la pièce où vous pouviez vous étendre le plus ; car vous m'avouerez, quelque scrupuleux que vous soyez, que vous ne trouvez rien à reprendre dans la réception qu'on fait à M. Dimanche : il n'est pas plutôt entré dans la maison, qu'on lui donne le plus beau fauteuil de la salle ; et quand il est près de s'en aller, jamais homme ne fut prié de meilleure grâce à souper dans le logis. Je me souviens pourtant encore d'un nouveau sujet que ce valet vous donne de vous plaindre de lui : n'est-il pas vrai que vous souffrez furieusement de le voir à table, tête-à-tête avec son maître, manger si brutalement à la vue de tant de beau monde ? En cela je suis pour vous ; je ne me mets jamais si fort dans les intérêts de mes amis, que je ne me laisse plutôt guider par la justice que par la passion de les servir. Comme je vois qu'on ne saurait tâcher de mettre à couvert Monsieur de Molière d'un reproche si bien fondé, qu'on ne se déclare l'ennemi de la raison et le protecteur d'un coupable, j'abandonne sans regret son parti, puisqu'il n'est plus bon, et confesse avec vous que ce valet est un malpropre et qu'il ne mange point comme il faut.

Mais puisque vous me voyez si sincère, à mon exemple ne voulez-vous point le devenir ? Soutiendrez-vous toujours que Monsieur de Molière est impie, parce que ses ouvrages sont galants et qu'il a su trouver le moyen de plaire ?

« On se serait bien passé, dites-vous, des postures qu'il fait dans la représentation de son *École des femmes*. » Mais puisque vous savez qu'il a toujours mieux réussi dans le comique que dans le sérieux, devez-vous le blâmer de s'être fait un personnage qu'il a cru le plus propre pour lui ? Ne nous dites point qu'il tâche d'expliquer par ses grimaces

---

aurait mieux fait de blâmer ces propos criminels et ces applaudissements de jeunes étourdis, qui étaient *réels*, au lieu de s'en prendre à l'impiété de Dom Juan, qui n'est, encore une fois, qu'un *personnage de fiction*.

ce que son Agnès n'oserait avoir dit par sa bouche : nous sommes dans un siècle où les hommes se portent assez d'eux-mêmes au mal, sans avoir besoin qu'on leur explique nettement ce qui peut en avoir quelque apparence.

Monsieur de Molière, qui connaît le faible des gens, a prévu fort favorablement[107] qu'on tournerait toutes ces équivoques du mauvais sens ; et pour prévenir une censure aussi injuste que nuisible, il fit voir l'innocence et la pureté de ses sentiments par un discours le mieux poli et le plus coulant du monde[108]. Mais il ne s'est jamais défié qu'on dût faire le même sort à son *Festin de Pierre*, et il s'est si bien imaginé qu'il était assez fort de lui-même pour ne point appréhender ses envieux, qu'il n'a jamais voulu lui donner des nouvelles armes en travaillant pour sa défense ; et comme j'ai connu par là qu'il n'avait pas besoin d'un grand secours, j'ai cru que ma plume, toute ignorante et stérile qu'elle est, pouvait suffire pour montrer l'injustice de ses ennemis.

Lorsqu'on veut montrer la bonté d'une cause, qui fournit elle seule toutes les raisons qu'il faut pour la soutenir, il me semble qu'il est plus à propos d'en laisser le soin au plus jeune avocat du barreau, qu'au plus célèbre et au plus éloquent ; et par la même raison qu'on croit plutôt un paysan qu'un homme de cour, les ignorants persuadent beaucoup mieux que les plus habiles orateurs. Il est si fort ordinaire à ces messieurs les beaux esprits de prendre le méchant parti, pour exercer la facilité qu'ils ont de prouver ce qui paraît le plus faux, qu'ils ont cru que cette réputation ferait un tort considérable à l'ouvrage de Monsieur de Molière, s'ils écrivaient pour en montrer l'innocence et l'honnêteté ; et

---

107 *Favorablement* : à propos.
108 On ne voit pas du tout à quel discours préventif de Molière il peut être fait allusion…Il ne nous reste rien de tel.

d'ailleurs, comme ils ont vu qu'il n'y avait point de gloire à remporter, quelque fort que fût le raisonnement qu'ils produiraient, ils en ont laissé le soin aux plumes moins intéressées que les leurs.

J'ai donc cru que cela me regardait ; et comme je n'avais encore rien mis au jour, je me suis imaginé que c'était commencer bien glorieusement que de soutenir une cause où le bon droit était tout entier. Dans toute autre matière que celle dont j'ai traité, j'aurais eu lieu d'appréhender que, comme le sentiment des ignorants est toujours différent de celui des gens d'esprit, on eût cru que Monsieur de Molière n'avait point eu l'approbation de ceux-ci, puisque je lui donnais la mienne ; mais *Le Festin de Pierre* a si peu de conformité avec toutes les autres comédies, que les raisons qu'on peut apporter pour montrer que la pièce n'est point honnête sont aussi bien imaginaires et chimériques que l'impiété de son athée foudroyé. Jugez par là, Monsieur de Molière, s'il ne m'a pas été bien aisé de prouver que vous n'êtes rien moins que ce que cet inconnu a voulu que vous fussiez. Mais, comme il ne démordra jamais de la mauvaise opinion qu'il veut donner de vous à ceux qui ne vous connaissent point, il y a lieu d'appréhender encore quelque chose de bien fâcheux. Il ne se sera pas plutôt aperçu que les gens bien sensés ne sont point de son sentiment lorsqu'il prétend que vous soyez impie, qu'il va vous prendre par un endroit où je vous trouve bien faible : il vous fera passer pour le plus grand goinfre et le plus malpropre de tous les hommes. Il vous reconnut fort bien à table sous cet habit de valet et, par conséquent, il aura autant de témoins de votre avidité pour les ragoûts que vous eûtes d'admirateurs de ce chef-d'œuvre. Il faut pourtant s'en consoler : on a toujours mauvaise grâce de s'opposer au devoir d'un chrétien.

Il vous laisserait sans doute en repos, si ce n'est qu'il
a lu qu'il fallait publier les défauts des gens pour les en
corriger. Je trouve cette maxime bien conçue et fort spiri-
tuelle ; et de plus, le succès m'en paraît infaillible : quand
on compose un livre qui diffame quelqu'un, tant de différentes personnes sont curieuses de le voir, qu'il est bien
malaisé que, parmi ce grand nombre de lecteurs, il ne se
rencontre quelque homme de bien qui ait du pouvoir sur
l'esprit du décrié, et c'est par-là que l'on le tire peu à peu
de son aveuglement. Il a cru vous devoir la même charité ;
mais si, par hasard, il arrive que ceux qui liront ce qu'il a
fait contre vous connaissent qu'il s'est mépris et qu'ils ne
viennent point vous faire de leçons, ne laissez pas de lui
savoir bon gré de son zèle ; et puisqu'il vous en coûte si
peu, servez-lui sans murmurer de moyen pour gagner le
paradis : ce sera là où nous ferons tous notre paix.

ANNEXE N° 3
Lettre sur les Observations d'une comédie
du sieur Molière intitulée *Le Festin de Pierre*

*Cette nouvelle défense de Molière, plus développée que la
précédente, n'est pas beaucoup meilleure.*

Elle s'en prend à l'auteur des Observations, *passionné, envieux
et dépourvu de charité de toutes les manières, qui se couvre surtout
du manteau de la religion – bref, un défenseur des tartuffes. C'est
d'ailleurs parce que Molière s'en est pris aux tartuffes que* Le
Festin de Pierre *a été attaqué, et qu'il été approuvé, dit notre
anonyme, par le roi, la reine mère et le légat. On trouve diverses
réponses aux remarques des* Observations *qui attaquaient les*

personnages de la comédie : l'inconstance et l'athéisme de Dom Juan ne peuvent entraîner les spectateurs ; Sganarelle le simple est doté d'un bon fonds ; le châtiment final est efficace. Et Molière ne pouvait introduire sur la scène d'un théâtre un débat contradictoire entre Dom Juan et un défenseur de la religion. Que la troupe de Molière vienne d'accéder au statut de « troupe du roi » est l'occasion d'une « Apostille » qui raille les adversaires de Molière (le roi ne défendrait pas un athée !) et reprend la polémique, non seulement pour défendre Le Festin de Pierre (Molière punit le vice ; Elvire est une pénitente, repentante ; etc.), mais encore Tartuffe, qui combat l'hypocrisie religieuse et non la véritable dévotion.

Rien de vraiment neuf dans ce nouveau et assez bavard libelle, qui manie volontiers l'ironie, à la réserve de quelques remarques judicieuses. En somme, des trois textes de la polémique, le premier – les Observations dirigées contre Molière – reste le plus intéressant !

Aucune indication sur l'auteur de cette Lettre, la seconde des deux répliques aux Observations qu'annonça le gazetier Robinet, le 9 août 1665. On a pensé encore à Donneau de Visé.

Ce libelle a également été publié à Paris, chez Gabriel Quinet, au Palais, dans la Galerie des Prisonniers, à l'Ange Gabriel, en 1665 (probablement à la fin de juillet), avec permission mais sans achevé d'imprimer. In-12. Plusieurs exemplaires sont conservés à la BnF (Tolbiac : YF-7284 ; A. S. : 8-RF-3127 (RES, 3) et Arsenal : 8-BL-12848 [2]).

LETTRE SUR LES OBSERVATIONS
D'UNE COMÉDIE DU SIEUR MOLIÈRE
INTITULÉE
LE FESTIN DE PIERRE

Puisque vous souhaitez qu'en vous envoyant les *Observations sur le Festin de Pierre*, je vous écrive ce que j'en pense, je vous dirai mon sentiment en peu de paroles, pour ne pas imiter l'auteur de ces Remarques, qui les a remplies de beaucoup de choses dont il aurait pu se dispenser, puisqu'elles ne sont point de son sujet et qu'elles font voir que la passion y a beaucoup de part, bien qu'il s'efforce de persuader le contraire.

Encore que l'envie soit généralement condamnée, elle ne laisse pas quelquefois de servir[109] ceux à qui elle s'attache le plus obstinément, puisqu'elle fait connaître leur mérite, et que c'est elle, pour ainsi dire, qui y met la dernière main. Celui de Monsieur de Molière étant depuis longtemps reconnu, elle n'épargne rien pour empêcher que l'on en perde la mémoire, et pour l'élever davantage. Elle fait tout ce qu'elle peut pour l'accabler ; mais comme il est inouï[110] de dire que l'on attaque une personne à cause qu'elle a du mérite, et que l'on cherche toujours des prétextes spécieux pour tâcher de l'affaiblir, voyons de quoi s'est servi l'auteur de ces *Observations*.

Je ne doute point que vous n'admiriez d'abord son adresse, lorsque vous verrez qu'il couvre du manteau de la religion tout ce qu'il dit à Molière. Ce prétexte est grand, il est spécieux, il impose beaucoup, il permet de tout dire impunément ; et quand celui qui s'en sert n'aurait pas raison, il semble qu'il y ait une[111] espèce de

---

109 Elle sert quelquefois.
110 Incroyable.
111 Original : *un* (accord avec le complément de *espèce*).

crime[112] à le combattre. Quelques injures que l'on puisse dire à un innocent, on craint de le défendre, lorsque la religion y est mêlée. L'imposteur est toujours à couvert sous ce voile, l'innocent toujours opprimé et la vérité toujours cachée. L'on n'ose la mettre au jour, de crainte d'être regardé comme le défenseur de ce que la religion condamne, encore qu'elle n'y prenne point de part, et qu'il soit aisé de juger qu'elle parlerait autrement si elle pouvait parler elle-même ; ce qui m'oblige à vous dire mon sentiment, ce que je ne ferais toutefois pas sans scrupule, si l'auteur de ces *Observations* avait parlé avec moins de passion.

Je vous avoue que si ces Remarques partaient d'un esprit que la passion fît moins parler, et que si elles étaient aussi justes qu'elles sont bien écrites, il serait difficile de trouver un livre plus achevé[113]. Mais vous connaîtrez d'abord[114] que la charité ne fait point parler cet auteur, et qu'il n'a point dessein de servir Molière, encore qu'il le mette au commencement de son livre. On ne publie point les fautes d'un homme pour les corriger ; et les avis ne sont point charitables lorsqu'on les donne au public, et qu'il ne les peut savoir qu'avec tout un peuple, et quelquefois même un peu plus tard. La charité veut que l'on ne reprenne son prochain qu'en particulier, et que l'on travaille à cacher ses fautes à tout le monde, au moment que l'on tâche à les lui faire connaître[115].

---

112 *Crime* : faute grave.
113 Accompli.
114 Tout de suite.
115 C'est la première démarche de ce que l'Évangile appelle la « correction fraternelle ». Voir Matthieu, 18, 15 et suivants : « Si ton frère vient à pécher, va le trouver et fais-lui tes reproches seul à seul... » En cas d'endurcissement du pécheur, il doit être fait appel à une ou deux autres personnes, puis à l'Église.

La première chose où l'auteur de ces *Observations* fait connaître sa passion est que, par une affectation qui marque que sa bile est un peu trop échauffée, il ne traite Molière que de farceur; et ne lui donnant du talent que pour la farce, il lui ôte en même temps les rencontres de Gaultier-Garguille, les impromptus de Turlupin, la bravoure du Capitan, la naïveté de Jodelet, la panse de Gros-Guillaume et la science du Docteur[116]. Mais il ne considère pas que sa passion l'aveugle, et qu'il a tort de lui donner du talent pour la farce et de ne vouloir pas qu'il ait rien du farceur. C'est justement dire qu'il l'est, sans en donner de preuve, et soutenir en même temps, par des raisons convaincantes, qu'il ne l'est pas. Je ne connais point cet auteur; mais il faut avouer qu'il aime bien la farce, puisqu'il en parle si pertinemment que l'on peut croire qu'il s'y connaît mieux qu'à la belle comédie.

Après ce beau galimatias qui ne conclut rien, ce charitable donneur d'avis veut, par un grand discours fort utile à la religion et fort nécessaire à son sujet, prouver que les pièces de Molière ne valent rien, pour ce qu'elles sont trop bien jouées, et qu'il sait leur donner de la grâce et en faire remarquer toutes les beautés. Mais il ne prend pas garde qu'il augmente sa gloire en même temps qu'il croit la diminuer, puisqu'il avoue qu'il est bon comédien, et que cette qualité n'est pas suffisante pour prouver, comme il le prétend, qu'il est méchant auteur.

Toutes ces choses n'ont aucun rapport avec les avis charitables qu'il veut donner à Molière. Son jeu ne doit point avoir de démêlé avec la religion; et la charité qui fait parler l'auteur des *Observations* n'exigeait point de lui cette satire. Il fait plus toutefois : il condamne son geste et sa voix; et, par un pur zèle de chrétien, et qui part d'un

---

116 Voir, au début des *Observations*, le deuxième paragraphe, *supra*, p. 200-201.

cœur vraiment dévot[117], il dit que la nature lui a dénié des agréments qu'il ne lui faut pas demander ; comme si, quand il manquerait quelque chose à Molière de ce côté-là, ce qui se dément assez de soi-même[118], il devrait être criminel pour n'être pas bien fait. Si cela avait lieu, les borgnes, les bossus, les boiteux et généralement toutes les personnes difformes seraient bien misérables, puisque leurs corps ne pourraient pas loger une belle âme.

Vous me direz peut-être, Monsieur, que toutes ces *Observations* ne font rien au sujet ; j'en demeure d'accord avec vous, mais je ne suis pas l'auteur ; et si celui de ces Remarques est sorti de sa matière, vous ne le devez pas blâmer. Comme il soutient le parti de la religion, il a cru que l'on n'examinerait pas s'il disait des choses qui ne la regardaient point, et que, pourvu qu'elles eussent toutes un même prétexte, elles seraient bien reçues. Il n'a pas pris garde que sa passion l'a emporté, que son zèle est devenu indiscret[119], et que la prudence se rencontre rarement dans les ouvrages qui sont écrits avec tant de chaleur[120]. Cependant, je m'étonne que, dans le dessein qu'il avait de paraître[121], il n'ait pas examiné de plus près ce qu'il a mis au jour, afin que l'on ne lui pût rien reprocher, et qu'il pût voir par là son ambition satisfaite ; car vous n'ignorez pas que c'est le partage de ceux qui font profession ouverte de dévotion.

À quoi songiez-vous, Molière, quand vous fîtes dessein de jouer les tartufles[122] ? Si vous n'aviez jamais eu cette pensée,

---

117 Traits ironiques, bien sûr.
118 Comprendre que la réalité montre assez les talents de Molière et dément les affirmations de l'auteur des *Observations*.
119 Sans discernement.
120 Passion.
121 Se faire connaître, se distinguer.
122 La *Lettre* emploie toujours cette forme à la place de *tartuffe*. Ce mot évoque certainement le vocable *truffe* ; or au XVIIᵉ siècle, on avait indifféremment

votre *Festin de Pierre* ne serait pas si criminel. Comme on ne chercherait point à vous nuire, l'esprit de vengeance ne ferait point trouver dans vos ouvrages des choses qui n'y sont pas ; et vos ennemis, par une adresse malicieuse[123], ne feraient point passer des ombres pour des choses réelles, et ne s'attacheraient pas à l'apparence du mal plus fortement que la véritable dévotion ne voudrait que l'on fît au mal même.

Je n'oserais vous découvrir mes sentiments touchant les louanges que cet Observateur donne au Roi : la matière est trop délicate ; et tous ces beaux raisonnements ne tendent qu'à faire voir que le Roi a eu tort de ne pas défendre[124] *Le Festin de Pierre*, après avoir fait tant de choses avantageuses pour la religion. Vous voyez par là que je ne dois pas seulement défendre la pièce de Molière, mais encore le plus grand, le plus estimé et le plus religieux monarque du monde ; mais, comme sa piété le justifie assez, je serais téméraire de l'entreprendre. Je pourrais dire toutefois qu'il savait bien ce qu'il faisait en laissant jouer *Le Festin de Pierre* : qu'il ne voulait pas que les tartufles eussent plus d'autorité que lui dans son royaume, et qu'il ne croyait pas qu'ils pussent être juges équitables, puisqu'ils étaient intéressés. Il craignait encore d'autoriser l'hypocrisie, et de blesser par là sa gloire et son devoir, et n'ignorait pas que si Molière n'eût point fait *Tartufle*, on eût moins fait de plaintes contre lui. Je pourrais ajouter que ce grand monarque savait bien que *Le Festin de Pierre* est souffert[125] dans toute l'Europe[126] ; que l'Inquisition, quoique très rigoureuse, le permet en Italie

les formes *truffe* ou *truffle*. À noter, en outre, qu'au Moyen Âge, *truffe* signifiait « bourde », « ruse ».
123 *Malicieuse* : méchante, mauvaise.
124 Interdire.
125 Admis, supporté.
126 Allusion à la vogue du mythe de Dom Juan dans les pays du bassin méditerranéen, et bien sûr en France.

et en Espagne ; que, depuis plusieurs années, on le joue à Paris, sur le Théâtre Italien et Français et même dans toutes les provinces sans que l'on s'en soit plaint ; et qu'on ne se serait pas encore soulevé contre cette pièce, si le mérite de son auteur ne lui eût suscité des envieux.

Je vous laisse à juger si un homme sans passion, et poussé par un véritable esprit de charité, parlerait de la sorte : « Certes, c'est bien à faire à Molière de parler de la dévotion, avec laquelle il a si peu de commerce, et qu'il n'a jamais connue, ni par pratique ni par théorie[127]. » Je crois que votre surprise est grande et que vous ne pensiez pas qu'un homme qui veut passer pour charitable pût s'emporter jusques à dire des choses tellement contraires à la charité. Est-ce comme un chrétien[128] doit parler de son frère ? Sait-il le fond de sa conscience ? Le connaît-il assez pour cela ? A-t-il toujours été avec lui ? Est-il enfin un homme qui puisse parler de la conscience d'un autre par conjecture, et qui puisse assurer que son prochain ne vaut rien, et même qu'il n'a jamais rien valu ? Les termes sont significatifs, la pensée n'est point enveloppée, et le *jamais* y est dans toute l'étendue que l'on lui peut donner. Peut-être me direz-vous, qu'il était mieux instruit que je ne pense, et qu'il peut avoir appris la vie de Molière par une confession générale ? Si cela est, je n'ai rien à vous répondre, sinon qu'il est encore plus criminel[129]. Mais enfin, soit qu'il sache la vie de Molière, soit qu'il croie la deviner, soit qu'il s'attache à de fausses apparences, ses avis ne partent point d'un frère en Dieu, qui doit cacher les fautes de son prochain à tout le monde, et ne les découvrir qu'au pécheur.

Ce donneur d'avis devrait se souvenir de celui que saint Paul donna à tous ceux qui se mêlent de juger leurs frères,

---

127 Citation des *Observations*, *supra*, p. 206-207.
128 Est-ce ainsi qu'un chrétien.
129 Le secret de la confession ne peut être révélé.

lorsqu'il dit : « *Quis es tu qui judicas fratrem tuum ? Nonne stabimus omnes ante tribunal Dei*[130] ? », et ne s'émanciper pas si aisément, et au préjudice de la charité, de juger même du fond des âmes et des consciences, qui ne sont connues qu'à Dieu, puisque le même apôtre dit qu'il n'y a que lui qui soit le « scrutateur des cœurs[131] ».

Je vous avoue que cela doit toucher sensiblement, qu'il y a des injures qui sont moins choquantes, qui n'ont point de conséquences, qui ne signifient souvent rien et ne font que marquer l'emportement de ceux qui les disent. Mais ce qui regarde la religion perçant jusques à l'âme, il n'est pas permis d'en parler, ni d'accuser si publiquement son prochain. Molière doit toutefois se consoler, puisque l'Observateur avance des choses qu'il ne peut savoir, et qu'en péchant contre la vérité, il se fait tort à lui-même, et ne peut nuire à personne.

Cet Observateur qui ne manque point d'adresse, et qui a cru que ce lui devait être un moyen infaillible pour terrasser son ennemi, après s'être servi du prétexte de la religion, continue comme il a commencé et, par un détour aussi délicat[132] que le premier, fait parler la Reine mère ; mais l'on fait souvent parler les grands sans qu'ils y aient pensé. La dévotion de cette grande et vertueuse princesse est trop solide pour s'attacher à des bagatelles qui ne sont de conséquence que pour les tartufles. Il y a plus longtemps qu'elle connaît *Le Festin de Pierre* que

---

130 Citations approximatives de Rom, 14, 4 (« Qui es-tu pour juger un serviteur qui ne t'appartient pas ? »), et 14, 10 (« Mais toi, pourquoi juges-tu ton frère ? Et toi pourquoi méprises-tu ton frère ? Tous en effet nous comparaîtrons devant le tribunal de Dieu »).

131 Allusion à I Cor, 4, 5, dont voici le texte exact : « Par conséquent, ne jugez pas avant le temps, avant que vienne le Seigneur. C'est lui qui éclairera ce qui est caché et mettra en évidence les desseins des cœurs ».

132 Sensible, dangereux même.

ceux qui en parlent. Elle sait que l'histoire dont le sujet
est tiré est arrivée en Espagne, et que l'on l'y regarde
comme une chose qui peut être utile à la religion et faire
convertir les libertins.

« Où en serions-nous, continue l'auteur de ces Remarques,
si Molière voulait faire des versions de tous les livres italiens, et s'il introduisait dans Paris toutes les pernicieuses
coutumes des pays étrangers[133] ? » Il semble, à l'entendre,
que les méchants[134] livres soient permis en Italie ; et pour
venir à bout de ce qu'il souhaite, il blâme le reste de la
terre, afin d'élever la France. Je n'en dirai pas davantage
sur ce sujet, croyant y avoir assez répondu quand j'ai fait
voir que Le Festin de Pierre avait été permis partout où on
l'avait joué, et qu'on l'avait joué partout.

Ce critique, après avoir fait le procès à l'Italie et à tous les
pays étrangers, veut aussi faire celui de Monsieur le Légat ;
et comme il n'ignore pas qu'il a ouï lire le Tartufle, et qu'il
ne l'a point regardé d'un œil de faux dévot, il se venge et
l'attaque en faisant semblant de ne parler qu'à Molière. Il
dit (par une adresse aussi malicieuse qu'elle est injurieuse,
et à la qualité et au caractère de Monsieur le Légat) « qu'il
semble qu'il ne soit venu en France que pour approuver les
pièces de Molière[135] ». L'on ne peut, en vérité, rien dire de
plus adroit ; cette pensée est bien tournée et bien délicate ;
mais l'on n'en saurait remarquer tout l'esprit que l'on ne
reconnaisse en même temps la malice de l'auteur. Son
adresse n'est pas moindre à faire le dénombrement de tous
les vices du libertin ; mais je ne crois pas avoir beaucoup de

---

133 Citation exacte des Observations, à un mot près (« tous les mauvais livres
     italiens ») (supra, p. 208).
134 Méchant : mauvais.
135 Citation presque parfaite (supra, p. 208). On a vu comment le légat du
     pape était entré dans l'histoire du Tartuffe.

choses à y répondre, quand j'aurais dit, après le plus grand monarque du monde, « qu'il n'est pas récompensé[136] ».

Entre[137] les crimes qu'il impute à Dom Juan, il l'accuse d'inconstance. Je ne sais pas comment on peut lire cet endroit sans s'empêcher de rire ; mais je sais bien que l'on n'a jamais repris les inconstants avec tant d'aigreur, et qu'une maîtresse abandonnée ne s'emporterait pas davantage que cet Observateur, qui prend avec tant de feu le parti des belles. S'il voulait blâmer les inconstants, il fallait qu'il fît la satire de tout ce qu'il y a jamais eu de comédies ; mais comme cet ouvrage eût été trop long, je crois qu'il a voulu faire payer Dom Juan pour tous les autres.

Pour ce qui regarde l'athéisme, je ne crois pas que son raisonnement[138] puisse faire impression sur les esprits, puisqu'il n'en fait aucun. Il n'en dit pas deux mots de suite ; il ne veut pas que l'on lui en parle ; et si l'auteur lui a fait dire que « deux et deux sont quatre, et que quatre et quatre sont huit », ce n'était que pour faire reconnaître qu'il était athée, pource qu'il était nécessaire qu'on le sût, à cause du châtiment. Mais, à parler de bonne foi, est-ce un raisonnement que « deux et deux sont quatre, et quatre et quatre sont huit » ? Ces paroles prouvent-elles quelque chose, et en peut-on rien inférer, sinon que Dom Juan est athée ? Il devait du moins attirer le foudre par ce peu de paroles ; c'était une nécessité absolue. Et la moitié de Paris a douté qu'il le méritât. Ce n'est point un conte ; c'est une vérité manifeste et connue de bien des gens. Ce n'est pas que je veuille prendre le parti de ceux qui sont dans ce doute ; il

---

136 Ce propos attribué à Louis XIV semble signifier que le roi a bien vu que le personnage de Dom Juan, le libertin, était châtié de ses vices et que le dénouement de Molière était donc bien moral.

137 Parmi.

138 Le « raisonnement » de Dom Juan en III, 1.

suffit, pour mériter le foudre, qu'il fasse voir par un signe de tête qu'il est athée ; et pour moi je trouve avec bien d'autres que ce qui fait blâmer Molière lui devrait attirer des louanges et faire remarquer son adresse et son esprit. Il était difficile de faire paraître un athée sur le théâtre et de faire connaître qu'il l'était, sans le faire parler. Cependant, comme il ne pouvait rien dire qui ne fût blâmé, l'auteur du *Festin de Pierre*, par un trait de prudence admirable, a trouvé le moyen de le faire connaître pour ce qu'il est, sans le faire raisonner. Je sais que les ignorants m'objecteront toujours « deux et deux sont quatre et quatre et quatre sont huit » ; et je leur répondrai que leur esprit est aussi fort que le raisonnement est persuasif. Il faut avoir de grandes lumières pour s'en défendre ; il dit beaucoup et prouve encore davantage ; et comme cet argument est convaincant, il doit, avec justice, faire douter de la véritable religion[139]. Il faut avouer que les ignorants et les malicieux donnent bien de la peine aux autres. Quoi ? vouloir que les choses qui doivent justifier un homme servent à faire son procès ! Dom Juan n'a dit « deux et deux sont quatre et quatre et quatre sont huit » que pour s'empêcher de raisonner sur les choses que l'on lui demandait ; cependant, l'on veut que cela soit capable de perdre tout le monde, et que ce qui ne marque que sa croyance soit un raisonnement très pernicieux.

On ne se contente pas de faire le procès au maître ; on condamne aussi le valet, pource qu'il n'est pas habile homme et qu'il ne s'explique pas comme un docteur de Sorbonne. L'Observateur veut que tout le monde ait également de l'esprit, et il n'examine point quel est le personnage. Cependant il devrait être satisfait de voir que Sganarelle a

---

139 Encore une phrase ironique.

le fond de la conscience bon, et que s'il ne s'explique pas tout à fait bien, les gens de sa sorte peuvent rarement faire davantage.

« Il devait pour le moins, continue ce dévot à contretemps, en parlant de l'auteur du *Festin de Pierre*, susciter quelque acteur pour soutenir la cause de Dieu et défendre sérieusement ses intérêts[140]. » Il fallait donc pour cela que l'on tînt une conférence sur le théâtre, que chacun prît parti, et que l'athée déduisît les raisons qu'il avait de ne croire point en Dieu[141]. La matière eût été belle, Molière n'aurait point été repris, et l'on aurait écouté Dom Juan avec patience et sans l'interrompre. Est-il possible que cela ait pu entrer dans la pensée d'un homme d'esprit ! L'auteur de cette comédie n'eût eu pour se perdre qu'à suivre ces beaux avis. Il a eu bien plus de prudence, et comme la matière était délicate, il n'a pas jugé à propos de faire entrer Dom Juan en raisonnement ; les gens qui ne sont point préoccupés[142] ne l'en blâmeront jamais, et les véritables dévots n'y trouveront rien à redire.

Ce scrupuleux censeur ne veut pas que des actions en peinture soient punies par un foudre en peinture, et que le châtiment soit proportionné avec le crime : « Mais le foudre, dit-il, n'est qu'un foudre en peinture. » Mais le crime l'est aussi ; mais la peinture de ce crime peut frapper l'esprit, mais la peinture de ce foudre peut également frapper le corps ; on ne saurait détruire l'un sans détruire l'autre, ni parler pour l'un que l'on ne parle pour tous les deux. Mais pourquoi ne veut-on pas que le foudre en peinture fasse croire que Dom Juan est puni ? Nous voyons tous les jours que la feinte

---

140 Voir *supra*, p. 212.
141 Très juste remarque sur les lois du théâtre, qui est action et non dialogue d'idées ou débat philosophique.
142 Prévenus, disposés défavorablement.

mort d'un acteur fait pleurer à une tragédie, encore qu'il ne meure qu'en peinture. Mais je vois bien ce que c'est : l'on veut nuire à Molière, et par une injustice incroyable, on ne veut pas qu'il ait les mêmes privilèges que les autres. Enfin Molière est un impie, cet Observateur l'a dit ; il faut bien le croire, puisqu'il a vu une femme qui secouait la tête ; et sa pièce ne doit rien valoir, puisqu'il l'a connu dans le cœur de tous ceux qui avaient mine d'honnêtes gens[143]. Toutes ces preuves sont fortes et aussi véritables qu'il est vrai qu'il n'y a point d'honnêtes gens qui n'aient bonne mine. Cette pièce comi-tragique[144] finit presque par ces belles remarques, après avoir commencé par la farce, et par les noms de ceux qui ont réussi en ce genre d'écrire et de ceux qui ont bien représenté ces ouvrages. Je ne parle point des louanges du Roi, par où elle finit, puisqu'elles ne veulent dire que la même chose que celles qui sont au commencement du livre.

Je crois, Monsieur, que ces Contre-observations ne feront pas grand bruit. Peut-être que si j'attaquais aussi bien que je défends, qu'elles seraient plus divertissantes, puisque la satire fournit des plaisanteries que l'on rencontre rarement lorsque l'on défend aussi sérieusement que je viens de faire. Je puis encore ajouter que l'Observateur remportera toute la gloire. Son zèle fera sans doute considérer son livre ; il passera pour un homme de conscience ; les tartufles publieront ses louanges et, le regardant comme leur vengeur, tâcheront de nous faire condamner, Molière et moi, sans nous entendre. Pour vous, Monsieur, vous en croirez ce qu'il vous plaira, sans que cela m'empêche de croire ce que je dois.

---

143 L'auteur raille ici le prétendu témoignage d'une spectatrice scandalisée par la comédie, témoignage produit vers la fin des *Observations* (*supra*, p. 214-215).

144 Il s'agit du pamphlet ici attaqué, les *Observations*.

APOSTILLE[145]

Je crois vous devoir vous mander[146], avant que fermer
ma lettre, ce que je viens d'apprendre. Vous connaîtrez par-
là que j'ai perdu ma cause, et que l'Observateur du *Festin
de Pierre* vient de gagner son procès. Le Roi, qui fait tant
de choses avantageuses pour la religion, comme il l'avoue
lui-même, ce monarque qui occupe tous ses soins pour la
maintenir, ce prince sous qui l'on peut dire avec assurance
que l'hérésie[147] est aux abois et qu'elle tire continuellement
à la fin, ce grand Roi qui n'a point donné de relâche ni de
trêve à l'impiété, qui l'a poursuivie partout et ne lui a laissé
aucun lieu de retraite, vient enfin de connaître que Molière
est vraiment diabolique, que diabolique est son cerveau,
et que c'est un diable incarné[148] ; et pour le punir comme
il le mérite, il vient d'ajouter un nouvelle pension à celle
qu'il lui faisait l'honneur de lui donner comme auteur, lui
ayant donné cette seconde, et à toute sa troupe, comme à
ses comédiens[149]. C'est un titre qu'il leur a commandé de
prendre ; et c'est par-là qu'il a voulu faire connaître qu'il
ne se laisse pas surprendre aux tartufles, et qu'il connaît
le mérite de ceux que l'on veut opprimer dans son esprit,
comme il connaît souvent les vices de ceux que l'on lui veut
faire estimer. Je crois qu'après cela notre Observateur avouera
qu'il a eu tort d'accuser Molière et qu'il doit confesser que

---

145 Une *apostille* est un complément ou une explication en marge d'un acte.
     Est appelé ainsi le long postscriptum à la lettre.

146 *Mander* : faire savoir.

147 Le protestantisme.

148 On repère dans cette phrase des reprises railleuses de termes des
     Observations, concernant le roi ou Molière. Voir *supra*, p. 208 et 215-216.

149 Depuis 1663, Molière était pensionné en tant qu'homme de lettres. Le
     14 août 1665, le roi donne 6 000 livres de pension à la troupe et ordonne
     qu'elle lui appartienne dorénavant, qu'elle devienne « troupe du roi ».

la passion l'a fait écrire. Il ne peut dire le contraire sans démentir ses propres ouvrages ; et après avoir dit que le Roi fait tant de choses pour la religion (comme je vous l'ai marqué par les endroits tirés de son livre, et qui serviront à le condamner), il ne peut plus dire que Molière est un athée, puisque le Roi, qui ne donne ni relâche, ni trêve à l'impiété, a reconnu son innocence. Il faut bien, en effet, qu'il ne soit pas coupable, puisqu'on lui permet de jouer sa pièce à la face du Louvre, dans la maison d'un prince chrétien, et à la vue de tous nos sages magistrats si zélés pour les intérêts de Dieu, et sous le règne du plus religieux monarque du monde[150]. Certes les amis de Molière devraient après cela trembler pour lui, s'il n'était pas innocent ; ces magistrats si zélés pour les intérêts de Dieu, et ce religieux monarque le perdraient sans ressource ou l'anéantiraient bientôt, s'il est permis de parler ainsi. Bon Dieu ! que serait Molière contre tant de puissances ? Et qui pourrait lui servir de refuge, s'il n'en trouvait, comme il fait, dans son innocence ?

Je ne sais pas, Monsieur, si je m'en tiendrai là, et si, après avoir mis la main à la plume, je pourrai m'empêcher de combattre quelques endroits, dont je crois ne vous avoir pas assez parlé dans ma lettre. Vous prendrez, si vous voulez, ceci pour une seconde ou pour une continuation de la première ; cela m'embarrasse peu et ne m'empêche point de poursuivre.

L'Observateur de la pièce dont je vous entretiens dit qu'avant que feu M. le cardinal de Richelieu eût purgé le théâtre, la comédie était coquette et libertine, et que Molière a fait pis, puisque « sous le voile de l'hypocrisie,

---

150 Autres expressions des *Observations* reprises et retournées avec ironie (*supra*, p. 203).

il a caché ses *obscénités* et ses malices ». Quand cela serait, bien que je n'en demeure pas d'accord avec lui, comme vous verrez par la suite, Molière n'en doit pas être blâmé. « Si la comédie, comme il dit, était libertine, si elle écoutait tout indifféremment et disait de même tout ce qui lui venait à la bouche ; si son air était lascif et ses gestes dissolus[151] », Molière n'a pas fait pis, puisqu'il a caché ses obscénités et ses malices ; et notre critique s'abuse grossièrement ou ne dit pas ce qu'il veut dire lorsqu'il fait passer le Bien pour le Mal.

L'on est, en vérité, bien embarrassé, lorsque l'on veut répondre à des gens qui se mêlent de parler de choses qu'ils ne connaissent point. Comme ils ne savent pas eux-mêmes ce qu'ils veulent dire, on a de la peine à le deviner, et plus encore à y répondre, puisqu'on ne peut que difficilement repartir[152] à des choses confuses et qui ne signifient rien, n'étant pas dites dans les formes. L'on devrait, avant que répondre à ces gens-là, leur enseigner ce que c'est que les ouvrages qu'ils veulent reprendre ; et l'on devrait, par cette même raison, apprendre à l'auteur de ces *Observations* ce que c'est que le théâtre, avant que lui faire aucune réplique. À l'entendre parler de Dom Juan, presque dans chaque page de son livre, il voudrait que l'on ne vît que des vertueux sur le théâtre. Il faut voir, en parlant ainsi, qu'il ignore qu'une des principales règles de la comédie est de récompenser la vertu et de punir le vice, pour en faire concevoir de l'horreur, et que c'est ce qui rend la comédie profitable. On peut voir par là que les plus sévères souffrent les vices, puisqu'ils ordonnent de les punir, et que Dom Juan doit être plutôt souffert qu'un autre, puisque son crime est

---

151 Citation exacte, mais réorganisée pour les besoins de la phrase dans son nouveau contexte (voir *supra*, p. 204-205).
152 *Repartir* : répliquer.

puni avec plus de rigueur, et que son exemple peut jeter beaucoup de crainte dans l'esprit de ses semblables. Notre critique ne nie toutefois pas que l'on doit punir le vice ; mais il veut qu'il n'y en ait point. Pour moi, je ne vois pas où doit tomber le châtiment ; je prie Dieu que ce ne soit point sur les hypocrites.

L'auteur des *Observations* de la comédie que je défends a cru sans doute qu'il suffirait, pour nuire à Molière, de dire beaucoup de choses contre lui, et qu'il devait indifférem-ment attaquer tous les acteurs de sa pièce. C'est dans cette pensée qu'il l'accuse d'habiller la comédie en religieuse[153]. Mais qui considérera bien tout ce que dit à Dom Juan cette amante délaissée ne pourra s'empêcher de louer Molière. Elle se repent de sa faute ; elle fait tout ce qu'elle peut pour obliger Dom Juan à se convertir ; elle ne paraît point sur le théâtre en pécheresse, mais en Madeleine pénitente[154]. C'est pourquoi l'on ne peut la blâmer sans montrer trop d'animosité et faire voir que, de dessein prémédité, l'on reprend dans *Le Festin de Pierre* ce que l'on y doit approuver. Cet Observateur ne se contente pas d'attaquer le vice, bien qu'on le permette à la comédie pourvu qu'il soit puni ; il attaque encore la vertu. Tout le choque, tout lui déplaît, tout est criminel auprès de lui. Je crois bien que cette pauvre amante[155] n'a pas été exempte du péché ; mais qui en a été exempt ? Tous les hommes ne retombent-ils pas tous les jours dans la plupart de leurs fautes ? Tout cela n'adoucit point la sévérité de notre censeur. Comme il attaque Molière dans tous les personnages de sa pièce, il ne veut pardonner à

---

153 Manière, on l'a vu, de désigner le personnage d'Elvire. Voir *supra*, p. 205.

154 Allusion à la pécheresse de l'Évangile, qui se repent. Mais, en réalité, on amalgame sous ce nom au moins deux personnages différents des Écritures. Voir *Dom Juan*, IV, 6.

155 Toujours Elvire.

aucun ; il leur demande des choses impossibles, et voudrait que cette pauvre fille fût aussi innocente que le jour qu'elle vint au monde. Je crois toutefois qu'il y trouverait encore quelque chose à redire, puisqu'il condamne la paysanne. Il ne peut pas même souffrir ses révérences. Cependant cette paysanne, pour être simple et civile, ne se laisse point surprendre. Elle se défend fortement et dit à Dom Juan « qu'il faut se défier des beaux Monsieux[156] ». On l'accuse néanmoins, bien qu'elle soit innocente, pource que c'est Molière qui l'a fait paraître sur la scène ; et l'on n'en a pas autrefois condamné d'autres qui, dans le même *Festin de Pierre*[157], ont, ou de force ou de gré, pendant le cours de la pièce, perdu si visiblement leur honneur, qu'il est impossible à l'auditeur d'en douter. Jugez après cela si la passion ne fait point parler contre Molière, et si on l'attaque par un véritable esprit de charité, ou pource qu'il a fait le *Tartufle*.

Ce critique, peut-être trop intéressé, et dont l'esprit va droit au mal, puisqu'il en trouve dans des choses où il n'y en a point de formel, ajoute que la comédie « est quelquefois, chez Molière, une innocente qui tourne, par des équivoques étudiées, l'esprit à de sales pensées ». C'est une chose dont on ne peut demeurer d'accord, à moins que d'avoir été dans la tête de l'auteur du *Festin de Pierre*, lorsqu'il a composé les endroits que notre censeur condamne ; car autrement personne ne peut assurer que Molière ait eu cette pensée. Quoi qu'il en soit, on ne le peut accuser que d'avoir pensé ce qui n'est aucunement permis, et ce qu'on ne peut sans injustice, puisque c'est assurer une chose que l'on ne sait pas. Si ce commentateur voyait que l'endroit dont il parle pût tourner l'esprit à de sales pensées, il le devait passer

---

156 Charlotte en II, 2. Voir *supra*, p. 205.
157 Dans les comédies de Dorimond et de Villiers.

sous silence et n'en devait point avertir tout le monde, pour n'y pas faire songer ceux qui n'y pensaient point. Ce zèle est indiscret, et ce commentaire est plus méchant que la comédie, puisque le mal est dedans[158], et qu'il n'est pas dans la pièce.

Après avoir parlé de la paysanne, des équivoques qui tournent l'esprit à de sales pensées et d'autres choses de cette nature, le défenseur des tartufles tâche à prouver par tout cela que Molière est un athée. Voyez un peu quel heureux raisonnement ! Quel zèle et quelle profondeur d'esprit ! Ah ! que cet Observateur sait bien marquer les endroits qui font connaître les athées ! Il n'est rien de plus juste que ce qu'il avance. Quoi ? Molière formera des coquettes ? Quoi, il mettra des équivoques qui tourneront l'esprit à de sales pensées, et l'on ne l'appellera pas athée ? Il faudrait bien avoir perdu le jugement pour ne lui pas donner ce nom, puisque c'est là justement ce qui fait un athée ! J'avoue, sans être tartufle, que ce raisonnement me fait trembler pour mon prochain ; et je crois que, s'il avait lieu[159], l'on pourrait compter autant d'athées qu'il y a d'hommes sur la terre. Nous ne devons pas laisser de louer ce critique : il réussit bien dans ce qu'il entreprend et soutient parfaitement le caractère des faux dévots, dont il défend la cause. Ils sont accoutumés à crier et à faire du bruit ; ils grossissent hardiment les choses qui sont de peu de conséquence, et forgent des monstres afin de faire peur et d'empêcher que l'on n'entreprenne de les combattre.

Savez-vous bien, Monsieur, où tout ce beau raisonnement sur l'athéisme aboutit ? À une satire du *Tartufle*. L'Observateur n'avait garde d'y manquer, puisque ses

---

158 Dans le commentaire. Voir *supra*, p. 205.
159 S'il avait cours, s'il faisait autorité.

remarques ne sont faites qu'à ce dessein. Comme il sait
que tout le monde est désabusé, il a appréhendé qu'on
ne le jouât[160], et c'est ce qui lui fait mettre la main à la
plume. Puisqu'il m'a donné occasion de parler de *Tartuffe*,
vous ne serez peut-être pas fâché que je dise deux mots en
sa défense, et que je combatte tout ce que les faux dévots
ont dit contre cette pièce. Ils ont parlé sans savoir ce qu'ils
disaient ; ils ont crié sans savoir contre quoi ils criaient.
Ils se sont étourdis eux-mêmes du bruit qu'ils ont fait ; et
ils ont eu tant de peur de se voir joués qu'ils ont publié
que l'on attaquait les vrais dévots, encore que l'on n'en
voulût qu'aux tartufles. Je veux que ce qu'ils publient soit
véritable, et que le faux et le véritable dévot n'aient qu'une
même apparence. Mais Molière, dont la prudence égale
l'esprit, ne dit pas dans toute sa pièce deux vers contre les
hypocrites, qu'il n'y en ait ensuite quatre à l'avantage des
vrais dévots, et qu'il n'en fasse voir la différence. C'est ce
qui a fait approuver le *Tartufle* par tant de gens de mérite,
depuis que les hypocrites l'ont voulu perdre. Dans toutes
les lectures que son auteur a faites aux véritables dévots,
cette comédie a toujours triomphé, à la honte des hypocrites ; et ceux qui n'auraient pas dû la souffrir à cause de
leur profession[161] l'ont admirée ; ce qui fait voir qu'on ne la
pouvait condamner, à moins d'être surpris par les originaux
dont Tartufle n'est qu'une copie. Ils n'ont point démenti
leur caractère pour en venir à bout ; leur jeu a toujours
été couvert, leur prétexte spécieux, leur intrigue secrète.
Ils ont cabalé avant que la pièce fût à moitié faite, de peur
qu'on ne la permît, voyant qu'il n'y avait point de mal.
Ils ont fait enfin tout ce que des gens comme eux ont de

---

160 Il a craint que *Tartuffe* puisse être autorisé à la représentation.
161 Allusion à des spectateurs ecclésiastiques, qui, par état, auraient dû ne
     pas supporter *Tartuffe* impie.

coutume[162], et se sont servis de la véritable dévotion pour
empêcher de jouer la fausse.

Je n'en dois pas demeurer là, et j'ai trop de choses à
dire à l'avantage de *Tartufle*, pour finir sitôt sa justification,
puisque je prétends prouver qu'il est impossible de jouer
un véritable dévot, quand même on en aurait dessein et
que l'on y travaillerait de tout son pouvoir. Par exemple,
si on eût fait paraître sur le théâtre un homme à qui on
n'eût donné que le nom de dévot, et que l'on lui eût fait
en même temps entreprendre tout ce que fait Tartufle,
tout le monde aurait crié : « Ce n'est point là un véritable
dévot ; c'est un hypocrite qui tâche à nous tromper sous
ce nom. » Puisqu'il est ainsi, comme on n'en peut douter,
puisque, dis-je, on connaît l'hypocrite pas ses méchantes
actions, lorsqu'il prend le nom et l'extérieur d'un dévot,
pourquoi veut-on, pour nuire à Molière, qu'un homme qui
a non seulement le nom d'hypocrite, mais encore qui en
fait les actions, soit pris pour un véritable dévot ? Cela est
inouï. Il faudrait que l'ordre de toutes choses fût renversé.
Cependant c'est ce que les hypocrites, qui craignent d'être
joués, reprennent dans la pièce de Molière. Pour moi, je
ne sais pas par où l'on pourrait jouer[163] un vrai dévot.
Pour jouer les personnes il faut représenter naturellement
ce qu'elles sont ; si l'on représente ce que fait un véritable
dévot, l'on ne fera voir que de bonnes actions ; si l'on ne
fait voir que de bonnes actions, le véritable dévot ne sera
point joué. L'on me dira peut-être qu'au lieu de lui faire
faire de bonnes actions, on lui en fait faire de méchantes ;
si l'on lui fait faire de méchantes actions, ce n'est plus un
dévot, c'est un hypocrite, et l'hypocrite par conséquent est

---

162 Ont coutume de faire.
163 Comprendre *jouer* comme « se moquer de », « rendre ridicule sur le
     théâtre ».

seul joué, et non pas le vrai dévot. Je sais bien que si les vrais et faux dévots paraissaient ensemble, que s'ils avaient un même habit et un même collet, et qu'ils ne parlassent point, on aurait raison de dire qu'ils se ressemblent ; c'est là justement où ils ont une même apparence. Mais l'on ne juge pas des hommes par leur habit, ni même par leurs discours ; il faut voir leurs actions ; et ces deux personnes auront à peine commencé d'agir que l'on dira d'abord[164] : « Voilà un véritable dévot ; voilà un hypocrite. » Il est impossible de s'y tromper ; et si je ne craignais d'être trop long et de vous ennuyer par des raisons que vous devez mieux savoir que moi, je parlerais encore longtemps sur cette matière. Je vous dirai pourtant, avant que de la quitter, que les véritables dévots ne sont point composés[165], que leurs manières ne sont point affectées, que leurs grimaces et leurs démarches ne sont point étudiées, que leur voix n'est point contrefaite et que, ne voulant point tromper, ils n'affectent point de faire paraître que leurs mortifications les ont abattus. Comme leur conscience est nette, ils en ont une joie intérieure qui se répand jusque sur leur visage. S'ils font des austérités, ils ne les publient pas ; ils ne chantent point des injures à leur prochain pour le convertir ; ils ne le reprennent qu'avec douceur, et ne le perdent point dans l'esprit de tout le monde. C'est une manière d'agir dont les tartufles ne se peuvent défaire et qui passe pour un des plus grands crimes que l'on puisse commettre, puisqu'il est malaisé de rendre la réputation à ceux à qui on l'a une fois fait perdre, encore que ce soit injustement.

Comme la foule est grande aux pièces de Monsieur de Molière, et que c'est un témoignage de leur mérite,

---

164 Aussitôt.
165 Étudiés, affectés.

l'Observateur, qui voit bien que cela suffit pour le[166] faire condamner, et qui combat autant qu'il peut ce qui nuit à son dessein, dit que la curiosité y attire des gens de toutes parts, mais que les gens de bien les regardent comme des prodiges, et s'y arrêtent comme aux éclipses et aux comètes[167]. Ce raisonnement se détruit assez de soi-même, et l'on voit bien que c'est chercher de fausses couleurs pour déguiser la vérité. Molière n'a fait que deux pièces que les tartufes reprennent, dont l'une n'a pas été jouée[168]. Cependant nous avons également vu du monde à douze ou treize de ses pièces ; il faut bien que le mérite l'y attire, et l'on doit être persuadé que toute la France a plus de lumière que l'auteur des *Observations* du *Festin de Pierre*. Si l'on regardait ses pièces comme des éclipses et des comètes, on n'irait pas si souvent ; il y a longtemps que l'on ne court plus aux éclipses, on se lasse même des comètes quand elles paraissent trop souvent. L'expérience en fait foi : nous en avons depuis peu vu deux de suite à Paris[169] ; et bien que la dernière fût plus considérable que l'autre, elle n'a trouvé, parmi la grande foule du peuple, que fort peu de gens qui se soient voulu donner la peine de la regarder. Il n'en est pas arrivé de même des pièces de Molière, puisque l'on les a toutes été voir avec le même empressement.

J'oubliais qu'il rapporte quelques exemples des anciens comédiens ; mais il n'étale pas leurs ouvrages comme il fait ceux de Molière. Sa malice est affectée, et il semble à l'entendre dire, qu'ils n'aient été condamnés que pour des bagatelles. Cependant, s'il faisait une peinture de leurs

---

166 *Le* est l'Observateur, dont le succès de Molière condamne le jugement.
167 Voir *supra*, p. 208.
168 Le premier *Tartuffe* n'a été donné qu'à la cour en 1664 – autant dire jamais joué.
169 En décembre 1664 et en avril 1665.

crimes, vous verriez que les empereurs les ont punis de même que le Roi a récompensé Molière, selon son mérite. Il parle encore d'un philosophe qui se vantait que personne ne sortait chaste de sa leçon ; jugez de son crime par son insolence à le publier, et si nous ne punirions pas plus rigoureusement que ceux qu'il nous cite un coupable qui se vanterait d'un tel crime. Ces exemples sont bons pour surprendre les ignorants ; mais ils ne servent qu'à justifier Molière dans l'esprit des personnes raisonnables.

Je dois, Monsieur, vous avertir en finissant, de songer sérieusement à vous. La pièce de Molière va causer des désordres épouvantables ; et le zélé réformateur des ouvrages de théâtre, le bras droit des tartufles, l'Observateur enfin qui a écrit contre lui, parle à la fin de son ouvrage comme un désespéré qui se prend à tout[170]. Il menace les trônes des rois ; il nous menace de déluges, de peste, de famine ; et si ce prophète dit vrai, je crois que l'on verra bientôt finir le monde. Si j'ose toutefois vous dire ma pensée, je crois que Dieu doit bien punir d'autres crimes, avant que nous faire payer la peine de ceux qui se sont glissés dans les comédies, en cas qu'il y en ait. C'est une vengeance que les hypocrites et ceux qui accusent leur prochain ne verront jamais, puisque leurs crimes étant infiniment plus grands que ceux-là, ils doivent les premiers sentir les effets de la colère d'un Dieu vengeur.

FIN

---

170 *Se prendre à* : attaquer, critiquer.

INDEX NOMINUM[1]

---

1 Les critiques contemporains sont distingués par le bas-de-casse.

INDEX DES PIÈCES DE THÉÂTRE

TABLE DES MATIÈRES